「な、な、何でもうこんなに」
ヤバい。達成感も何もあったものではない。
気がつけば、あの洞窟の中のようだった我がダンジョンが、
シックで落ち着いた雰囲気の居酒屋風に様変わりしている。
社畜ダンジョンマスターの
食堂経営
断じて史上最悪の魔王などでは無い!!

渥《アク》目《メ》雄《オ》馬《ウマ》
社畜時代は、色んな地方のお取り寄せカタログを眺めるのが趣味だった。ダンジョンマスターの力を無駄遣いして憧れていた高級料理を楽しむことも多いが、庶民派の食べ物も捨てがたいと思っている。
エリエゼル
渥目にサポート役として仕えていて、現代日本の知識も持っている。ビキニメイド服は渥目の趣味に合わせたもの。ダンジョンとそこに住まう凶悪なモンスターに目がない。

ケイティ
渥目が従業員として雇った元奴隷。十三歳。渥目に救い出され絶対の服従を誓っている。従業員の少女たちの中でもしっかりしているが、甘えん坊なところも。
フルベルド・ヴァームガルデン
真祖のヴァンパイアで、高貴なる貴族を自称する。転生後の渥目の美貌に心酔している。昼間は動けない代わりに夜、絶大な力を揮う。

お兄さんはそう言って、
私のスープから白くて長いものを
フォークで引っ張り上げた。
美味しい。
奴隷の私が食事の補助を受けている。
これは、凄いことなのではないだろうか。

社畜ダンジョンマスターの食堂経営

断じて史上最悪の魔王などでは無い!!

井上みつる

イラスト 片桐

口絵・本文イラスト
片桐

装丁
木村デザイン・ラボ

プロローグⅠ　王都で話題の飲食店

「おーい！　生ビールをくれ！」

「はーいっ！」

そんな活気のある声が響き、メイド服を着た可愛い少女達が忙《せわ》しなく店内を動き回っている。

暗い茶色を基調にした落ち着いた雰囲気の店内だ。壁は汚れ一つ無い漆喰《しっくい》であり、白と茶色のコントラストが程よく高級感を醸し出している。

多くのテーブル席と壁に沿ったカウンター席が設けられているが、どの席も全て客が座っていた。並んでいる料理に舌鼓を打ち、笑いながら雑談し、酒を飲み交わしている。

「生ビールをお願いします！」

「はいよ」

活き活きとした表情で注文を復唱した少女に返事をし、厨房《ちゅうぼう》に居た俺は何も無いテーブルに手を置き、目を瞑《つぶ》った。

目を開けると、そこにはもうジョッキに入った生ビールが現れている。

「はい、生ビールね」

俺はそう言ってジョッキを持ち、取っ手まで良く冷えていることに満足しながらお盆の上に載せた。

「はい！　持って行ってきますね！」

明るい声でそう言うと、少女は生ビールをお客の下へ運んでいった。

その背中を見送り、俺はふっと息を漏らすように笑う。

「気が付けば食堂の店長も板に付いてきたな」

自画自賛するようにそう呟《つぶや》き、俺は厨房から店内を見渡した。

常連ばかりの店内だが、夕方から夜まで常に満席だ。

明るい活気と笑い声に満《み》ち溢《あふ》れ、美味しそうな料理の匂いが小腹を刺激する。自分で作っておきながら、中々良い店だと自負している。

そんなことを思い、俺が充足感を抱きながら一人頷《うなず》いてると、店内で悲鳴が響き渡った。

見ると、先程生ビールを持って客に届けに向かった少女が客の足に接触し、転倒しそうになっていた。

あ、と思った時には、少女は近くの筋肉質な中年の男に支えられ、何とかバランスを取り直しているところだった。

流石は普段モンスターと戦いを繰り広げている冒険者である。素晴らしい反射神経だ。

そんなことを思いながら俺が感心していると、少女は冒険者に謝罪をし、床に半分以上ぶち撒《ま》けてしまった生ビールを涙目で見ていた。

それに気が付いた他の少女がすぐに布巾《ふきん》を手に駆け寄り、手早く掃除をしてフォローする。少女はそれに謝辞を述べながらまた俺の下へ戻ってきた。

「あ、あの、ご主人様……」

少女が泣きそうな顔で俺を見上げてくる中、俺は苦笑して再度、目を瞑る。

そして、目を開けると、テーブルの上にはまた新しいジョッキに入った生ビールが現れていた。

「ほい。急がなくても良いから気をつけてな」

俺がそう言ってジョッキを少女の持つお盆に載せると、少女は輝くような笑顔を浮かべて頷く。

「は、はい！」

少女は元気良く返事をすると、今度は真剣な顔つきになって客の下へ向かっていった。

気合いを入れ過ぎて緊張感が周囲の客に伝播《でんぱ》してしまっている気がするが、まぁ良いだろう。皆も常連の為か、少女が凄《すご》い顔で生ビールを運ぶ様子を静かに見守っているようだ。

その様子に俺は思わず噴き出すように笑う。

飲食店の経営なんぞどうなるかと思っていたが、残業残業で趣味の旅行も出来なくなっていたサラリーマン時代からすると、毎日が面白くて仕方が無い。

まぁ、仕入れやら経費やらを考えなくて良いという部分が信じられないくらい利点になっているのは間違いないが、個人的には飲食店は天職ではないかと思っている。

「お、来たぞ！」

「待ってました！」

陽気な野太い男の声でそんな台詞が聞こえ、俺は顔を上げる。

店の奥に設置されたピアノの前に、紫がかった美しい髪の美女が立っていた。その美女は俺と視線が合ったことに気が付くと、妖艶《ようえん》に微笑み、ピアノの前の丸い椅子に腰を下ろした。

次の瞬間、明るい客の喧騒《けんそう》が支配していた店内に、美しく透き通るような音の洪水が溢れた。

それまで騒がしかった客達も、動き回っていた少女達も、皆がピアノの旋律に聞《き》き惚《ほ》れている。

俺はそっと厨房の奥に行き、座面の高い椅子に腰掛けた。

目を瞑り、頭の中のイメージを具現化する。目を開けると、そこにはグラスに入った良く冷えた日本酒と塩焼きした川魚が鎮座していた。

串《くし》に刺さったヤマメを手にし、口に運ぶ。

パリッとした皮とホロホロになった身を噛《か》み締《し》め、甘塩と良く合う魚の旨味に自然と口の端が上がる。

美味しい焼き魚の味が口の中に残る内に冷えたグラスを手にし、冷たい日本酒を口に含んだ。鼻から抜けるような芳醇《ほうじゅん》な香りとさっぱりとした味が素晴らしい。

最初はどうなるものかと思っていたが、こんな優雅な毎日が送れるのは有難い限りだ。

それもこれも、俺がダンジョンマスターになってしまったからなのだが、全くもってダンジョンマスターらしからぬ毎日を送っているのはご愛嬌《あいきょう》というやつか。

今では国内外から俺のダンジョンを攻略する為に大勢の人間が来ており、史上最悪のダンジョンなんて呼ばれ方をしているらしいのだが……。

プロローグⅡ　雑な契約

「お先に失礼します」

「お疲れ様」

そんなやり取りをして、後輩が帰宅した。

俺は閉められたドアを眺め、細い息を吐く。

白い壁と白い天井。白とアイボリーの正四角形が交互に組み合わせられたタイルの床。無機質な金属の机とＯＡチェアー、窓付きの棚に所狭しと数字や何かしらの単語が書かれたホワイトボード。

窓から見える外の景色は暗く、疎らに明かりのついた窓のある高層建築物がいくつも建ち並び、空を狭くしてしまっている。

ありきたりな都会のオフィスの姿である。床が良くあるタイルカーペットでは無く、本当のタイルなのは社長のこだわりなのだろう。室内には二十人程度の席があるが、もう残っているのは俺一人だ。寂しいから電気は出来る限り点けているが、それでも夜遅くに一人で会社に残るのは何とも言えない虚しさがある。

この会社に入ってから八年。

仕事自体はもう随分と慣れたし、毎年入る後輩のお陰で精神的にも楽にはなった。この会社では、もう立派なベテランだ。入社当初はただ延々と怒られていただけのような気がするが、現在はもうそんなことは無い。

今になってみれば、なんであんな簡単なことが出来ないのかと思うようなミスばかりだったが、当時の俺は様々なことを頭に叩《たた》き込《こ》むだけで精一杯だった。

ああ、こんなことならしっかり勉強して良い大学に行けば良かった。いや、給料につられてこんな仕事に就いたのが間違いだった。

入社して半年は、そんなことばかり毎日思っていた。

上司が細かいことを気にする性格で、良くそんな小さな事をそこまで大袈裟《おおげさ》な問題に出来るものだと、呆《あき》れながら怒鳴る上司の顔を見上げていた。

俺はそんなことを思い返しながら、白いコーヒーカップを口に運び、自分で淹れたインスタントコーヒーを飲む。香りの少ない安物だが、温かいコーヒーを口に出来るだけでも有難い。

俺はホットコーヒーで一息いれると、改めて書類を確認した。

提出までの時間が近い書類から並べると、どうあっても今日中にしなければならない書類が何枚かある。毎年この時期は仕方がない。

新人君の教育に人を取られるから、しわ寄せがベテランにくるのだ。

まあ、それにしても書類が多い。先程帰った後輩が頼み込んできた仕事もあるし、俺があまり断らないのを知って押し付けてくる先輩もいる。どうにも断り辛いというか、出来なくは無いから了承してしまい、後で後悔する。そんな性格のせいで面倒な仕事は大概が俺に来るのだ。

学生の頃は旅行が趣味だった。色んな場所に行って思い出を作ったものだ。だが、今では全国のグルメお取り寄せギフトを楽しむのが精々だろうか。

届いたばかりの全国の美味しいグルメが家で食べられるのだ。せめてもの旅行気分である。ただ、最近は残業ばかりで家には不在票だけが残されていることが続いていて泣きたくなる。

それも全て押し付けられた仕事を断れない自身の性格のせいなのだが。

俺は自分自身に溜め息《たいき》を吐《つ》き、とりあえず仕事を消化するかと机に向き直った。

「……ん？」

と、その中に見慣れない書類が一枚あることに気が付いた。

まず、取引先がない。一応、弱小ながらも商社を名乗る我が社は書類の書き方には厳しい筈《はず》だ。

だが、これは納品書でも発注書でも無い。

強いて言えば、契約者も何も書かれていない、契約内容だけを確認出来る契約書だろうか。

内容は……


Ⅰ．別の世界で人材不足の職場があり、人事・経理も出来る管理者を募集しているので被契約者は管理者として働いてもらう。

Ⅱ．ヘッドハンティング形式での特別採用の為、通常の契約者よりも優遇される。

Ⅲ．被契約者は一人補佐を付けることが出来る。

Ⅳ．被契約者は契約を一方的に破棄することは出来ない。

Ⅴ．まずは名前を書け。


と、子供が書いたような陳腐なものである。

会社の誰かの悪戯《いたずら》だな。

俺はそんなことを思って契約書を手に取った。

俺が残業することを知っているのは社長と同僚だが、まあ同期の悪戯好きの奴の仕業だろう。

「名前を書けってなんだよ」

俺は書類に突っ込みながら、背凭《せもた》れに背中を押しつけて顔を上げた。身体を伸ばしながら書類を持ち上げ、内容を読み返す。

「ヘッドハンティング、ね。確かにそういった話に憧《あこが》れはあるよな……自分を必要とされているみたいで」

俺はそう呟《つぶや》き、薄く笑みを浮かべる。

「それにしても、社畜になれって感じの契約だな。管理全般を任されるってことか？　もう十分に社畜だよ、俺は」

そう言ってまた笑い、俺は契約書を机の上に置いてボールペンを取り出した。

渥目雄馬《あくめおうま》。俺の名前だ。アクメという苗字も、オウマという名前もなかなか珍しいらしい。

その名を契約書に適当に書いた。

そして、同僚の机に置いておこうと書類を手にしたその時、俺が手に持つ契約書の紙全体に、青白く光る線が走った。

契約書に書かれていた文字や俺のサインの裏に浮かぶように、青白い光の文字らしき記号が紙全体に現れる。

俺が契約書を手放すことも出来ずに固まっていると、視界に人影のようなものが映った。

書類を持ち上げるタイミングだったので目線が下を向いており、視界に映るのは誰かの足だということくらいしか分からなかった。

裸足だ。何故《なぜ》か、肌を青く塗った足が見える。

俺は油の切れた機械のように不自然な動きで顔を上げると、その足の持ち主を見上げた。

男か女か分からないが、どう見ても美形な二十代ほどの人物である。

その人は革のパンツに黒のカッターシャツのようなものを着て、上から白いジャケットらしき物を羽織っていた。長い金髪は見事だが、丁寧に顔まで青く塗っているのを見てギョッとしてしまった。折角の彫りの深い美しい顔が何か恐ろしく見えてくる。

俺が困惑して動けずにいると、その人物は柔和な笑みを浮かべて口を開いた。

「契約してくれてありがとう、渥目君。いやぁ、中々気付いて貰《もら》えなかったり契約書を捨てられたりで誰も契約してくれなかったんだ」

そう言って、その人物は肩を揺すって笑った。

声を聞いてもいまだに性別が分からないその人物を見て、俺は気になったことを尋ねた。口から出た声は自分でも驚くほど掠《かす》れていた。

「……な、何で俺に？　何の契約だったんだ？」

俺がそう尋ねると、その人物は妖《あや》しい笑みを貼り付けて俺を見た。

その笑みを見て、俺はようやく事態の異常性に気が付き、不安な気持ちが水に色が滲《にじ》んでいくように広がるのを感じた。

音もなく、この夜のビルに、このオフィスに侵入した見知らぬ人間。

そして、明らかに異常な雰囲気を発する目の前の人間と契約書。

俺は気が付かない内に残業に疲れて居眠りをしてしまったのだろうか。そうだ。これは悪夢に違い無い。

俺がそんなことを思っていると、その人物は軽く頷《うなず》いて口を開いた。

「良く働く人が良かったからかな？　君で五十人目くらいだよ。やっと契約してくれる人が現れて一安心さ。契約内容は契約書に書いておいただろう？　君は別の世界で管理者になるんだよ」

その人物はそう言うと、片手を目の高さに持ち上げて親指と中指の先をくっ付けて見せた。

「さて、契約書にあったように君には補佐がつくよ。君のことが大好きな若い女の子と、君のことが大好きな筋骨隆々の大男のどっちが良いかな？」

「……男を選ぶ奴はいるのか？」

あんまりにもあんまりな選択肢に、俺は無意識にそう尋ねていた。

すると、その人物は楽しそうな笑い声をあげて頷いた。

「両方とも人気はあるけどね。君は女の子が良いみたいだね」

「……そうですね」

俺が思わず素直にそう返事をすると、その人物は上に持ち上げていた手の指を鳴らしてみせた。

直後、白い五芒星《ごぼうせい》のような紋様が床に浮かび上がり、その上に埃《ほこり》のような細かい粒子が集まっていくのが分かった。

そして、僅《わず》か十秒程度の間に埃は人型を形作っていき、気が付けば目の前には全裸の美少女が目を瞑《つぶ》り立っていた。

緩いウェーブのかかった長い艶《つや》やかな紫がかった髪の美少女である。身長は百六十位だろうか。

透明感のある白い肌が眩《まぶ》しく、細身に見えて出るとこが出ている素晴らしいプロポーションだ。

俺が見惚《みと》れていると、美少女は目をゆっくり開けた。

その瞳《ひとみ》は、暗い赤色だった。

美少女は俺の顔を確認すると、頬を薄っすらと赤く染めて俯《うつむ》き加減《かげん》に俺を見上げた。

「ご主人様、私はエリエゼルと申します。これから、我身、魂を捧《ささ》げてご主人様に尽くしますので、何卒宜《なにとぞよろ》しくお願い致します」

「は、はい。こちらこそ……！」

俺はエリエゼルと名乗る美少女の怖いくらいに献身的な挨拶《あいさつ》に思わずそう返事をした。

すると、青い肌の例の人物は両手を広げて大きく頷いた。

「うん。相性が良さそうで良かった。よし、それじゃあ早速いってもらおうか」

その人物がそう言うと、俺とエリエゼルの足元に青白い紋様が浮かび上がり、二人の腰の辺りで止まった。俺の方がエリエゼルよりも十センチは身長が高いはずだが、青白い紋様の位置が同じなのは何故だろうか。

「あ、そうだ。優遇するって契約書にはあったと思うけど、身体を魔人のものに変えておくから。あと、ダンジョンは場所を選べないから、そこは自分の運を信じて頑張って」

と、俺は寝耳に水な発言を受けて顔を向けた。

「な、なんだダンジョンって⁉」

俺がそう言うと、青い肌の悪魔は楽しそうな笑顔を浮かべた。

そうか悪魔だ、あいつは。

俺は自分の脳内に浮かんだ単語で、あいつの存在をスッと染み込むように納得できた。

悪魔は嗤《わら》いながら口を開く。

「言うのを忘れていたか。それは申し訳ないね。そうだ、ダンジョンマスターというのは人類の敵だからね。人間に対する意識も変えておいてあげるよ」

そう言って、悪魔は声を出して笑った。

直後、俺の意識は暗転する。

あの悪魔、いつか討ち祓《はら》ってやる。

第一章　異世界へ

目が覚めると、そこは土肌の露出する洞窟《どうくつ》だった。

俺は仰向けに寝ている状態だと思うが、それでも随分と天井が高く感じられる。両手を硬い土の上に置いて上半身を起こし、周囲の景色を見る。

天井までは五メートルほどだろうか。そして、横幅も五メートル位に思える。奥行きも五メートル位……ん？

形的には角が丸いだけの立方体に近いのか。見る限り土しか無いが、なんだここ。

俺は悩みながらもとりあえず立ち上がろうとして、洞窟の隅に誰かが立っていることに気が付いて動きを止めた。

緩くウェーブのかかった髪の少女の背中が見える。ちなみに、全裸である。

「……露出狂？」

俺が一言そう呟《つぶや》くと、壁に向かって立っていた少女がこちらを振り向いた。

「お目覚めになられたのですね、ご主人様」

少女はこちらを見て微笑むと、開口一番にそう口にした。

赤い眼の少女、エリエゼルだ。

エリエゼルは柔らかな微笑みを浮かべたまま首を傾げた。

「私は露出狂ではなく、エリエゼルです」

「あ、すみません……」

俺が軽く頭を下げて謝罪すると、エリエゼルは小気味良く笑いを洩《も》らして頷《うなず》いた。

「いえいえ……私はご主人様の持ち物ですから、どうかお気になさらず」

そう言うと、エリエゼルはまた壁の方へ顔を向けた。

「出入り口はこちらのようですね」

「え？　出入り口？」

エリエゼルにそう言われて良く見ると、そこには人一人がギリギリ通れるくらいの隙間があるようだった。

裸の美少女がいる為、あまり無造作に近づくことは出来ない。下手をしたら逮捕される。

そう思った俺は少し距離をとりつつエリエゼルの奥の壁を見た。

綺麗《きれい》な白い肌だ。いや、間違えた。土肌だ。

土壁には隙間があり、少し奥で通路の角のように曲がっているらしい。

俺が土壁とお尻《しり》を観察していると、エリエゼルがこちらを振り向いた。

「ダンジョンは何処《どこ》に出来るか分かりません。まずは出入り口から出てみて、辺りを確認してみましょう。運が悪いと、広大な海の上にある小さな無人島もありえますが……」

エリエゼルはそう言って顔に影を落とした。

「え？　そっちの方が誰も来ないから楽じゃない？　あ、食料の問題か」

俺がそう聞くと、エリエゼルは軽く首を左右に振った。

「ダンジョンマスターとその従者、そしてダンジョンマスターが召喚して使役する魔物は、基本的にダンジョン内に溜《た》まる魔素という素粒子でエネルギーを得ています」

「そ、素粒子？」

まさかの単語に俺は目を丸くしてエリエゼルを見た。真顔である。

「私も詳しくありませんがフェルミオンのレプトンと、ボソンに分類される地球ではありえない素粒子だそうです」

「はい！　意味が分かりません！」

俺が勢い良くそう言うと、エリエゼルは優しく頷いた。

「この魔素は、ダンジョン内外を含む周辺数メートルから一キロ程の範囲に存在する生物から少しずつ得られます」

エリエゼルはそう言って俺を見た。あれ？　スルーされた。

「その範囲に差があるのは、ダンジョンマスターとしての資質によるもののようなので、ご主人様に期待しています」

「え、知らないところでプレッシャーが……」

エリエゼルの説明に俺は身体を小さくしてそう呟いた。

エリエゼルはそっと俺の手にほっそりした指を絡めると、小首を傾げて口を開く。

「ご主人様ならば大丈夫です。さあ、試しに私の服を作ってくださいませんか？」

「服？　裁縫ですか？　まずは生地も無いから生地を作るところから？」

俺がエリエゼルの谷間を凝視しながら疑問を羅列していると、エリエゼルが薄く微笑んだ。

「魔素が足りていれば、想像して念じるだけで服が出来ます。もしかしたら魔素が足りない場合も考えて、まずは下着からお願いしてもよろしいでしょうか」

「え、念じたら出てくるの？　すっげぇ。ビキニ、ビキニ……出た」

エリエゼルの言葉を聞いて興奮した俺はすぐに実行してみた。

現れたのは白いシンプルな水着だった。ビキニは空中に浮かんでおり、ゆったりと降りてくる。

エリエゼルは一瞬固まったが、すぐに柔和な笑みを浮かべてビキニを両手で受け取った。

「下着ではありませんが、ご主人様のヘキが知れて良かったです」

エリエゼルが何か不穏なことを口にしていたが、俺はそれどころでは無かった。何となく頭に浮かんだ物を出ろって思ったら、目の前にビキニが出たんだ。

いや、意味が分からない。マジックショーか。そう思ったが、エリエゼルは裸だ。どこからもビキニを出すことは出来ない筈《はず》だ。いや、とある谷間から……流石《さすが》に無理か。

そうか、これが時空を超えるというやつか。ビキニが時空を超えて……うん、馬鹿みたい。

と、大事なことを思い出して顔を上げると、エリエゼルは既にバカンスにビーチに来て開放的になってしまったご令嬢風になっていた。

「どうかしましたか？　ご主人様」

「ひと夏のアバンチュール……俺に触れると火傷《やけど》するぜ？」

「まあ、それは大変ですね。次は洋服を出してみませんか？」

またスルーされてしまった。やはり若い子にはこういったネタは通じないのか。

「洋服……洋服……難しいな。あ、あれも洋服か」

俺は悩みながらも何とか服を想像し、念じた。

「おお！　出た！　ミニスカのメイド服！」

念じただけで、俺の目の前には空中に浮かぶ豪華な雰囲気のメイド服があった。

「ご主人様。どうしてメイド服を……ああ、やはりお好きなのですね？」

「好きです」

エリエゼルの質問に俺は興奮したまま適当な返事をした。だが、エリエゼルはメイド服を受け取りながら軽く頷き、少し慌てた様子で反対側の角まで移動していった。

何故ここで着てくれない。俺は絶望のあまりショック死しそうになった。

「あ、そうだ。何でも出来るなら、部屋の改装も出来るかな？」

俺がそう尋ねると、服を着たエリエゼルがこちらに小走りに向かってくる。

「そうですね。ただ、ダンジョンの増改築はかなり魔素を消費しますし、想像力が無ければそもそもダンジョンを触ることすら出来ませんからね。イメージしやすいようにサンプルを用意しております。これを見て細部まで精確に想像することがダンジョン構築の近道なんですよ」

俺の思いつきに、エリエゼルは何処か嬉《うれ》しそうにそんなことを言いながら手を自分の胸の前に出した。すると、突然白い煙が発生し、気が付けばエリエゼルの手の中には大きな手帳サイズの本が現れていた。

青い表紙の一センチ程度の厚さの本である。その本を開きながら、エリエゼルが楽しそうに口を開く。

「えっとですね……山や深い森などの恵まれた地でダンジョンを作成する場合、一週間はただ洞穴を深くすることに専念して……ああ、寝床が出来るまでは寝袋を先に用意して、とりあえずの生活環境を整えましょうね。寝袋がオススメと本にも書いてありますし」

俺はエリエゼルの説明を聞きながら、岩肌に手を当てて目を瞑《つぶ》った。床や壁、天井をイメージしてみると、何となく出来そうな気がする。

「えい」

俺がそう口にして目を開けると、そこには板張りの壁があった。

「……え？　ご、ご主人様？　今のを、ご主人様が……っ⁉」

すぐにエリエゼルの驚愕《きょうがく》する声が響き、辺りを見渡すと、俺が想像したよりも細部までしっかりと暗い茶色の板張りの室内が完成していた。その状況に俺自身が驚く。

「あ、はい……なんか、出来ちゃったみたいです」

エリエゼルの質問に、俺は思わずそう謝ってしまった。

長年上司にいびられた弊害だろうか。

「ま、まさかいきなりこれだけのダンジョン構築が出来るなんて……私が持つダンジョンマスターの知識やこの本にも、そんな事例は無いのですが……」

エリエゼルにそう言われ、俺はハッとして声を上げた。

「あ、そういえば、ダンジョンとして俺達が隠れる場所を作る方が先だったか……ごめん」

俺がそう言って頭を下げると、エリエゼルは慌てたように首を左右に振り、本を閉じて口を開く。

「謝らないでください、ご主人様。これは凄《すご》いことなのですよ？　普通はダンジョンマスターになったばかりでこのように綺麗にイメージをすることは出来ません。それにこれだけの創造を一瞬でこなすなら、魔素の量も間違い無く多いです。ご主人様のダンジョン範囲が広いのは間違いありませんね。つまり、ご主人様のダンジョンマスターとしての素質は最高レベルでしょう」

エリエゼルは興奮気味にそう言って俺を見た。

「どうでしょう。魔素を何度か扱ったので、ご主人様のダンジョン範囲と、ダンジョン内に溜まった魔素の量がお分かりになりませんか？」

エリエゼルはそう言って小首を傾げた。いや、ダンジョン範囲って何だよ。

俺は疑問に思いながらも何かいつもと違う感覚が無いか感じようと唸《うな》った。

身体に力を込めようとしても、空中に手を彷徨《さまよ》わせて素粒子に触れてみようとしても、ステータスと口にしてみても、何も起きないし感じなかった。

そんな俺を見て、エリエゼルは優しく微笑んで頷《うなず》いた。

「流石に初日では無理でしたね。それでは、私は一度外の景色を確認して参ります。恐らく、魔素の溜まる速度を考えると森か山の中でしょう」

「森と山ならどちらが良いんだ？」

俺が尋ねると、エリエゼルはそうですね、と唸った。

「一番良いのは森でしょうか。次に山ですね。最悪なのは最初にお教えした無人島です。怖いのは大きな街です。街の近くだと、冒険者の調査が入ったりして直ぐに殺されてしまいます」

なにそれ、怖！

ってか、問答無用かよ。蛮族共め。

俺が戦々恐々としていると、エリエゼルは微笑みながら俺を見上げた。

「大丈夫ですよ。ご主人様の世界とは違い、こちらでは人里は疎らです。魔物から逃げるように街を作っているので、安全な地に寄り集まっていますから。なので、人里近くになる可能性は大変低いでしょう」

エリエゼルはそう言って、壁に出来た隙間のような出入り口へ向かっていった。

二歩奥に入り、右に曲がり、階段を登るように上がっていく。

って、ここは地下か。ダンジョンだから当たり前なのか？

エリエゼルの姿が見えなくなって初めてそこに気が付いた。

と、そんなことを思っていると、エリエゼルが戻ってきた。

心なしか元気を無くしたというか、血の気の引いたような顔だ。

「ご主人様……このダンジョンはリセルス王国の王都の路地裏にあるようです……」

「……王都？　ってことは？」

「……最大規模の冒険者の活動拠点です」

あれ？　冒険者ってダンジョンの天敵なんじゃなかったか？

え？　俺殺されちゃうの？

俺が不安そうな顔をしていることに気が付いたのか、エリエゼルは青白い顔のまま俺に詳しい説明をしてくれた。

何でも知ってるエリエゼル辞典によると、リセルス王国の首都ルールド・レ・リセルスは、歴史ある世界有数の大国らしい。その為、この街は国民以外にも世界中の商会関係者や冒険者、旅人など、様々な業種の者達が行き交う大都市となっているとのこと。

だが、そんな華やかな街も、日陰者であるダンジョンマスターには地獄の一丁目に他ならない。俺は一瞬で絶望した。

「……もう死ぬんだ。俺は何が何だか分からない内にもう死んでしまうんだね……」

俺がそう言って床に座り落ち込んでいると、エリエゼルが可愛らしいメイド服のまま俺の隣でしゃがみ込んだ。

スカートが際どいことになっているのに、俺の顔を見つめてそっと口を開く。

「きっと大丈夫ですよ、ご主人様。逆に考えましょう。この地は世界でも稀《まれ》に見る人口密集地ですから、世界屈指の魔素が溜まる地です。上手く魔素を使うことが出来れば、このダンジョンは史上最大、最凶のダンジョンになることも夢ではありません」

エリエゼルはそう言って俺を励ました。

信じられないような美少女が俺のすぐ隣でスカートが際どいことになっているのに、心配そうにこちらを見ているのだ。これは情けない姿を見せるわけにはいかない。

俺は奥歯を噛《か》み締《し》めて立ち上がり、自らの頬を両手で挟むようにして叩《たた》いた。

「よし！　気合いだ！　やれば出来る！　一日二十時間働くことに比べればこれくらいなんだ！」

俺はそう大声で怒鳴り、貧血を起こして床にへたり込んだ。

ダメだ。これは睡眠不足だ。

「ご、ご主人様！　大丈夫ですか？」

エリエゼルは俺の様子を見て慌ててそう声を掛けてくれた。早速情けないところを見せてしまった俺は、照れ笑いを浮かべながらエリエゼルを見る。少しは挽回《ばんかい》しないと俺の威厳がマイナスにまでなってしまう。

何とか、こんな広間みたいな部屋一つのダンジョンでも生き延びる方法はないものか……。

罠《わな》なんかでは無理だ。もう一つ部屋を作って隠れるとか……無理か。こんな怪しい地下室だ。調べられれば、いずれ見つかってしまうだろう。

どうしたものか、どうしたものか。

と、悩んでいた俺の頭にスゥッと冴《さ》え渡るような閃《ひらめ》きが訪れた。

「良い事を思いついたぞ、エリエゼル。ダンジョンに見えないように偽装しよう」

俺がそう言うと、エリエゼルは首を傾げた。まぁ、端的に言い過ぎた俺が悪いか。

しかし、咄嗟《とっさ》の思いつきだったが、中々の妙案に思えてくる。俺は頭の中で自分の考えを纏めつつ、エリエゼルに顔を向けて口を開いた。

「この部屋を改造して、飯屋にするぞ。食堂でも居酒屋でも良い。いや、開ける時間を減らす為に昼から夜までだけ開く食堂でいこうか。部屋の奥にキッチンと居住スペースを作り、隠し扉を設置しよう。隠し扉の向こう側は毎日ダンジョンとして拡張していけば……」

俺がそう言うと、話を聞いていたエリエゼルの目がどんどん開いていき、最後には嬉しそうな笑みになった。

「す、凄いです、ご主人様。そのような方法を実行したダンジョンマスターはおりません」

エリエゼルはそう言って前のめりに俺の方へ身体を寄せた。

近い。良い匂いがする。これはヤバイ。

俺は理性が崩壊しそうになるのを何とか食い止めていたが、目の前で輝くような笑顔を見せるエリエゼルに我慢も限界を迎えつつあった。

と、そのタイミングで、奥から足音が聞こえてきた。

「っ！　誰か来ました」

瞬時に表情を一変させ、エリエゼルは立ち上がった。厳しい目付きで奥の出入り口を睨《にら》むエリエゼルを見て、俺は視線を出入り口へ向ける。

——まさか、もう冒険者が。

俺は自らの想像に恐怖した。自分でも驚く程の心音が耳に響く。嫌な緊張感だ。

俺がそんなことを思っていると、ついに出入り口に人影がその姿を見せた。顔を覗《のぞ》かせたのは十歳前後の子供だった。栗色の髪をした白い布の服を着た男の子だ。まず冒険者では無いだろう。

男の子の姿に俺が安心していると、エリエゼルがそっと俺の耳元に口を寄せた。

「口封じしますか？」

どうやら目撃者を消す気らしい。だが、子供が急にいなくなったら保護者が此処《ここ》を突き止めてしまうだろう。俺はそう思って、エリエゼルに首を振った。

「いや、俺が上手く説明しよう」

俺がそう言うと、エリエゼルは一瞬考えるように視線を落としたが、すぐに首肯してくれた。俺は部屋を面白そうに見ている男の子に近づくと、しゃがみ込んで目の高さを同じにして口を開いた。

「遊びに来たのかい？　それとも迷子かな？」

俺が微笑みながらそう言うと、男の子は丸い目を瞬かせて俺を見た。

あ、もしかして言葉が通じないのか。

俺は男の子の反応に少し不安になったが、男の子は俺の質問に答えるように口を開いた。

「う、うん。何かあるかなって……此処《ここ》は、お兄さんの家ですか？」

どうやら、日本語で大丈夫らしい。俺は男の子の台詞に違和感を覚えながらも、何とか平静を装って頷いた。

「ああ。此処は今度ご飯を食べるお店になるんだ。だから、お店になったら遊びにおいで」

俺がそう言うと、男の子は嬉しそうに頷いた。

「うん！　じゃあ、また来ます！」

「ああ、またいらっしゃい」

踵《きびす》を返そうとした男の子に俺がそう言って手を振ると、男の子は「あっ」と声を上げて俺を見た。

「お兄さん、お店だったら服、ちゃんと着た方が良いと思うよ？　じゃあね！」

と、男の子は聞き捨てならない台詞を残して立ち去った。

……服？

俺は何の気なしに下半身を見た。

日焼けしたような健康的で逞《たくま》しい下半身が見える。つまり、服は着ていない。

え、何で服着てないんだよ。というか、何故に今まで気付いていなかったんだ。

「な、何っ⁉」

「ど、どうして俺の服が消失したんだ？」

俺がエリエゼルを振り向くと、エリエゼルは驚いたように目を開いた。

「まあ、てっきり気付いていて服を着ないのかと……申し訳ありません。ご主人様はその存在の殆《ほとん》どを作り変えられてこの世界に転移されました。本来なら、ご主人様がダンジョンを作成出来るようにするだけで良かったのですが、サービスで全てを最高レベルのモノに作り変えられたようです」

エリエゼルにそう言われて、俺は自らの身体を確認しようと口を開いた。

「か、鏡だ」

俺はそう呟《つぶや》きながら姿見を想像し念じた。すると、目の前に細長い安っぽいスタンドミラーが出現する。

「まあ、素早い創造です。すっかり慣れましたね」

エリエゼルからそんな賞賛の言葉を受けるが、俺はそれどころでは無い。

「お、俺、か？」

俺は鏡に映る人物に愕然《がくぜん》としていた。

黒い髪は黒い髪のままである。長さは目の下ほどまで伸びていたが、それは許容範囲だ。

問題は、それ以外である。

少し出ていた腹が嘘のように筋肉質なスッキリした体型に変わっており、足も長くなっている。肌はサーフィンを趣味にしているような健康的な黒めの色だ。そして、顔が彫りの深い映画俳優のようなイケメンになっている。イケてるメンズである。

「お、俺が……イケメンに……？」

俺がそう言うと、エリエゼルは満足そうに首を左右に振った。

「いいえ、ご主人様はずっとイケメンです。魂の色は前も今もとても美味しそうな……」

「……俺が、イケメンに……年も二十歳前後くらいか？」

エリエゼルが何か言っていたが、俺は鏡の中の光景に目を奪われたままだった。

もう何が何だか……。

◇　◆　◇

困惑しているとエリエゼルに急《せ》かされたので、とりあえず食堂を作って考えることにしたのだが、食堂って一口に言っても色々あるよな……。

個人的にはやっぱり良い雰囲気の個室タイプの居酒屋が良いが、エリエゼルはカフェチックな店が好みのようだ。

……迷う。

まあ、まずは俺の服だけどな！

「バーテンダーっぽいのに憧《あこが》れるが……服装が思い出せん。居酒屋しか行かないからなぁ……」

俺はそんな自らに対する愚痴を呟きながら服を想像した。黒いスラックスに白いカッターシャツ……あとは、肩の部分が無いベストみたいなのを……あ、パンツと革靴も……！

そんな想像をしながら念じると、俺の眼の前にスーツが現れた。殆どクールビズタイプのスーツである。普段仕事で着ているせいか、頭にはスーツが浮かんでしまうのだろうか。

「な、何かが違う気がするが、まあ良い」

俺はいそいそと服を着込み、鏡の前に立った。フレッシュマンフェアだ！

「何かが違う。何だと思う、エリエゼル？」

俺がそう尋ねると、エリエゼルは小首を傾げ、俺の姿を下から上まで眺め見た。

「……あ、食堂ですので、エプロンなんてものはどうでしょうか？」

「ああ、なるほど！」

エリエゼルにそう言われ、俺はすぐにエプロンを想像した。

すぐに眼の前に具現化したが、そのエプロンは白くてフリル付きの可愛らしいものだった。

「な、何かが違う……」

俺はエプロンを眺めて頭を抱えた。

「あの、ご主人様。恐らくそのエプロンは私用だと思います。ですので、ご主人様はご主人様用に、腰から下を覆う黒い前掛けをお作りになっては如何《いかが》でしょう？」

黒い前掛け？

俺は首を傾げながらも、すぐにその黒い前掛けを想像し、念じた。現れた黒いヒモ付きの布を腰に巻くと、なんと！　バーテンダーっぽい格好になった！

「こ、これだ！　テレビで見たことがある！」

俺が喜んで鏡の前でバーテンダーっぽい格好をしていると、エリエゼルに拍手された。

「良くお似合いです。これなら大丈夫ですね」

「いやぁ、照れるなぁ……はっはっは！」

俺は後頭部を片手で掻《か》きながらそう言って笑った。

場が心なしか和やかな空気に包まれた気がする。やっぱり美少女に誉められると嬉《うれ》しいよね……

と、そんなことで和んでいる場合ではなかった。

「いかん。早くダンジョンに見えないように偽装しないと！」

俺がそう言うと、エリエゼルはハッとした顔になって何度も頷《うなず》いた。

「そ、そうですね。早くしないと見る人が見たらすぐにバレてしまいます」

俺とエリエゼルはその場でワタワタと小躍りし、店舗改装計画を練った。

とりあえず、誤魔化しが効くように、ダンジョンの入り口を整備することにした。

「人が二人通れるくらいの階段にして、壁に手すりを付けたら出入りし易いよな？」

「そうですね。ダンジョンっぽくはありませんが……」

苦笑するエリエゼルに笑い返しながら、俺は早速出入り口で階段を想像した。

雰囲気の良い感じに……あ。

俺は頭の中で階段のイメージが固まった瞬間念じたが、やはり、個人的に利用する居酒屋のようになってしまった。

ご丁寧に階段の片側から階段を照らす間接照明まで付いてやがる。

「まあ、素敵ですね。ご主人様」

階段を見上げ、エリエゼルがそう誉めてくれたが、違うんだ。もっとこう、階段の踏み板と踏み板の間にスペースがある感じとか、ガラスっぽいスマートな感じとか……！

いや、ダメだ。イメージが出来ないから俺には作れそうにない。俺は諦《あきら》めると、ダンジョンの出入り口に片手で左右に開閉出来るスライドドアを付けた。普通に木製のスライドドアだが、ドアの上に鈴を付けているので開けたら可愛らしい音が鳴る仕組みである。

男っぽい居酒屋になりそうなのを防ぐせめてもの抵抗だ。

エリエゼルは鈴の音が気に入ったのか何度か一人で開け閉めしていたが、俺はそちらはスルーして店舗内を見回した。すっきり見やすく、どうせなら厨房《ちゆうぼう》から見えるようにした方が良いか？

俺は頭を捻《ひね》りながら店内を想像する。

テーブルを壁際にピッタリくっ付けて設置。真ん中は歩くスペースもしっかり考慮して四人掛けのテーブル席。天井から良く分からん小型の照明が垂れたやつも憧れるよね。絶対無駄なんだけど。そういえば、天井でクルクル回ってる風が出そうに無い扇風機みたいなやつもいるな。雰囲気的に。後輩が言うには、シーなんちゃらファンとか何とか言うらしい。空調に大変な効果があるとか。天井でクルクル回るヤツで良いだろうに。

俺は余計なことも色々考えつつ、理想の食堂をイメージした。

念じてみる。

出来た。

ヤバい。達成感も何もあったものではない。

気が付けば、あの洞窟《どうくつ》の中のようだった我がダンジョンが、シックで落ち着いた雰囲気の居酒屋風に様変わりしている。いや、どちらにせよダンジョンという意味ではおかしいんだが。

その光景にエリエゼルですら唖然《あぜん》としていた。

「な、な、何でもうこんなに出来るんですか⁉」

エリエゼルは見た目の年相応に目を丸くして驚いた。それを見て、俺も首を傾げる。

「魔素とかいうやつが多いからじゃないの？」

俺がそう尋ねると、エリエゼルは顔を左右に振った。

「あ、ありえません！　魔素の量もそうですが、これだけ詳細なイメージをすぐに出来るようになるなんて……それも、部屋丸ごとですよ？　通常ならば机や椅子一つ一つ、床のデザインや材質、天井、照明……全てを順番に一つずつ作らないと大雑把なイメージでは形にならないのです」

エリエゼルはそう言って戸惑いも露わに、青い本を開いて目を皿のようにして文字を追う。

「……熟練のダンジョンマスターでも、床なら床、壁なら壁を一つずつ作ります。家具にしても同じです。まずは少しずつ洞窟の要領でダンジョンを掘り進め、広さを確認して床、壁、天井と作っていくのが通常のダンジョンマスターの……」

ぶつぶつと本を見ながら何かを呟く、そんなエリエゼルを横目に、俺は申し訳ない気持ちで口を開いた。

「えっと……エリエゼルさん？　悪いんだが、そこの壁の所に行ってみてくれ」

「え？　あ、は、はい」

エリエゼルは俺の指示に従い、挙動不審気味にだが壁側に移動した。

出入り口から見て左側の壁だ。

「顔の高さくらいの部分に手を当てて、横にスライドさせてみてくれるか？」

「あ、はい」

そう言ってエリエゼルが壁に手を当てて横に動かすと、壁の一部がスライドして高さ一メートル、横二メートルほどの隙間が出来た。

そして、その奥には白い壁とステンレス製の流し台などが見える。

「キッチンもついでに作りました」

俺がそう告げると、エリエゼルはキッチンとこの部屋を繋《つな》げる隙間に顔を突っ込んで絶叫した。

「え、えぇぇえっ⁉」

こちらの部屋と同じくらいの大きさのキッチンを絶叫しながら眺めるエリエゼルの背中に、俺は追加情報を投げ掛ける。

「そっちの角に目立たないけどキッチンへ向かう扉があるぞ。後、部屋を作った時に、何となくだけど魔素の溜《た》まる感覚が分かってきた気がする」

俺がそう言って笑うとエリエゼルはまるで珍獣を見るような目で俺を見てきた。

「い、いったいどんな想像力をお持ちなのですか？」

俺は不敵な笑みを浮かべて顔を上げる。

「社畜時代の異常な拘束時間に磨き続けた妄想力を舐《な》めないでいただこう！　本気を出せば妄想だけで美味しいステーキを食べた気分にまでなれるのだよ！」

俺がそう言って自虐的に想像力自慢をすると、エリエゼルは納得して首肯した。

「妄想力……なるほど、身体を最高のモノに作り変えられずとも、ご主人は十分に規格外だったようですね」

エリエゼルはそう言うと、乾いた笑い声を上げて俺を見ていた。

何故だ。褒められている気がしない。

◇　◆　◇

ダンジョンマスターなる奇怪な職に転職したのに、俺は食堂を始めようとしている。あまつさえ、今悩んでいるのはその食堂で出すメニューである。

「シェフの気紛れコースとかどうですか？」

俺が悩んでいると、エリエゼルは簡単にそんなことを提案してきた。

馬鹿を言ってはいけない。気紛れだの何だのというのはオシャレに見せているだけで、単純に余り物料理になるだけだ。むしろ、内容や味について細かく書いたメニューの方が好感が持てる。

ワインの名前だけ羅列したドリンクメニューも論外である。すっきり辛口の赤！　とか、フルーティーな口当たり！　とか、分かりやすく書いていただきたい。

……いかん。どうも居酒屋テイストに考えてしまう。

俺は意識をオシャレなフレンチ的な店にシフトし、メニューをイメージする。

出来た。

赤い厚みのある表紙と裏表紙付きの豪華なメニューだ。まさにフレンチだろう、多分。

ただ、中にあるメニューはカレーライスだったりハンバーグ定食だったりするのだが。強いて及第点のものを挙げるならパスタとピザは良いのではないだろうか。イタリアンだが。

「……中々、斬新なメニューですね」

出来たメニューを眺め、エリエゼルが辛うじて悪口にならない感想をくれた。ありがとう。

「……安いファミレスみたいなメニューになったな」

俺はそう言って、メニューをテーブルに置いた。とりあえず俺達の住居を作らねばならない。

流石に食堂のテーブルで寝たくは無いからな。

「俺達が寝泊まりする部屋を作ろうと思うんだけど、どんなのがいい？」

俺がちょっとだけ期待を込めてそう聞いたのだが、エリエゼルは純粋無垢《むく》な笑顔とともに頷いた。

「お任せ致します」

はい、終了です。理想としては、一緒の部屋が良いです、の一言が欲しかった。

だが、こう言われたらそんな下世話な話に出来る筈《はず》が無い。俺は涙を飲んで口を開いた。

「はい、任せてください」

俺はそう言うとヤケクソ気味にキッチンと反対側の壁に向かい両手をついて目を閉じる。

居住スペース。つまり、マンションの間取りのようなものだ。そんなもの、既に決めている。いつか欲しいと夢見てきた駅近のマンションだ。

動線を意識して、水周りを集中し、部屋は廊下を挟んで三部屋。廊下の奥にトイレ。部屋にはウォークインクローゼット。エリエゼルと一緒に住むのだから、三部屋の真ん中は壁一面の本棚と大きなテレビ、カウチソファーを置いた書斎兼シアタールーム。

俺は溢《あふ》れ出る夢のマイホーム計画を存分に妄想し、念じた。

直後、俺が触れていた部分の壁が横にスライドした。

「うぉっと⁉」

急に身体が横に流れてバランスを崩した俺の後ろで、エリエゼルが壁の向こうを覗《のぞ》き込んだ。

「え？　あの、長い道が……あ、あの奥の扉の向こう側でしょうか？」

エリエゼルはそう言って俺が作った居住スペースの中へ足を踏み入れた。

「奥はトイレだぞ。左側が各部屋で、右側がリビングとキッチンや風呂《ふろ》、洗濯場だ」

俺がそう言うと、廊下を進んでいたエリエゼルがピクリと肩を動かして左右を見た。

「へ、部屋とキッチン？　トイレ？　え？」

エリエゼルは困惑したようにそう呟《つぶや》くと一つ一つのドアを開け閉めして居住スペースの探索を始めた。

そして、廊下にまでエリエゼルの絶叫が響き渡ったのだった。

「……またやり過ぎたか？」

俺はエリエゼルの悲鳴を聞いて苦笑いと共にそう呟くと、夢のマイホームへ向かった。

やはり気になるのは書斎兼シアタールームだ。開くと、十四畳か十五畳ほどの広い部屋が広がり、まるでリビングの窓を横にしたような巨大なテレビが壁に掛かっていた。

「いいね、いいね！」

六人くらいはゆっくり座れるソファーに座り、その柔らかな感触を楽しみつつ本棚を見る。イメージが詳細過ぎたのか、本棚のなかには本がギッシリと並び、ガラス窓が閉められていた。

テレビの掛かっている壁を確認すると、テレビの下の部分には両開きの扉がついており、開けてみたら中には今までに見てきた無数の映画のパッケージがあった。

貴重な趣味の一つが映画鑑賞である俺としては最高の誤算である。

俺が映画のパッケージを手に思わず笑顔になっていると、背後からエリエゼルの声がした。

「ご主人様!?　あ、あの、全ての部屋に家具や道具類がもう揃えられています！」

「想像したら出来たね。やったね」

俺がそう答えると、廊下からこちらを覗き込んでいたエリエゼルが首を激しく左右に振って口を開いた。

「……ああ、そうでした。ご主人様は規格外でしたね……魔素は足りてるんですか？」

疲弊した顔でエリエゼルにそう聞かれ、俺は何となく感じ出した魔素らしきモノを意識する。店の厨房を作った時に比べると、およそ半分くらいに減った気がする。

逆に言えば、もう一つ同じ居住スペースを作れるのだが。

「今日はもうこれくらいにしようか。ちょうど昼過ぎになったし、御飯食べよう」

俺はそう言って壁に掛かった時計を指差した。エリエゼルはそれを見て頷《うなず》く。

「あ、そうですね。御飯に……って、もう駄目です……私の常識が崩れていきます。ダンジョンマスターの補佐の為に知識を与えられたはずなのに、何で知識が全く役に立たないのでしょう……」

エリエゼルは何かぶつぶつ呟きながらカウチソファーの出っ張った所に顔を埋めて悶《もだ》え出した。

ソファーの上でころころと転がるエリエゼルは可愛いが、少し心配である。

これは、かなりの疲労から来る症状に違いない。ウナギとか生姜《しょうが》焼きとかどうだろう。いや、スッポンか？

「とりあえず、食堂に移動しよう」

「はい……そうですね。ダンジョンの方も凄《すご》いものが作られると期待すればそんなに……」

俺の言葉に意気消沈した様子の返事が戻ってきた。

項垂《うなだ》れたまま後から付いてくるエリエゼルと一緒に、食堂に戻る。

その途端、エリエゼルが勢い良く顔を上げた。

「誰か来ました」

エリエゼルは厳しい目付きで出入り口の方を見据えてそう口にした。

「エリエゼル。表情を柔らかくしろ。お客様だ」

俺がそう言うと、エリエゼルはハッとした顔になった。俺たちが注視する中、王都と我がダンジョンを繋ぐ出入り口の扉がそっと開かれた。

——チリンチリンチリン。

軽やかな鈴の音が鳴り、扉を開けた若い男が驚いて辺りを見回す。

「いらっしゃいませ！」

俺が間髪いれずにそう挨拶《あいさつ》を口にすると、男はびくりと身体を震わせてこちらに顔を向けた。

「え、あ、み、店……？」

男は困惑した様子でそう口にした。

明るい茶色の髪をした男だ。良く見ると、頭の上に小さな三角の耳があった。アクセサリーかと思ったが、男がまるでゲームで出てくるような鈍色のパーツが目立つ鎧《よろい》を着込んでいるのを見ると本物のような気もしてくる。

もし本物なら獣人と呼ばれる存在だろうか。

俺は戸惑う男に笑いかけ、口を開いた。

「どうぞ、どうぞ！　まだオープンしていませんが、貴方が最初のお客様です！」

俺がそう言うと、エリエゼルが静かにお辞儀をして男の入店を待つ。

男は遠慮がちに店内に入ると、感嘆の声を上げた。

「うわぁ……凄いお店ですね……」

よし、掴《つか》みはバッチリだ。

と、そこへ高い女の声が響いた。

「レッチ！　一人でそんな……」

そう言って入ってきた若い女は、店内を見て明らかに狼狽《うろた》えていた。

「いらっしゃいませ！」

「ひゃあっ⁉」

俺が元気良く挨拶すると、女は飛び上がって驚いた。こちらは灰色の長い髪をした、ローブ姿の女だった。なんと、頭に長い耳が生えていて、レーダーのように忙しなく揺れている。

「セリーヌ。此処《ここ》は飯屋みたいだぞ。食べてみようぜ」

レッチと呼ばれた男は、そう言ってセリーヌという女を眺めた。

セリーヌはおっかなびっくりとした様子でレッチの側に行くと、レッチの腕の皮膚をつねり上げながら口を開いた。

「ど、何処が盗賊の隠れ家よ……！　立派なお店だったじゃない！　しかも高そう……！」

セリーヌがそう言うと、レッチは涙目で首を振った。

「痛いって！　だ、大丈夫だよ！　た、多分！」

二人はそんなやり取りをしてテーブルの前に座った。俺はそれを確認して、メニューをテーブルの上に置き、エリエゼルに顔を向ける。

「厨房《ちゆうぼう》をお願いね。俺はメニューを」

「わ、私が料理を……⁉」

俺の言葉にエリエゼルが驚愕《きょうがく》した様子を見せた。そのあまりの驚きぶりに俺は逆に驚いてエリエゼルを見返した。

「いや、形だけだよ……もしかして、料理出来ないのか？」

「……も、申し訳ありません」

俺が意外に思って尋ねると、エリエゼルは深く項垂れた。

「いや、俺が創るから良いんだけどね。ほら、厨房に行って」

俺がそう言うと、エリエゼルは肩を落として厨房へと消えた。

さて、最初の客だ。気合いを入れよう。

「お客様。この店の料理は少々変わっております。良ければお聞かせ願いたいのですが、お食事はどのようなものが良いでしょうか」

俺がそう聞くと、レッチはメニューを見て唸《うな》った。

「た、確かに……聞いたことも無い料理ばっかり……」

「れ、レッチ……値段書いてないよ……」

二人はボソボソと何か呟くと、引き攣った顔で俺を振り向いた。

「に、二千ディールで……二人分……で、出来たらお酒も！」

「こ、こら！　無理に決まってるでしょ！」

レッチの台詞にセリーヌが慌てて怒鳴った。

俺は二人に見えないように水の入ったグラスを創り出してそっとテーブルに置いた。そして、レッチの方を見て笑顔で頷く。

ワタシ、通貨の価値が分かりません。

俺は、どこか怯《おび》えた表情を浮かべる最初の客である獣人二人を見て、苦笑しながら頷いた。

「お客様は記念すべき最初のお二人です。サービスしましょう」

俺はそう言って誤魔化しながら笑うと、メニューを受け取って恐縮する二人に背を向けた。

やばい。味の好み聞いてないぞ。俺はそんなことを思いながら厨房に続くスライドドアを開けて中に入った。

中は広い部屋だった。店の厨房として、かなり広く作ったのだ。

白いタイル状の床に、ステンレスの流し台、テーブル、調理器具。包丁もあり、大きな食器棚や、冷蔵庫などまで……。

「冷蔵庫？　そういえば、冷蔵庫って動くのか？」

俺がそう口にすると先に厨房に来ていたエリエゼルが頷いた。

「恐ろしいことに、魔素で永続的に電気を創り出しているみたいです……普通は魔力などを使って人力で動かすモノを、魔素を直接、しかも自動的に……どうやっているのですか？」

エリエゼルが何故か悔しそうにそう呟いた。

「え、そうなの？　そういえば照明やらも気付いたら点いてたな……って、それは今は置いとこう」

俺はエリエゼルと呑気《のんき》に会話しそうになり、慌てて手を前に出して会話を中断した。

怪訝《けげん》な顔をするエリエゼルに、俺はすぐ質問を口にした。

「エリエゼル。この国の貨幣について教えてくれ。二千ディールってのはどれくらいだ？」

俺がそう聞くと、エリエゼルはパッと表情を明るくしてこちらを見上げた。

「ディールは殆《ほとん》ど円と同じと考えてください。ディールの方が少しだけ価値が高いので、二千三百円か二千四百円くらいです」

エリエゼルはそう言って胸を張った。その答えに、俺は首を傾げる。

「……ん？　それくらい払えば余裕じゃないか。あの二人は随分心配していたが、安めに抑えた外食なら全然出来るぞ？」

俺がそう呟いて頭を捻《ひね》っていると、エリエゼルは首を左右に振った。

「何でもある日本と一緒にしてはいけません。外食というのは恵まれた国、つまり余裕のある国でこそ多種多様なジャンルが生まれます。この世界はまだまだ地球のようには文明は進んでおらず、大国リセルスの王都でやっと様々な種類の飲食店が出来るようになったくらいです。外食は一般人ならば特別な日にするお祝いで精々、といったところでしょうか」

エリエゼルはそんな説明を口にして、俺の反応を待った。待て。それはつまり、二千ディールぽっちであまり豪華な食事を出すと、悪目立ちするんじゃない？

「二千ディールで食べられるのはどれくらいだ？」

「一食分でお酒は無し、といったところでしょうか」

「マジかよ」

俺はエリエゼルとの会話で頭を抱えて座り込んだ。

流石に、それは切ない。広い食堂でそんな一杯のかけそばちっくな光景は泣いてしまいそうだ。

「いや、オープン記念だ。オープン記念なら大丈夫だ」

俺がそう言うと、エリエゼルは難しい顔で唸った。

「……どちらにしても目立つと思われますが……」

「安いジャンクフードを提供する。だから大丈夫だ。高級そうな見た目にしなければ良いだろう？　多分、肉や魚みたいなものじゃなければ安く見えるかもしれないし」

俺はそう言ってエリエゼルを説得しようとすると、エリエゼルはふっと息を漏らすように笑った。困ったような、少し照れたような顔で微笑むと、エリエゼルは俺を見上げてからお辞儀を一つした。

「ご主人様の望むままに」

エリエゼルはそう言うと流し台の近くの食器棚から銀色の盆を用意し始めた。

俺は二人の客にちょうど良い量になりそうな食事を考える。牛丼は安いなんてローカルルールは通じないだろう。やはり、これしか無いか。

「よし、メニューを決めた。お盆をおくれ」

「はい」

テーブルの前に立つ俺の前にエリエゼルが銀のプレート、丸いお盆を置いた。

俺は目を閉じて想像し、念じる。

目を開けると、そこにはチーズ多めのハンバーガーと、照り焼きチキンとトマト、ベーコン、レタスを焼いたパンで挟んだ特製ＢＬＴサンドが並んでいた。

さらに、二つの料理の間にはフライにされた細長いポテトとケチャップ。そして、傍にジョッキの生ビール。

うん、やり過ぎた。

「ご、ご主人様……これは、少し豪勢過ぎるのでは……」

「……いや、これでいくぞ」

躊躇《ためら》うエリエゼルに俺がそう言うと、エリエゼルは決意を固めたように口を結んで頷いた。

「分かりました……お客様へお持ち致します」

エリエゼルはそう口にして、料理を持って出て行った。

俺は厨房から食堂の様子を眺める。料理を目にした二人が驚いたのが分かった。

見た目は問題ないだろう。後は味である。この世界では、味が濃過ぎるだろうか？

いや、ビールもいきなりは厳しいかもしれない。ジュースみたいなのも用意するべきだったか。

頭の中に様々な後悔にも似た言葉が浮かんでは消えるが、最早後の祭りである。

結果はいかに。

俺がそんなことを思いながら見守る中、恐る恐るハンバーガーとＢＬＴサンドを口に近付ける二人の獣人。

そして、二人はかぶり付いた瞬間、目を見開いて目の前の料理を見た。

「う、美味《うま》っ⁉」

「……美味《おい》しい！」

二人はそう感嘆の声を上げると、勢い良く食べ始めた。

そして、ビールのジョッキに手を伸ばす。金色に輝く液体を口に流し込み、また驚愕の表情を浮かべた。

「……っ！　何だ、エールじゃない……？　苦味があるけど凄く……」

「うわ、冷たくて美味しい……！　料理とも凄く合うよ！」

二人の反応は正に最高の評価といって良いだろう。二人の顔に晴れやかな笑顔が浮かんだのがその証拠だ。

よし、大成功だ。

エリエゼルもこちらを振り向いて笑っている。

「……これなら王都一の飯屋も夢じゃないな」

俺は満足感と共にそう呟《つぶや》き、首を傾げた。

あれ？

俺ってダンジョンマスターじゃなかったっけ？

◇◆◇

大満足した初めてのお客が地上への階段を上がって店を後にしたのを見て、階段下の店の出入り口に看板を設置する。店が閉まっていることを告げる表示だ。とりあえず、今日は疲れたので閉店することにしたのだ。

社畜会社員時代には考えられないことだが、どうしても休みたい時には自分の判断で休めるというのは気楽で良いな。

「さっきの見たか？　凄《すご》い喜んでたよな。信じられないくらい美味しかった、感動したってさ」

「良かったですね、ご主人様」

俺は笑みを抑えることも出来ずにエリエゼルとそんなやりとりを何度もした。

「さあ、何か食べよう！　腹が減ったな」

テンションが上がった俺がそう言うと、エリエゼルは苦笑しながら頷《うなず》く。

「そうですね。看板に何時から何時まで店を開けるか書いた方が良いかもしれませんね。お客様の来店ペース次第では中々ご飯が食べられませんから」

エリエゼルはそう言って俺の前にある椅子を引いてくれた。俺は椅子に座ると、頭の中で食べたい物を想像する。

空腹もあるからな。ガッツリ食べたい。

俺はその欲望をそのまま形にすべく、目を閉じて念じた。

目を開くと、そこには分厚いステーキとフルボディの赤ワイン。そして白いライスとオニオンスープ、トマトスライスが載ったサラダがあった。

二人分のそれを見て、俺は正面に座るエリエゼルを見て口を開いた。

「あ、ごめん。思わずエリエゼルの分もステーキ出しちゃった。エリエゼルは何がいい？　好きなものを言ってくれたら出し直すよ」

俺がそう言うと、エリエゼルは首を左右に振って微笑みを浮かべた。

「大丈夫ですよ、ご主人様。私もちょうどお肉を食べたかったところです。美味しそうですね」

「そうか？　なら良かった。じゃあ、食べようか。いただきます」

「いただきます」

そんなやりとりをして、俺はステーキを一口分ナイフで切り取り、フォークで口に運んだ。熱い肉を口に頬張り、溢《あふ》れる肉汁を味わいながら肉を噛《か》み締《し》める。

黒胡椒《くろこしょう》がピリリと効いたソースもしっかり美味い。

「……美味しい。凄く美味しいですね、ご主人様」

俺と同じようにまずは肉から食べたエリエゼルも目を丸くして驚き、俺を見てそう言った。

その表情に嬉《うれ》しくなり、俺は笑って頷く。

「そうだろ。最近は中々いけなかった美味しいステーキ屋のステーキセットだからな」

脂は少なめの赤身の肉だが、柔らかくて甘みがあり肉の味が強い。いくらでも食べられそうなサッパリとした美味しさである。さらにワサビや醤油《しょうゆ》ベースのソースにも変更出来る為、本当に二枚目を食べてしまったこともある絶品だ。そして、赤ワインは百貨店でたまたま見つけた五千円ほどのイタリアワイン。メルローとカベルネ・ソーヴィニヨンメインの飲みやすく、程よい酸味と渋みに果実の存在を感じられる赤ワインだ。

まあ、これより高いワインは飲んだことが無いだけだが。

グラスを手に、まだ口の中にステーキの味が広がっているところへ赤ワインを一口流し込む。口の中で混ざるように赤ワインの味が染みわたり、鼻を抜ける濃厚でありながら爽《さわ》やかな風味に笑みが零《こぼ》れた。

赤ワインのお陰で、また肉が食べたくなるような舌の整備がなされた気がする。

二千円前後のワインを主に飲んでいたから詳しくは分からないが、このワインは傑作に違いない。だって美味しいもん。俺達はそんな料理とワインのセットを美味しい美味しいと言いながら食べ、食事を終えた。ちょうど良い温度になったオニオンスープがまた美味い。

やはり、美味しいステーキハウスのセットメニューは小憎らしいほどにバランスが良いな。

俺が満足して息を吐いていると、エリエゼルが口元を紙ナプキンで拭《ふ》いてからこちらを見た。

「ご主人様。こちらの料理ならば一人二万ディールで良いでしょう。勿論《もちろん》、あのお上品な赤ワインは別料金です」

「高っ⁉　三万円分くらいの食事ってことか⁉」

俺はエリエゼルの台詞に思わず口にした赤ワインを吹き出しかけた。咳《せ》き込みながら、エリエゼルの付けた高過ぎる値段設定に目を剥《む》く。

これ、ステーキハウスで五、六千円だったんだけど。ワインを入れても一万円強でござる。

俺がそう思っていると、エリエゼルはフッと息を吐くように笑った。

「ご主人様。この世界で、これだけ完成された料理はまずお目に掛かれないでしょう。それこそ、貴族限定にして十万ディールにしても良いくらいです。デザートにスポンジケーキなんて出したら一万ディール以上の料金になるとお思いください」

「ケーキ高過ぎっ⁉」

俺は思わず変な台詞を絶叫してしまう。エリエゼルの衝撃の発言に、俺は開いた口が塞《ふさ》がらなかった。なんという高級店になってしまうのか。甘いもの好きな俺としてはケーキは勿論、パフェやらアイスやら色々メニューに載せてしまったのだが。

俺が愕然《がくぜん》としていると、エリエゼルは急に表情を引き締めて俺を上目遣いに見た。

「……私の意見は私の意見です。実際の値段はご主人様がお決めください」

「……え？　さっきの金額の話は？　適正な価格を教えてくれてたんじゃないの？」

俺が首を傾げながらそう尋ねると、エリエゼルは困ったように笑った。

「ご主人様。下手をしたら牛丼チェーンの安い牛丼を提供しても、その価格は二千ディールが適正になるかもしれないのです。勿論、唐揚げや焼き魚定食を出しても同じですよ？」

「た、高い……」

俺がそう呟くと、エリエゼルは笑いながら頷いた。

「ですので、ご主人様の記憶にある料理を出すのならば、貴族ばかりが来るような高級店にするよりも、一般の市民を味方につける大衆店にした方が良いと思います。運が良ければ、怪しまれても、その時には味方がいるかもしれません」

エリエゼルはそう言って俺を見た。確かに、貴族達がこの店に来る様になると、間違いなく無理難題を言われそうだ。俺を連れて行こうとするか、絶世の美女たるエリエゼルを手篭《てご》めにしようとするか。エリエゼルに手を出したら死刑だな。マジで。超マジで。

俺がそんなことを考えて勝手に貴族に怒っていると、エリエゼルが口元を隠して笑った。

「ご主人様。ご主人様が何を考えてらっしゃるのかは分かりませんが、ご安心ください。今日見せていただいたご主人様のダンジョンマスターとしての御力があれば、恐らく一ヶ月もあればかなりの深さのダンジョンをお作りになられるでしょう」

エリエゼルにそう言われて、俺は少し肩の力が抜けるのを感じた。

「そ、そうだな。深い穴を幾つも作れば誰も来れないよな？」

「ご主人様……それだと私達も移動に支障が……」

「え？　ダンジョン内をワープしたり出来ないの？」

「申し訳ありません……」

俺の疑問に、エリエゼルは眉《まゆ》をハの字にして謝罪の言葉を口にした。俺は首を左右に振りながら、口を開く。

「何でも念じるだけで出るくらいだから、ダンジョン内も物凄《ものすご》い便利空間になるのかと思ったよ」

「ワープなどは出来ませんが、好き放題にリフォーム出来る大豪邸と思っていただければ」

「罠《わな》だらけでモンスターが徘徊《はいかい》する大豪邸？　警備会社いらずだな」

俺とエリエゼルはそんな会話をして、食堂を後にした。

居住スペースに入り、自然な成り行きで俺は一番風呂《ぶろ》を浴びる。魔素により電気を補給されるオール電化住宅の我が家は、もう凄く快適。かなり広めに作った風呂場《ふろば》の壁にはガラスで仕切られたスペースがあり、そこにはテレビまで設置している。普通のテレビ番組は見られないが、俺が好きな映画や、音楽バンドのライブ映像などは見られる。

壁に設置されたテレビの操作盤を操作して、ハードディスクの中からライブ映像を探していると、風呂場の扉が勝手に開かれた。

「お邪魔致します」

そして、現れたエリエゼルに、俺は声も出せずに固まった。

タオルで身体を隠したエリエゼルの立ち姿に、俺は一瞬意識が遠くなりそうになる。

「ご主人様、お背中を流させていただきますね」

「あ、はい。お願いします」

気付いたら俺はそんな返事をしていた。

背中に触れる柔らかいスポンジの感触に、思わず身体が跳ねる。年甲斐《としがいな》も無く大きく高鳴る心臓

の鼓動に、俺は背中を洗われているのに身動き一つ出来なくなってしまった。

「ご主人様、お加減は如何ですか？」

「す、凄く良いお加減で……」

俺の返事にエリエゼルが声を漏らすように笑う気配がした。

背中を温かいお湯が洗い流す。

「……ご主人様の異常なまでのダンジョンマスターの資質を以《もっ》てしても、王都の中という場所では明日をも知れぬ命かもしれません……せめて、私が精一杯ご主人様をサポート致します。何なりと、私にお申し付けくださいませ」

不意に、エリエゼルが真面目なトーンでそんなことを言い、先程まで気分が高揚していた俺の心を急激に冷やした。

明日にも死ぬ運命かもしれない。それは、サラリーマンでしかなかった俺には全く現実感の無い台詞だった。なのに、不思議と綿に水が染み込むように俺の心に入り込み、理解してしまった。

本当に、死ぬ時はあっさりと死んでしまうんだろうなぁ。

俺はそんなことを思い、細い息を吐いた。

すると、俺の背中にエリエゼルが身を寄せ、口を開く。

「……ご主人様、私はご主人様のモノです。何なりと、私に仰ってください。何でもしましょう」

エリエゼルの台詞に俺は大きく感情を動かされた。

だが、それと同時に俺はエリエゼルの肌が背中に触れている事実に、理性が吹き飛びそうになっていた。いや、結局、見事に吹き飛んだのだが。

第二章　王都を観光しよう

朝がきた。

布団の中で身動《みじろ》ぎすると、隣には艶やかな紫がかった髪と、その隙間から見える美しい白い肌があった。長い睫毛《まつげ》が震えるのを見て、俺はドギマギしながらそっとエリエゼルの頭を撫《な》でる。髪の毛を梳《す》くように指を通し、ほんのり冷たいエリエゼルの頬を手のひらで触れた。

「ご主人様……おはようございます」

直後、エリエゼルの普段より僅《わず》かに舌ったらずな声が聞こえ、俺は思わず手を離して口を開いた。

「ご、ごめん。起こしたか」

俺がそう言うと、エリエゼルはそっと微笑を浮かべた。

「ふふ……いいえ、本当ならば私が先に起きなければいけませんから」

そう言って、エリエゼルは身体をゆっくりと起こした。

「そういえば、魔法って概念が無かったから今迄《まで》気にならなかったんだが、俺って魔術とやらはどれくらい使えるんだ？」

俺がそう尋ねると、エリエゼルはキョトンとした顔で俺を見返した。

そして、不思議そうに口を開く。

「え？　使えませんよ？」

「え？　使えないの？」

俺は思わずエリエゼルの台詞を繰り返してしまった。

地味に傷付いた俺は口を尖《とが》らせて目を細める。

「確か、最高の身体が何たらとか聞いたんだけど……これってアレか？　労働契約違反か？　それとも嘘情報ばかり載った求人案内に騙《だま》された方が悪いってやつか？」

俺が文句混じりの質問をすると、エリエゼルは納得したように頷《うなず》いた。

「ああ、あの話でしたら……ご主人様の身体は確かに最高品質のモノに変化しておりますよ？　ただ、ご主人様は職業的に魔術士として魔術を行使することが出来なくなっているだけで……」

少し控えめな声で、エリエゼルは俺にそう説明をする。

つまり、魔術が使えない代わりにダンジョンを作れる、ということか？

納得がいかん。使えないと知ってしまうと使いたくなるのが人というものである。

「魔術が使えるマジックアイテムとか無いの？」

俺がそう尋ねると、エリエゼルは笑顔で首を傾げた。

「最低限の魔術を使えない人はマジックアイテムを使っても無理ですね」

ぐぬぬぬ。

どうやら魔術というものは俺には縁が無かったらしい。

俺は半眼でエリエゼルを眺め、自分の胸の辺りを指差した。

「じゃあ、ファンタジーな感じで何メートルも飛んだり跳ねたり、岩を殴って割ったり、走ったら音速出ちゃいましたみたいなのは？」

俺がそう聞くと、エリエゼルは可哀想なモノを見るような目を俺に向けて口を開いた。

「ご主人様……残念です」

「おい」

エリエゼルの返事に俺は一言で突っ込んだ。

残念ですが、まで言えよ。俺の頭が残念みたいじゃないか。

俺が不満であると全面に出していると、エリエゼルは曖昧《あいまい》に笑って視線を逸らした。

「良いじゃないですか。その代わりご主人様は他の誰にも出来ないことが出来るのですから」

「……よし、俺は食堂に行くぞ。旨い飯でストレス発散だ」

「え？　そっちですか？」

◇◆◇

朝からヤケクソ気味で俺は食堂に出てきた。さて、エリエゼルが出てくるまでに何か洒落《しゃれ》た朝食を作って驚かせたいな。

まあ、念じたらポンッなんですがね！

俺はテーブルの前に立って腕を組んで考えた。

よし、エッグベネディクトにしよう。俺はそう思って頭にイメージを浮かべて、念じる。出た。

テーブルの上にプルプルのポーチドエッグと焼いたベーコン、レタスが乗ったマフィンに何か白いソース。トロットロである。

更にクルトン入りのコーンスープに、グリーンサラダ。後はホットコーヒーでバッチリ。俺がそんな朝食の準備を終えた頃、エリエゼルが食堂に出てきた。

「まあ、わざわざ私の分も朝食を？　ありがとうございます」

エリエゼルは驚きと喜びの混ざった表情でそんなことを言ってきた。

いやいや、念じたら出たんですよ。本当に。愛の力ですかね。

俺は言葉には出さずにそんなことを考えて一人で照れた。エリエゼルはそんな俺を横目に微笑みながら席につき、朝食に目を落とした。

「本当に美味《おい》しそうですね」

「ん、食べようか。いただきます」

俺はそう言ってナイフをエッグベネディクトに入れ、半分に切り分けた。プルプルの半熟卵がトロッと広がり、ソースと絡み合って何とも食欲を刺激する見た目となる。口に含むと、黒胡椒《くろこしょう》がアクセントになったバターとレモンなどの甘酸っぱい味が広がり、卵のまろやかさが加わる。少ししょっぱいマフィンとベーコンが更に良し。

「あ、美味しい！　これは美味しいですね！」

エリエゼルもご満悦である。

とあるチェーン店に期間限定で出たメニューだったが、その辺の個人経営のカフェよりも美味しかったという思い出の品だ。

俺はエリエゼルの反応に満足すると、残りを食べた。うん、美味《うま》い。さっぱりとしたサラダがまた良い。俺はコーヒーを口にしながらゆったりとした気持ちになり、息を吐いた。

お取り寄せグルメぐらいしか楽しみが無くなっていた俺にとって、好きな料理を好きなだけ食べられるのは物凄《ものすご》く嬉《うれ》しい。食べたくても食べに行く暇が無くて諦《あきら》めた食べ物とかも食べられるのだろうか。ぜひ試してみたいな。

「大変美味しいお食事をありがとうございました」

俺と同じく食事を終えたエリエゼルはそう言って頭を下げると、食器を片付け始めた。俺はその後ろ姿を眺めた後、ダンジョンについて考察した。

とりあえず、最初は時間を稼げるダンジョンを作らないといけない。暫《しばら》くはあまり深く作れないだろうからな。

「やはりダンジョンに見えないように偽装しながら深くしていくしかないか。まぁ、食堂が楽しいから全く問題は無いが」

俺はそう口にして頭を整理すると、席を立って食堂の真ん中にある柱の奥に階段を作った。人一人くらいが通れる狭い降りの階段だ。壁も床面も全て石造りである。俺は作ったばかりの階段に足を踏み入れながら、階段をどんどん深く降りるように作っていく。

絵面的には時折目を瞑《つぶ》って立ち止まりながら階段を降りるという何とも間抜けな感じだが。

さて、二階分は地下に降りただろうか。

俺は階段の突き当たりになる正面の壁に手を当て、目を閉じた。

イメージを膨らませて、念じる。

目を開けると、そこには一坪ほどの小部屋が出来ていた。そして、奥の壁には金の背景に松が描かれた一対の襖《ふすま》がある。部屋の端には二つの提灯《ちょうちん》のような照明が壁にくっ付いている。

「ん？　思ったより悪趣味になったな」

俺はその金色の襖を開けながら思わずそう呟《つぶや》いた。開けると、奥には広間があり、左右の壁から奥の壁にまでびっしり襖が並んでいる。

和風迷路の完成だ。都合上、襖以外は石造りだが、色合いのお陰かそこまでの違和感は無い。灯りも全て提灯の割に明るい。

実はこの迷路、出口は無い。強いて言えば入り口が出口になるのだが、迷路の中で何か手がかりを得ようとしても何も得られないのだ。

挙句に、全て同じ景色が続くように作っている為、迷路を攻略出来ているのか分からないだろう。

ちなみに、俺達の避難場所は階段の途中に作っている。避難場所と言っても、逃げられるように厨《ちゅう》房《ぼう》から迷路の所に降りられる細い通路と、簡単な待機部屋だけなのだが。

「ふむ」

迷路を作ったせいで、魔素がかなり減った感覚がある。今日はこんなものだな。

俺は階段を上がり、食堂に戻った。そして、迷路に続く階段の上に床にそっくりな蓋《ふた》を設置する。下が空洞なので踏むと僅かな違和感を覚えるかもしれないが、それは仕方ないだろう。

俺は満足して先程のテーブル席に座した。

すると、タイミング良く、食器を片付けたエリエゼルがこちらへ向かってくる。

「お待たせしました、ご主人様。ダンジョンをお作りになられますか？」

エリエゼルは笑顔で俺にそう言った。

俺はそんなエリエゼルに微笑み返し、頷《うなず》く。

「もう作ったよ」

俺がそう言うと、エリエゼルは笑顔のまま小首を傾げた。

「……え？　いえいえ、ご主人様……ダンジョンを」

「もう作ったよ？」

「え？」

俺がそう言うと、エリエゼルは疑問符を浮かべながら固まった。

俺は席から立ち上がり、柱の後ろに移動して、床板を剥《は》ぐ。地下に続く階段を露出させ、エリエゼルに顔を向けて口を開いた。

「ほら」

「えぇっ⁉」

俺の言葉と地下に続く階段に、エリエゼルは目を丸くして驚いた。

「し、失礼します！」

そう言って地下に降りていくエリエゼルを見送り、俺はテーブルの上にコーヒー感の強めのカフェオレを創り出す。

うん、良い香り。

「え、えぇえぇ……⁉」

地下から絶叫が響くが、俺は優雅にカフェオレを口にする。滑らかな口当たり。コーヒーの苦味に甘いミルクが丁度良くマッチしている。

家でやってもこの味は出せないよな。

俺がそんなことを思いながら休憩し、昼からどうしようかと悩んでいると階段を小走りに登ってきたエリエゼルが食堂に現れた。肩で息をしながら背中を丸めて両手を膝《ひざ》に乗せたエリエゼルは、額から汗を流しながら俺を見上げた。

「な、何であんな迷路が、もう、出来て……い、いえ……そうでした。ご主人様は異常系ダンジョンマスターでしたね……」

息も絶え絶えなエリエゼルに、俺はコップに入った水を手渡す。

「あ、ありがとうございます……」

そう言って水を受け取り水分補給を始めたエリエゼルを見下ろし、俺は腕を組んで頷いた。

「良いだろう？　地下の迷路は出口が無い上に分岐ばかりで自分が何処にいるか分かり辛いと思う。襖や床に目印をしても時間が経つと消えるようにしてるからな。ばっちりだ。広さも六万平方メートル。東京ドームより広いぞ」

「ぶばっ！」

俺がそう言うと、エリエゼルは飲んでいた水を噴き出した。

「げほっげほ……！　と、東京ドーム……⁉」

激しく咽《む》せるエリエゼルを眺め、俺はその反応に満足して口の端を上げた。

まあ、俺の服はビチャビチャにされたが。

「そのせいで何の仕掛けも出来なかったが、まあ、時間稼ぎと思えば良いだろ？　あ、階段の途中に俺達の避難場所は作ったぞ」

「まだあるんですか⁉」

俺の一言に、エリエゼルは怒鳴るような大声でそう言った。

いや、だって迷路は運良く奥まで来るような奴もいるだろうし、俺たちが隠れるのには向かないと思うけど。

「……私もダンジョン作りのアイディアを一杯持ってたのに……でも、さっきのダンジョンも凄《すご》く壮大で面白いし……」

エリエゼルは何処か遠くを見つめながらぶつぶつと何か呟いていた。

とりあえず一つ階層が増えた我がダンジョンに乾杯をしたいのだが、エリエゼルが茫然自失《ぼうぜんじしつ》したまま帰って来ない。俺はどうしたものかと辺りを見回し、そういえば地上の風景を目にしていなかったことを思い出した。

緊急避難先も出来たことだし……少しくらい異国情緒を味わっても良いのではないだろうか。

俺はそんなことを思いながら、そっと出入り口の方へ向かった。金属の棒を嵌《は》め込むような形状の鍵《かぎ》を外し、俺は木製のスライドドアを動かした。すると、外界の空気が食堂に流れ込む。

何処か乾いた、石の匂いと不思議な香辛料の香り。

そして、僅《わず》かに木の香りが漂ってくる。

俺はその空気に頬を緩め、外へ続く階段に一歩足を踏み出した。

だが、階段に足を乗せた瞬間、俺は胸を締め付けられるような感覚を受けた。

え？　これって恋？

そんな胸の高鳴りに、俺は初めての海外旅行だからだろうと理由をつけた。まあ、異世界だから海外旅行とも違うか。

階段の上には、外の光が見える。路地裏のせいか、人影などは見当たらない。

もう少し階段を登れば、外の景色を自分の目で見ることが出来る。

心なしか、心臓が更に大きく鼓動した。

「ご主人様っ！」

もう一歩足を、そう思った時、エリエゼルに腰を引っ張られて階段を転げ落ちた。

「痛……」

低い段だったから高低差が無くて良かったが、それでも強かに背中を打ち付けて呼吸が止まりかけた。俺が呻《うめ》いていると、俺の上に跨《またが》るようにしてエリエゼルが乗ってきた。

エリエゼルは俺の肩に手を置くと、俺の顔を見下ろして眉間《みけん》に皺《しわ》を寄せた。

「……よかった。申し訳ありません、ご主人様」

エリエゼルは胸を撫《な》で下《お》ろしてそう呟くと、倒れた俺の胸に額を乗せた。

どうやら、俺に頭を下げているらしい。

俺に馬乗りになったまま、エリエゼルは俺を見下ろす。

「ご主人様は、もう完全にダンジョンの一部となってしまいました……つまり、ご主人様はダンジョンの外に出たら、身体が砂のように崩れて死んでしまいます」

「………え？」

俺はエリエゼルの言葉に、首を傾げてそんな声をあげた。

ダンジョンから出られない？

出れば、死ぬ？

エリエゼルの言った言葉は聞こえているのに、どうしても俺の頭の中には入ってこなかった。俺が呆然《ぼうぜん》としていると、エリエゼルは泣きそうな顔で俺を見て、口を開いた。

「申し訳ありません……ダンジョンマスターはダンジョンの一部であり、ダンジョンそのものなのです。ですので、ダンジョンから出てしまえば、存在を失ってしまいます……大事な説明が遅れてしまい、本当にすみません……」

エリエゼルはそう言って、目に涙を浮かべた。

それを見て、俺は何故か理解した。本当に、俺は此処《ここ》を出たら死ぬのだ。

「……死ぬ」

何と無く口に出して見たが、特に変化は無かった。当たり前だが、それで身体がまた変化するわけでもない。社畜からの転職のはずが、どうやら職場から出られないという最上位の社畜になってしまったらしい。

何故だろう。

悲しむべき時なのに、笑えてきた。

「は、はは、はははは……」

俺が笑うと、エリエゼルは憐憫《れんびん》の籠《こも》った目で俺を見て、片手を俺の胸の辺りに置いた。

「ご主人様……元気を出してください」

エリエゼルにそう言われ、俺は溜《た》め息《いき》を吐《つ》き、顔を上げる。

職場から出ることも出来ない超社畜環境が出来上がってしまったのだ。自他共に認める社畜として、その環境をプラスに持っていくしかあるまい。

要は気の持ちようなのだ。

俺はそう気持ちを切り替えると、エリエゼルに笑みを向ける。

「大丈夫だ。こうなりゃ、外界との接点である食堂に力を注いで有名になってやるさ。はは。ダンジョンマスターとしては駄目な方向か？」

俺がそう言って自嘲《じちょう》気味に笑うと、エリエゼルは眉《まゆ》をハの字にして顎《あご》を引いた。かなり気落ちしているらしいエリエゼルに、俺は遠慮がちに声を掛ける。

「まぁ、こうなったら仕方ないさ。とりあえず、ダンジョンのルールとかってあるか？」

俺がそう尋ねると、エリエゼルは浅く頷いて返答する。

エリエゼルが教えてくれたことを簡単に纏《まと》めると……。
一、ダンジョンマスターしかダンジョンを増改築出来ない。
二、ダンジョン作りも、モンスターの召喚も、一定量の魔素が必要。
三、ダンジョンの中は必ず歩いて全ての場所に行けなくてはならない。ただ、落とし穴は底があり歩けるということで作成可能。
四、ダンジョン内の壁や床、天井、照明などの移動の出来ない物は、無理矢理外に持ち出しても砂のように崩れて無くなる。
五、アイテムや装備品、家具などの移動が出来る物は、ダンジョンの外へ持ち出してもそれまで通り使用出来る。
六、ダンジョンマスターはダンジョンの一部である。
大体こんなことをエリエゼルは教えてくれた。そして、最後にエリエゼルが深刻そうな顔で俺を見ながら口を開く。

「そして、ダンジョンマスターは人類の敵として認知されています。人が死ぬ危険なダンジョンの奥でモンスターを作り続ける危険な存在として」

エリエゼルのそんな説明に、俺は目眩《めまい》を起こしそうになった。

「なんでそんなイメージに……」

俺がそう呟くと、エリエゼルが申し訳無さそうに補足説明を加える。

「昔、魔王と手を組んだダンジョンマスターの伝説がありまして……あ、人々にはダンジョンマスターが魔王になったと思われていますが……」

「魔王とかいんの⁉」

衝撃である。

じゃあ、あれか。勇者とかもいるってか。

そんで、倒されるのは俺か？

「……納得出来ねぇ」

俺がそう言うと、エリエゼルが苦笑しながら頷いた。

「私はご主人様の味方ですよ？」

「おお、なんと心に染みる言葉……」

俺がエリエゼルの台詞にわざとおどけて返事をすると、エリエゼルは少し悲しそうに笑い、視線を彷徨《さまよ》わせる。

「……ご主人様。本当は、もう少しダンジョンが大きくなり、ご主人様の安全が確保出来たら言おうと思っていたのですが……」

　エリエゼルはそう言って一度言葉を切ると、顔を上げた。

「ご主人様の身体は外に出ることは出来ませんが、意識は出ることが出来ます」

「……どゆこと？」

　俺は思わず首を傾げてそう言った。

「幽体離脱ですか？」

　俺がそう口にすると、エリエゼルは僅かに眉根《まゆね》を寄せた。

「……どうでしょう？　魂では無く意識なので……」

　エリエゼルは生真面目な返答をして悩み出した。俺は肩を竦《すく》めて口を開く。

「とりあえず、どういうことか教えてくれ」

　俺がそう言うと、エリエゼルは俺を見て頷いた。

「はい。簡単に言うと、外でも活動出来る身体を魔素で創り出し、そこに意識を入れて操ります。ただ、大量の魔素を使ってしまうので、ダンジョンが出来ていない間は使わないものなのです。この地ならば問題無く使えるでしょうが、ダンジョンを作る為の魔素が減ってしまうかもしれません」

「え？　魔素だったらダンジョンの外に出れないんじゃない？」

　何となくそう尋ねると、エリエゼルは首を左右に振った。

「いいえ、ダンジョンはダンジョンで、魔素は魔素……別物です。ダンジョンの一部と認識されるのは、壁や床、天井、扉、照明などの壁に直接取り付けられているものです。つまり、そこのテーブルや椅子はダンジョンの一部では無く、創られた別の存在となります」

エリエゼルはそう言って俺の反応を見てきたが、こちらはちんぷんかんぷんである。

つまり、生物を作るのでは無く、人形といった物を作るということか？

俺がそう思っていると、エリエゼルが難しい顔で唸《うな》った。

「……ダンジョンの根本的な意思として、人やモンスターなどの魔力を持つ存在を、ダンジョンは内部に引き込みたいのです。その際に、より多くの獲物を迎え入れる為に、ダンジョンはダンジョンとは別の、外に出しても大丈夫な宝箱というシステムを作り出しました。そのシステムを利用して、ご主人様は家具や料理などを創られているのです」

エリエゼルは何とか分かりやすく説明しようとしているのだろうが、俺の頭にはやはり入らなかった。とりあえず、ダンジョン内部の部屋や廊下、階段などはダンジョンで、家具類や食事などはオプションみたいな感じだろうか。ダンジョンとオプション……少し似ている。

ふふふ……俺が下らない駄洒落《だじゃれ》を思いついてニヤけていると、エリエゼルが冷めた目で俺を見た。

「……とりあえず、ご主人様が街を見学するには人間の身体を創らなくてはなりません。今後、ダンジョン内を守護するモンスターなどを召喚する際にも、かなりの魔素が必要となってきます」

エリエゼルはそう言って口を閉じた。

なるほど。それで魔素を節約したいのか。ダンジョンが完成するにはかなりの時間がかかり、その間は俺の生存率が下がるということになる。

だが、待てよ？

「……身体は、俺の元の身体を思い浮かべるのか？　それとも別のものか？」

俺がそう聞くとエリエゼルは首を傾げて俺を見つめた。

「元の……？　あ、そうですね。ご主人様の場合、今の身体が前の身体とは違う別の身体でした。そういう場合は……どうするのでしょう？　普通ならば急に別の身体を創っても上手く操ることが出来ないので、使い慣れている自らの複製を創るという手段をとるのですが……」

エリエゼルはそう言って頭を捻《ひね》った。そう、俺の身体はすでに別物なのだ。しかし、身長も体重も違うのに、この身体になって抱くような違和感は殆《ほとん》どない。

視線の高さすら違和感無く馴染《なじ》んでいる。

これは、あの悪魔らしき存在が創った特別製だからなのか。それとも別の理由によるものなのか。

俺はそんなことを考え、エリエゼルに対して口を開いた。

「意識を創った身体にいれるには、どうしたら良い？」

俺がそう尋ねるとエリエゼルは諦観《ていかん》の籠った目で俺を見つめ、短く息を吐いた。

「身体を創った際にその身体から自分を見るような、その身体こそが自分であるようなイメージを浮かべて念じてください。感覚の問題なので上手く言葉に出来ませんが、成功すればそれで……」

俺はエリエゼルの言葉を聞いてすぐにイメージを固めた。

いや、既に外見だけならばイメージは出来ている。後は、そのイメージしたモノの中から自分を見るような……え？　簡単じゃないか？

うん。出来た。

「おお！　イケメンとエリエゼルがいる！」

目の前にハリウッドスター顔負けのイケメンと麗しのエリエゼルが立っており、思わず俺はそんなことを口走った。

そして、俺の口から妙に高い声が出た。

「ひょえっ⁉」

エリエゼルが素《す》っ頓狂《とんきょう》な声を出して俺を、いや、出来たばかりの俺を見下ろす。

口をパクパクと、餌をねだる鯉のように動かすエリエゼルを見て、俺は鼻を鳴らす。

「ふふん！　どうだ、エリエゼル！」

また俺の口から高い声が出た。

新・俺と旧・俺を交互に見るエリエゼルを横目に、俺は鏡を創り出した。縦長のスタンドミラーに映るのは、十歳ほどに見える美少年だった。

金髪碧眼《へきがん》の目鼻立ちがはっきりとした、それでいて確かに可愛らしい少年の姿だ。

「よっしゃ！　異世界観光だ！」

◇◆◇

俺はスーツ姿になり、外へと繰り出した。お金持ちの御子息といった雰囲気になってしまったが、気にしたら負けである。

外に一歩出ただけでは薄暗くて異世界感が伝わってこないが、土壁のような建物の壁や、石畳の地面。それに独特な匂いを含んだ空気が、ここは日本では無いと教えてくれた。

ダンジョンから路地裏へ出て真正面。

先を見ると、路地の切れ目から明るい陽が射し込んでいるのが分かる。あの奥は表通りに出るのかもしれない。俺はそう思って、逸《はや》る気持ちを抑えつつ慎重に歩を進めた。

ちなみに、エリエゼルは外に出られないので単独でのお出かけだ。

少し歩き建物の角に立つと、目の前に広がるのは店などの少ない狭い通りだった。

見た限り、人は疎らで何の店か分からないような建物や家屋らしき建物が並んでいる。色も殆どが薄茶色で角張ったデザインの建物ばかりで面白みに欠ける。

人の服装も確かに変わっている。麻の服のような雰囲気ながら刺繍《ししゅう》や染め方も明らかに独特なもので、原色を使ったカラフルな物から淡い色合いを組み合わせた可愛らしい雰囲気の物まで様々である。

だが、これでは東欧の田舎に旅行に来ましたと言われても納得してしまいそうだ。異世界の大きな都市と聞いて期待していただけに、俺は何とも言えない気持ちで通りに出た。

道を歩く人から好奇の視線を向けられるのを感じながら、俺は足早に通りを歩いてみる。道の先にはまた開けた場所に出そうな雰囲気があり、奥の方には一際大きな建物もあるようだ。

俺はまた少しだけ気分を高揚させて道を進んだ。

開けた場所、俺が立っている通りと広い通りとが合流する交差点。そこに立った時、俺はやっと異世界の中に自分が存在していると認識することが出来た。

幅二十メートルはありそうな大通りに、店先に商品を並べた店舗が立ち並んでいる。所狭しと人々が通りを行き交っており、大きな馬車も何台も見えた。

そして、頭に動物の耳を生やした人間もだ。猫の耳が生えた女の子。犬の耳が生えた青年。兎の耳が生えた美女。

まさに地球では存在し得ない異世界である。

よくよく見れば、やたらと綺麗《きれい》な人がいると思ったら耳が長く尖《とが》っている者もいた。

あれがエルフという存在なのだろう。

「これが異世界か……」

俺は子供の声でそう呟《つぶや》くと、足取りも軽く通りへと飛び出した。

この頃には、外へ出てもすぐに帰るように念を押していたエリエゼルの言葉は忘却の彼方にあった。

◇　◆　◇

「旨そうだなー」

俺は露店に売ってある何かの肉の串焼《くしや》きを眺めつつ通りを歩いていた。

色んな店や様々な人種にも興奮したが、実は一番興奮したのは武器屋だったりする。重厚感のある巨大な剣や斧《おの》、鋭い刃が先に付いた槍《やり》。ワクワクしながら武器を見て、安売りしてあるロングソードは軽く手に取ってみたりもした。まあ、買えないんですが。

そういえば、文字が読めることも確認出来たのは地味に良かった。料理のメニューを読めていたこともあり大丈夫そうだとは思っていたが、改めて確認出来て安心した。

そんなことを考えつつ、俺は前を歩いている狐耳のお姉さんの尻尾《しっぽ》を眺めながら、通りをかなり奥へと進んだ。すると、通りの奥に巨大な壁が建っていることに気が付いた。良く見れば、その壁は一直線に左右に広がっており、壁の下には門のようなものがあった。

城塞《じょうさい》都市とかいうやつだろうか。

「つまり、街の端まで来たってことか」

俺はそう口にすると、ようやくダンジョンに帰るという選択肢を思い出して踵《きびす》を返した。

その瞬間、俺の視界に気になる風景が映った。視線をそちらに戻すと、何かの店らしい建物があり、その扉は開け放たれていた。一際綺麗な外観の建物で、壁や扉の周りには綺麗な布が掛けられており、清潔感とセンスの良さを感じさせる店作りだ。

だが、扉の中に見えるのは奥に向かって左右に並べられた檻《おり》である。

俺は不安な気持ちと好奇心が綯《な》い交《ま》ぜになったような心地で店の入り口に近付き、顔を覗《のぞ》かせて中を見た。白く塗られてはいるが、四角い無骨な檻が向かい合わせに二列、ずっと奥まで並んでいるようだ。

そして、その檻の中には、椅子に腰掛けた人間の姿があった。

手前の方の檻は全て美しい女性である。露出の多めなドレス風の服を着ており、人によっては長い髪をリボンで結んでいたりもする。

だが、皆が首に金属の光を放つ首輪らしき物を付けているのが、他の部分とのギャップに感じられて不気味だった。

「……奴隷」

俺がそう呟くと、一番手前の檻に入った美女が俺を見た。赤い髪の綺麗な女性だ。年齢は二十歳頃だろうか。檻にはレミーアと書かれていた。

この美女の名前だろう。

地球人みたいな名前だな。

「まあ、素敵な服ですね。見たことの無い服を着る貴方は貴族の跡取り様でしょうか？　気品がお有りですもの」

と、レミーアは俺にそんなことを言って柔らかく微笑んだ。俺はその様子に少しホッとすると、周りを見ながらレミーアに近付く。

「ここは、奴隷屋さん？」

俺がそう聞くと、レミーアは目を一度瞬かせて笑い出した。

「そうですよ。奴隷屋さんです。そして、私は今一番売り出し中のおすすめ奴隷のレミーアです。宜しくお願いしますね？」

レミーアはそう言うと、椅子に座ったまま優雅なお辞儀をしてみせた。

全く奴隷には見えない、堂々としていて優雅なレミーアに、俺は自身の知識や常識で知る奴隷とは違う存在なのだろうと思った。

俺が何と返事をしようか悩んでいると、レミーアの正面の檻に入っている金髪の兎の耳を生やした美女が俺に気が付いた。

「あら、可愛いお客さん！　貴族か大商人の御子息ね！　ねぇ、どっちかしら？」

レミーアと同じ格好をしたその美女は元気よくそう言うと、朗らかに笑った。

檻にはシャロットと書かれていた。俺はシャロットの方を見て、口を開く。

「い、いや、どちらでも無いけど……」

俺がそう言うと、二人は眉《まゆ》を上げて俺の顔を見た。そして、服を確認する。

「……Aランク冒険者の息子なわけじゃ無いわよね？」

「坊や、お父さんはお金持ってるの？」

二人は明らかに表情に落胆の色を乗せてそう聞いてきた。俺は首を左右に振り、返答した。

「ご、ごめん。お金は無いんだ。お姉さん達、いくらなの？」

俺がそう聞くと、二人は面白く無さそうに背中を丸めて溜《た》め息《いき》を吐《つ》いた。

「はぁ……子供が奴隷なんて買えるわけないでしょ？　ほら、どっか行きなさい」

レミーアは先程までの態度が嘘のような冷たい眼で俺を見て、そう言った。

それに笑いながら、シャロットが足を組んで俺を見下ろす。

「私達、最前列組は一番高いのよ。私が三百万で、レミーアが二百八十万。私の方が価値が二十万高いの」

「どこが。兎獣人で私と二十しか変わらないなら本来の価値は私の方が高いわよ」

「負け惜しみ？　ふふふ、カッコ悪いわよ？」

と、俺に興味を失った二人は軽い口論を始めてしまった。その様子に、やはり奴隷としての危機感など無さそうに見える。

いや、この店で一番高い二人だと言った筈《はず》だ。つまり、高い値段を払えるような上流階級の人が
二人を買うから、二人は余裕があるのかもしれない。

では、一番奥の奴隷はいくらなのか。

俺は口論を続ける二人を横目に、店の奥に踏み込んでいった。

店に入ったが、不思議と店員や警備員のような人は見かけなかった。

奴隷などを扱うような店ならば、屈強なガードマンが複数立っていそうなものだが、今のところ

檻の中にしか人影は無い。

「まあ、素敵なお召し物ですね！」

「坊ちゃん、こっちへ来てみない？」

「お買い得よ、私！」

そんなに俺の服は金持ちに見えるのか、奴隷の女も男も皆が猫撫《ねこな》で声《ごえ》で俺に声を掛ける。

奇妙な光景だ。

俺に声を掛けない奴隷は大概が死んだような目をしているか、もしくは恨みの籠った目をした者達だ。やはり、借金や犯罪によって奴隷になった者達なのだろうか。それとも、戦争で負けた敗戦国の捕虜か。

俺はそんなことを考えながら、奥の方まで歩いてきた。

店内は思ったより広かった。

百メートルはゆっくりあるだろう。店の正面や入り口から考えると違和感を覚える程に奥に長い作りだ。ようやく一番奥に辿《たど》り着《つ》き、左右を見ると、何故か一際大きな檻が二つあった。

幅も他の檻が一メートル程しか無いのに対して、三メートルはある。高さも少し高いようで、二メートル近くありそうだ。

檻の中を見ると、服こそ同じだが、何処か汚い印象の女の子が五、六人で固まっていた。左右両方の檻が似たような様子である。

見ると、獣の耳を生やした女の子は耳が千切れていたり、普通の人間に見える女の子は片方の目、もしくは両方の目が潰《つぶ》れていたりした。腕が無い女の子もいる。

歳は皆十歳から十二歳くらいだろうか。

檻には値引きの文字があった。

「こんにちは」

俺が声を掛けてみると、女の子達はびくりと身体を震わせたり、敵意の籠った目を俺に向けてきたりした。だが、大半は怯《おび》えた表情と目だった。

「君達は、なんで一緒の檻に入ってるの？」

俺がそう聞くと女の子達は顔を見合わせ、一番手前の小柄な女の子が不安そうに身体を縮こませた。そして、すぐ奥に座っていた一番背が高い女の子が口を開く。

「……私達は、一人じゃ大した価値にならないから、まとめて売られています」

女の子は綺麗な声でそう言って、悲しそうに目を伏せた。黒い髪の、綺麗な顔立ちの女の子だ。だが、片方の目が無かった。

「そうか。それで、いくらなの？」

俺が試しにそう聞いてみると、女の子は不安そうな顔で俺を見上げ、足下を指差した。そして、対面にある檻を指差す。

「……こちらの檻が二万ディールで、あちらの檻が三万ディールです」

え、安っ！　買えないけど安い！　合計十一人で五万七千五百円から六万円くらいということだろうか。つまり、一人五千円強。衝撃の大特価である。

俺がそんなことを考えながら驚いていると、背の高い女の子は不安そうな顔で俺の様子を窺《うかが》い、口を開いた。

「買って、くれるんですか？」

女の子の口から出たのはそんな言葉だった。声も震えているし、良く見れば左手の肘《ひじ》を抱き抱えるように掴《つか》んだ右手も小刻みに震えていた。

可哀想に。

何処か他人事のような感覚でそう思った時、背後に人の気配を感じた。

「お気に召しましたでしょうか？」

しゃがれた男の声でそう言われ、俺は吃驚《びっくり》しながら背後を振り返った。

すると、そこには今の俺よりも少し高い程度の身長の、四角い顔の男がいた。老人のようにも見えるし、三十代くらいにも見える不思議な、そして気持ちの悪い雰囲気の男だった。

俺が黙っていると、男は思い出したように頷《うなず》いて自分の胸に手を当てた。

「いやあ、申し訳ありません。初めてのお客様に大変失礼致しました。私、この店の主のブエルと申します」

ブエルと名乗った男は、挨拶《あいさつ》をしながら丁寧にお辞儀をした。そして、俺を見定めるようにゆっくりと顔を上げながら、俺の足元から顔まで舐《な》めるように眺める。

「……いやいや、私もお得意様だけでなく、上客になってくれそうな貴族様方や大商人の皆様は頑張って覚えたつもりだったのですが……重ね重ね申し訳ありません。お客様のお名前をお聞きしても宜しいでしょうか？」

ブエルはへりくだりながらそう言うと、俺の反応を待った。俺はどうしたものかと頭を悩ませ、咄嗟《とっさ》に思いついた名前を口にした。

「ジョンだよ。ジョン・スミス」

俺がそう名乗ると、ブエルは目を丸くして俺をまじまじと見た。

「さて……本当にすみません。お名前までお聞きしたのに分からないとは。お父様は何をなさっておられるのです？」

ブエルはさも申し訳なさそうに頭を何度も下げながら、しかし眼光鋭く俺を見据えて質問を繰り返した。それに対して、俺はブエルを見上げながら肩を竦《すく》める。

「別に父様のことは良いから、ちょっと質問して良い？」

俺がそう聞くと、ブエルは一瞬キョトンとしたが、慌てて卑屈な態度に戻った。

「は、はい。失礼しました。それで、何を……？」

ブエルが頭を下げながら俺にそう聞き返し、俺は口の端を上げて左右の檻を指差した。

「安いみたいだし、この二つを買いたいんだけど、今はお金持ってないんだ。だから、何日か待っててくれない？」

俺がそう言うと、ブエルは愛想笑いを浮かべながら頷き、俺を見た。

「それはありがとうございます。しかし、こいつらは見ての通り傷物でして……他にもおすすめはありますが如何でしょう？」

ブエルはそう言って快活に笑った。

おお、クズです。クズがおりますぞ。俺は何とか顔には出さずにそんなことを思った。

何故だろう。昔ならばもう少しは感情が動いた気がするのだが、今あるのはこの男への嫌悪感くらいだ。ああ、後はまるで遠い国の事故を見る程度に少女達に同情するくらいだろうか。

むしろ、安売りになった少女達をお買い得なんて思ってしまう部分まである。自分はこんなに冷たい人間だったのか。そう不安になる程である。俺は内心でそんな葛藤《かっとう》をしつつ、男へ困ったように笑った。

「お小遣いじゃ沢山買えないからね。もしも父様が此処《ここ》に来れたらお願いしてみるよ」

俺が金持ちの息子を装ってそう言うと、ブエルは嬉《うれ》しそうに目を細めて頷いた。

「えぇ、えぇ！　ありがとうございます！　それで、何日ほどになるのでしょう？」

「分かんない。とりあえず、待っていてくれたら絶対買うと思うよ」

俺がそう言うと、ブエルは頭を下げながら俺に謝った。

「分かりませんか。いやぁ、すみません。うちは余程の常連でないと数日以上も間をおく予約は受け付けておりません。ですので、後五日ほどすると、この檻は二つとも売れてしまうと思います」

「五日？」

俺がブエルの言葉に片眉を上げて疑問符を浮かべると、ブエルは軽く笑いながら返答する。

「ははは。いや、毎月こういうまとめ売りをお求めのお客様がおりましてね。こちらもそろそろそのお客様が来られると思ってこの檻を用意したもので……ああ、一応取り急ぎまとめ売り出来そうな商品は仕入れますが、この人数は揃えられないかもしれませんね」

ブエルはそう言うと俺の表情を確認するように見た。

焚《た》きつけようとしているのか、それとも本当に買う気があるか見定めようとしているのか。

どちらにせよ、俺にとって面白い話でもない。

「ふぅん。じゃあ、間に合えばでいいかな。また来るね」

俺はブエルにそう言って肩を竦めると、檻《おり》の中の少女達を一瞥《いちべつ》し、踵《きびす》を返した。

「またのお越しをお待ちしておりますよー！」

店の外まで聞こえるような声でブエルに見送られながら、俺は外の通りまで出た。

「よし。いっちょ稼いでやるか」

俺はそう呟《つぶや》き、口の端を上げて来た道を引き返したのだった。

◇◆◇

何とかダンジョンまで戻り、俺はエリエゼルに、ただいまと挨拶《あいさつ》をしながら手を挙げた。

だが、エリエゼルの目は絶対零度と言っても良いほどに冷たいものだった。

「そこに座ってください」

底冷えするような声でそう言われた俺に待っていたのは、一時間に渡る説教タイムだった。社畜時代に謝るのは慣れている。

そう思いながら必死に頭を下げていたのだが、終いには泣かれてしまった。

「ご主人様は仮初めの御身体で外に出られていたので、仮初めの御身体が壊れても死ぬことはありません。ですが、死ぬという経験は明確に体験することでしょう。その時、ご主人様はどれだけの心痛を受けるか……」

エリエゼルはそう言って声を押し殺して泣いた。俺はどうしたものかと悩み、とりあえず抱き付いてみた……が、良く考えたらまだ子供の身体のままだったので、むしろエリエゼルに抱きしめられているような格好になってしまった。

「ふふ……こういうご主人様も良いですね。可愛らしいです」

「も、戻り方を教えてください……」

エリエゼルの台詞に気恥ずかしさを感じ、俺は照れ隠しにそう口にして俯《うつむ》いた。

すると、エリエゼルは笑いながら俺を見下ろした。

「戻りたいと念じれば大丈夫ですよ。ただ、今回作ったその身体は無くなってしまいますが」

「すごい簡単だな」

俺はエリエゼルの教えてくれた戻り方に呆気《あっけ》に取られると、すぐに試してみた。

すると、一瞬で視界が暗くなり、自分が瞼《まぶた》を閉じているのだと気付いた。

目を開けると、寝室の天井が見えた。どうやら、俺の意識が抜けた本体を寝室のベッドまで運んでくれたらしい。身体を起こし、少し気怠い感覚にまるで夢から覚めたような感じだなと思いながら、俺は身体を伸ばしてあくびをする。

少し眠気はあるが、頑張らないといけない。

今日はエリエゼルに言う勇気は無いが、奴隷を買う金を稼がないとならないからな。

俺はそう思い、気持ちを引き締めて食堂まで出た。

「あ、ご主人様」

食堂に出ると、エリエゼルは花が咲いたように華やかな微笑みを浮かべた。どうやら機嫌は完全に回復したらしい。俺はホッと胸を撫《な》で下《お》ろしながらエリエゼルに顔を向ける。

「今日はちょっと頑張ってみようか。外に看板とか出してさ」

俺がそう言うと、エリエゼルは首を傾げて不思議そうな表情を浮かべた。

「そうすると目立ってしまうのではありませんか？」

思わず余計なことを言ってしまったせいで、エリエゼルから聞かれたくないことを聞かれてしまった。

俺が上手く答えられずに呻《うめ》くと、エリエゼルは目を細めて俺を見据える。だが、数秒もしない内にエリエゼルは頬を緩めて困ったように笑った。

「……分かりました。私はご主人様の決めたことに従いますので、ご主人様はやりたい事は我慢せずにおやりください」

エリエゼルにそう言われて、俺は息を吐いて浅く頷いた。確かに、リスクは確実に上がってしまうのだ。あまり無計画には出来ない。

「うん」

俺は一人で納得すると、エリエゼルを見た。

「ちょっとダンジョンを作ってくる」

俺がそう言って踵を返すと、エリエゼルは慌てて俺の後に付いてきた。

階段を降り、和風迷路の間に出る。うん、不思議空間。冒険者達はかなり困惑するだろう。

この迷路の奥。まずは厨房からの抜け道を通って出られる部屋に向かう。

襖《ふすま》を開ける。

襖を閉める。

襖を開ける。

襖を閉める。

襖を開け閉めする。

襖を嫌いになりそうになる。

「……誰だ、こんな面倒なダンジョンを作った奴は」

俺はまた襖を開け、そう口にした。後ろではエリエゼルが襖を音もなく閉めながら曖昧《あいまい》に笑う。

「面白い迷路ですね。私としては暗い石肌の露出した迷路で、暗闇からミノタウロスが顔を出すような雰囲気も大好きですが……」

ダンジョンが好きなのか。エリエゼルは俺の後に続きながら色んなダンジョンの構想を口にしていた。

そうこうしている内に、ようやく厨房からの抜け道の先の部屋まで来た。作った俺でも迷いそうな広さの迷路だ。

俺はその部屋の隣の部屋に移動し、襖の無い壁側の角の床に手を触れた。目を閉じて、イメージを固め、念じる。

出来た。

俺は確かな手応えを感じて床から手を離し、軽くノックをするように手の甲で床を叩《たた》いた。微妙に床の向こうで反響音が響く。

「エリエゼル。手伝ってくれ」

「はい」

俺が声を掛けると、エリエゼルは頷いて俺の隣にしゃがみ込んだ。

床は板が嵌《は》め込まれるような形状になっている。良く見ると壁側には微妙な隙間があり、指を間に入れて持ち上げると板が縦に立つように出来ている。石の為にかなり重いが。

そして、床板の無くなった下には、またも階段が姿を現した。さあ、更に地下に行くぞ。地下何階まで作るかな。俺はワクワクしながら階下に向けて足を踏み出した。

今回の階段は事情により相当深い。だが、狭苦しい階段は僅《わず》か数メートル程度だ。その後は右手側の壁が急に無くなり、開けた視界が現れる。

地下に広がる大空洞と地底湖だ。

階段を降りながら下を見下ろしてみると、高さは軽く五十メートルはあるだろうか。

階段に手すりを作れば良かったかもしれない。凄《すご》く怖い。本当に怖い。

俺は足の裏がふわふわとするような気持ちの悪い感覚を味わいながら、地底空間を眺めた。

階段は途中で二回折り返しながらもずっと下まで延々と続き、地下大空洞の最下層に降り立つと、無数の島があるように陸地の部分と湖の部分とが分かれている。

湖は透明度が異常に高い、青い湖だ。

そして、陸地は土と岩、石畳で構成されている。石畳は階段の下から道のように島に向けて真っ直ぐに敷かれており、陸地の切れ目から湖に浮かぶ島までは大きな石橋でつながっていた。

大空洞の天井は岩肌自体が明るく発光しており、程よく地底空間全体を照らしている。

俺が満足気に階段の途中に座り込み、地底空間を見回していると、後ろに立っていたエリエゼルが俺に勢い良く迫ってきた。

「ご、ご、ご主人様⁉　なんですか、この異常に広い空間は⁉」

「あ、あぶっ！　危ない！　落ちるってば！」

階段の上で揺さぶられた俺は慌てて壁の方へ体重を掛けた。エリエゼルはそれでも俺の肩を両手で掴《つか》み、顔を寄せてくる。

「ご主人様……今、魔素の残量はどれほどあるのですか？」

エリエゼルは階段の外側、言うなれば崖《がけ》っぷちに立っているのだが、怖くないのだろうか。俺は険しい顔のエリエゼルに怯《おび》えながら、残存する魔素の量に意識を向けた。

正確な数値を測定出来るわけではないが、重さの違いを認識出来るというべきだろうか。

先程までボーリングの球ほどの重さだったのがソフトボールほどになったような感覚に近いかもしれない。とりあえず、体感的にはかなり少なくなってしまったと思う。

そう思い、俺はエリエゼルを見て口を開いた。

「残りは十分の一くらいかな？」

俺がそう言うと、エリエゼルは瞬きをしながら俺の顔をただ眺めていた。

◇　◆　◇

夕方になり、俺は食堂のカウンター席でエリエゼルと隣り合わせで座っていた。外に看板は出してみたが、一時間は誰も来る気配が無かったからだ。

それで油断した俺はエリエゼルと二人でイチゴのショートケーキとチョコレートたっぷりのザッハトルテを食している。

「甘いなぁ」

「はい、甘くて美味しいですね」

そんな会話をしながら、市内でも有名なケーキ屋のケーキを再現したものを食べ、それぞれアジア風なカフェのブラックコーヒーとジャスミンティーを飲んだ。現実ならかなり贅沢《ぜいたく》な組み合わせだが、ダンジョンマスターの特権と言えるだろう。

「そういえば、エリエゼルは日本の知識も結構あるよな」

一息ついた俺がそう呟くと、エリエゼルが頷《うなず》いて口を開いた。

「私はダンジョンマスターであるご主人様の補佐ですから。ダンジョンやこの世界の知識、そしてご主人様の思考に沿えるように地球の知識も多く持っております」

「へぇ、流石はエリエゼル。頼りになるな」

「ふふふ。頼りにされると嬉しいですね」

俺とエリエゼルがそんな心温まる会話をしていると、食堂の中に軽やかな鈴の音が鳴り響いた。

引き戸を開けて姿を見せたのは、ゲームに出て来そうな茶色の革の鎧《よろい》に身を包んだ二人の黒髪の若い男と、黒いローブを羽織り、手に杖《つえ》を持った白い髪の少女。そして白い身軽そうな軽鎧に身を包んだ、緑の長髪を結った美女の四人だ。

四人は引き戸を開けた状態のまま動きを止め、食堂内の様子に唖然《あぜん》とした顔付きになっている。

その四人を眺め、俺は口に含んだショートケーキをコーヒーで流し込んだ。

甘さ控えめだが、しっかりと味の付いたしっとりとしたスポンジと生クリーム。そして、甘さを控えさせたのに何故か上からかけられた白い粉砂糖が甘くて良い。

それを、少しだけ苦味の強い濃い目のコスタリカ産の豆を使ったブラックコーヒーが中和するように口の中をすっきりとしてくれる。鼻を抜けるコーヒーの香りまでもが美味しい。

コーヒーは好きだが、歯が茶色になっちゃうんだよなぁ。

と、そんな場違いなことを考えながら、俺は席を立って口を開いた。

「いらっしゃいませ」

俺がそう口にすると、四人はビクリと肩を震わせて視線を彷徨《さまよ》わせ、壁際にいる俺とエリエゼルに気が付いた。

「あ、ああ……知り合いから、美味しいレストランがあると聞いてきたのだが……ここで間違い無いだろうか」

白い軽鎧の美女はそう言いながら居住まいを正して此方《こちら》に身体の正面を向けた。他の三名も美女の動きに合わせて斜め後ろに並んで立つ。

俺はその様子に自然と微笑み、頷いた。

「そうですよ。とても美味しいので是非ご堪能ください」

俺がそう言うと、四人は何処か緊張感を滲《にじ》ませた表情で頷き、ギクシャクと足を出して食堂内に入り込んできた。

「どうぞ、こちらへ」

四人が所在無さげに辺りを見回しているのを見て、エリエゼルが奥のテーブル席を手で指し示し、案内をした。四人は何故か申し訳無さそうに案内されたテーブル席に腰を落ち着けると、エリエゼルがテーブルに並べたメニューを手に取った。

「た、高いんじゃないですか？　ここ」

「メニューの料理の名前は知らないが……内容を見る限り値段は高くない、筈《はず》だ」

「それ、もしかしたら一品一品が凄く少ないのかも……」

「あいつら、もしかして俺達を騙《だま》した……りしないよな」

四人は不安そうにそんな会話をしてメニューを眺めていた。暫くして、意を決したようにあの軽鎧の美女が手を上げて俺を呼んだ。

「すまない……値段は控え目で、それなりに量があるものなどはあるだろうか。後は、酒の種類が分からないのだが……」

美女にそう言われ、俺はメニューを指差しながら答えた。

「それでしたら、こちらの定食メニューなどは一人一品頼むだけで十分な量になると思います。内容は、こちらが鶏のモモ肉のから揚げがメインの定食で……」

俺はメニューに並ぶ料理を順番に指差しながら簡単な説明を口にした。四人は食い入るようにメニューを睨《にら》み付けながら俺の話を聞き、何とか順番に注文をすることが出来た。

黒い髪の男二人は鶏モモのから揚げ定食と生ビール。白い髪の少女はハンバーグ定食と安い白ワイン。緑色の髪の美女はカレーライスとサラダ、スープのセット。そして、強い酒が良いということで焼酎《しょうちゅう》のロックである。

さて、米は受け入れられるのか。俺は注文を受けて厨房《ちゅうぼう》に戻り、漠然とそんな不安を頭に浮かべていた。

「まあ、ダメならパンと選べるようにメニューを変えるか」

悩んだ俺は結局そう自己解決して料理の準備に取り掛かった。

まあ、念じたら出現するのだが。

エリエゼルが四人のいるテーブルに水の入ったガラスのコップを持って行くのを横目に見ながら、俺はあることに気が付く。

店内が無音の為に調理する音が聞こえないとかなり目立つ気がする。俺はそう思い、目を瞑《つぶ》った。そっと気付かれないようにCDコンポでも置いて曲を流そうと思ったのだ。

だが、創るのを途中で止めた。

良く考えたら、音やら声が出る不思議な箱は怪し過ぎる。俺も仕組みを答えろと言われても上手く説明など出来ないだろう。今度、楽器を設置してみるとするか。

俺はそんなことを考えながら、まずはハンバーグ定食をイメージして念じた。滅多に行けなかった美味しい手捏《てご》ねハンバーグ店のペッパーハンバーグ定食である。ハンバーグは百五十グラムだが、中々の美味しさだし食べ応えもそれなりにある。

出来た。

オーソドックスながら、ジューシーな肉汁たっぷりの黒胡椒《くろこしょう》の効いたハンバーグだ。定食なので、味噌汁《みそしる》と白ご飯、簡単なサラダまでサービスで付けている。

漆塗りの黒い食器と、スプーン、フォーク、ナイフのセット。ハンバーグだけが熱せられた鉄板の上で音を立てて存在を主張している。

そのハンバーグ定食を持って、俺は厨房を出てテーブルに向かった。

「お待たせしました、ハンバーグ定食です」

俺がそう言ってテーブルに料理を置くと、四人は一斉に料理に釘付《くぎづ》けになった。

黒胡椒の香ばしい香りと、デミグラスソースとはまた違う甘みもあるハンバーグソースの香り。

俺が隣にいるのも構わず、少女はハンバーグに釘付けになり、自然と手がフォークに伸びた。

そして、他の三人が見守る中、無言でハンバーグの一部を切り取り、フォークで口に運ぶ。

その瞬間、少女は目を見開いてハンバーグを見ると、無言で残りを食べ始めた。

間でご飯も食べて欲しいなぁ。と思っていたら、早速ご飯と味噌汁にも少女は手を伸ばす。最後の味噌汁を口の中に流し込み、少女はホッと息を吐いた。

「……何これ、信じられないくらい美味しい……」

少女がそう呟《つぶや》くと、黒い髪の男二人が唾《つば》を嚥下《えんか》して少女の顔を見た。

「ちょ、ちょっとくれよ」

「な？」

二人がそう口にすると、少女は殺意の籠った冷徹な瞳《ひとみ》を二人に向けた。

「何を言ってるんですか？」

丁寧だが、有無を言わさぬ少女のその声と目に、二人の男はがっくりと項垂《うなだ》れた。

あ、ドリンクの提供を忘れてたから皆が飢えているのかもしれない。俺は一人でそう納得し、素早く厨房に戻ってから注文を受けた酒類を創造し、またテーブルに戻った。

「すみません。先にお酒を持ってきました」

俺はそう口にして四人の前にそれぞれの酒を置く。

「あ、ああ。いや、構わない」

美女は困ったように笑いながらそう返事をして、手前に置かれたグラスを手に取った。口をつけた瞬間、美女は目を丸くしてグラスから口を離した。

「なんと華やかな香りとまろやかな味わいだ……一口で甘みと強い酒精が口の中に広がる」

美女は中々通なコメントをしてまたグラスを口につけた。中に入っているのは九州南部の麦焼酎。初心者でも飲み易くクセの少ない代物だ。冷たく冷やして呑《の》むのに適しているタイプである。

美女のそのセリフを聞いた三人は思わず同時に目の前に置かれた酒に手をつけた。まず、男二人が生ビールのジョッキを手に一気に喉《のど》に流し込み、目を剝《む》いた。

「うまっ⁉」

「うぉおおっ⁉」

二人は口の上に泡を付けたままそう叫び、一気にまた口に金色の液体を流し込み始めた。その二人を横目に、少女もワイングラスに入った白ワインを口に入れる。

「……うわぁ」

一口白ワインを呑んだ少女は、目を輝かせてそう呟いた。

感嘆の声を上げる四人を満足しながら眺めて、俺は三人の料理を創り出しに戻った。

出来た料理をエリエゼルと一緒に運び、四人が歓声を上げながら楽しそうに食事をする様を見て笑う。どうやらこの世界、定食もイケるようだ。まぁ、お気に入りの居酒屋のから揚げ定食と、カレー屋のカレーライスだ。美味しさに関しては間違いない。

四人が感涙しそうな程夢中で料理に向き合う中、更に客の来店を告げる鈴の音が鳴った。

入ってきたのは、鎧を着た二人の兵士のようだった。

「……む。本当に食堂だと？」

「ほ、本当だったようですね、兵長。ど、どうしますか？」

「実際に食堂かどうか……一度、料理を注文してみるか」

二人の兵士はそんなやり取りをして店内へと足を踏み入れた。冒険者達四人は新たな客の来店など気付きもせずに食事をしているが、二人の兵士は貪《むさぼ》るように料理を喰らう冒険者を見て怪訝《けげん》な顔をしていた。

二人の兵士は、兵長と呼ばれた三十代後半といった目つきの鋭い男と、二十歳になるかどうかといった若い、気弱そうな男の二人である。

どうやらこの店を調べようと思って来店したようだが、何処《どこ》でこの店を知ったのか。

俺は不思議に思いながらも、とりあえず二人をテーブルに案内することにした。

「いらっしゃいませ。こちらへどうぞ」

俺がそう言ってすぐ近くのテーブル席へ案内すると、兵長は警戒心も露わに周囲を見つつ付いてきた。一方、気弱そうな男は物珍しそうに周囲を見回しながら付いてくる。

と、辺りを警戒してゆっくりと歩いていた兵長に、若い兵士が身体ごとぶつかってしまい、その勢いで兵長は地面に手をついて転んでしまった。

「な、何をするか！」

兵長が吊《つ》り目《め》を更に吊り上げて怒鳴ると、若い兵士は顔を引《ひ》き攣《つ》らせて背筋を伸ばす。

「も、申し訳ありません！」

「謝れば済む話ではない！　何度失敗すれば理解するんだ⁉　お前はいつもいつも……」

と、店内を警戒していたはずの兵長は、怒りのあまりその場で若い兵士を振り返って説教をし始めてしまった。その物音と怒鳴り声に、流石《さすが》に料理にしか目が向いていなかった四人の冒険者達も兵士達に気が付いたようだった。

「まぁ、とりあえず、どうぞ席に……」

仕方なく、俺は兵長を宥《なだ》めつつ、二人を席に無理矢理座らせる。

メニューの説明をして程なく、二人は料理と飲み物を決めることが出来た。

兵長は米というものを信用せず、から揚げとバターパン、飲むヨーグルトのセット。若い兵士はから揚げ定食と飲むヨーグルトのセットである。

二人とも、勤務中である為酒精は控えているが、甘い飲み物という俺の説明に即座に飲むヨーグルトを注文していた。

俺が厨房に戻っていくと、背後でまたも兵長の説教が再開される気配がする。それには俺だけでなく、冒険者達も眉《まゆ》を顰《ひそ》めて二人の様子を盗み見ていた。

「嫌だな、あの空気。何とかならないかな？」

俺がそう呟くと、エリエゼルが首を傾げて唸《うな》る。

「……中々厳しいかと思いますが」

俺はエリエゼルの台詞に同意して肩を竦《すく》めると、料理を用意して二人の下へ向かった。

美味しいから揚げ専門店の骨無しから揚げを盛り合わせにし、パンとライス、スープなどだけ別々に用意して二人の前に並べる。

せめて、二人で一つの大皿をつついて溝を埋めてもらいたいと思っての余計な配慮である。

兵長は訝《いぶか》しみながらも料理を見て、口を開く。

「やはり見たことの無い料理だが、それでもちゃんと料理は出たな」

兵長が油断の無い顔でそう言うと、若い兵士が唾を嚥下してから揚げやライスに目を向ける。

そして、ヨーグルトを置いた瞬間、二人の視線がそちらへ注がれた。

「し、白い……」

「何かの乳じゃないのか？」

若い兵士と兵長の台詞に、俺はひっそりと笑みを浮かべながら一歩下がる。

すると、二人は吸い寄せられるようにヨーグルトの入ったグラスを手にとり、まずは匂いを嗅《か》いでから口をつけた。

とろりとしたヨーグルトを少量ずつ口に含み、二人は同時に目を見開く。

「あ、甘い！」

「……美味い」

二人はそんな感想を述べて、夢中でヨーグルトを飲みだした。

「お代わりもあるのでどうぞー」

俺がそう言って二杯目のヨーグルトをそっとテーブルに置き、二人が飲み干したグラスを手に持って厨房へと戻った。

すると、二人はなんだかんだ言いながら料理を食べ始める。

「へ、兵長！　このから揚げというのも驚くほど美味いですよ！」

「ほ、本当だな。この弾力のある肉は全く臭みが無いぞ。それに、外側がパリパリしていて感触も面白い。甘く感じるような味付けもされているな」

意外にも兵長はグルメらしい。驚嘆しながらも的確なコメント付きで料理を堪能している。

「このライスっていうのもから揚げに合いますよ。良かったら……」

「む、ああ、いただくか」

あれだけ不機嫌だった兵長も美味しい食事の魅力に負けたのか、若い兵士と共に料理に舌鼓を打ちながら談笑を始めた。

その様子を見て、俺はホッと胸を撫《な》で下《お》ろした。

気が付いたら若い兵士に感情移入していたのだろうか。俺は二人が料理の感想を口々に言いながら、上機嫌で食事を取る様子を眺めて頬を緩める。

「こ、このデザートというのも頼んで良いだろうか」

後で何処か気まずそうに言われた兵長の台詞を聞き、俺は厨房で笑いを堪えるのが大変だった。

連続でお客が来た時は焦ったが、結局、今日の客はこれだけだった。

だが、俺はこの日、何となく胸の中に残るような想いを抱いていた。

いつ死ぬかも分からないのだから、環境は良いとは言い難いし、従業員も俺とエリエゼルの二人だけだ。しかし、上司が居ないからだろうか。自分の好きなように出来る飲食店の経営というものに、俺は深い喜びを感じていた。

素直に楽しいと思える。社畜時代からは考えられないような仕事に対する前向きな姿勢だ。

貨幣の見本は手に入ったから、刻印番号を変えて貨幣自体を創り出しても金には困らない……そんなことも考えたが、ダンジョンの隠《かく》れ蓑《みの》としての飲食店経営でも十分に金銭は手に入るし、どうせなら楽しい方が良い。

俺は閉店後の食堂でエリエゼルと晩酌をしながら、そんなことを考えていた。

第三章　エリエゼルの趣味

「モンスターですよ、モンスター」

朝一番、俺はエリエゼルのそんな台詞を寝ぼけた頭で聞いた。

どうやら、せっかくダンジョンが深くなってきたのだから、そろそろモンスターが必要ということらしい。

だが、俺はそんなことよりもベッドの上で裸のままにじり寄ってくるエリエゼルの姿が気になって仕方が無い。

薄いシーツを腰の辺りまで掛けてはいるが、眩《まぶ》しさすら感じる白い肌が俺の視界にちらちらと映ってしまい、朝から大変な事態が起きている。

「と、とりあえず顔を洗うから」

俺はそう言い残して逃げるように寝室を後にした。すぐに顔を洗って歯を磨き、服を着て食堂に出る。

さて、朝食はどうするかな。昨日の夜は何となく焼肉定食をエリエゼルと食べたが、朝はさっぱりした物を食べたい。エリエゼルの美しい肌など思い出しては駄目だ。ダメになってしまう。

俺はそんなことを思いながらテーブルの前に立ち、目を閉じてイメージを固め、念じた。

出来た。

あっという間に俺の目の前にはふわふわのオムレツをメインにした朝食セットが並んでいた。

チェーン店ではあるがオムライス専門店のオムレツ、バターが切れ目の中でとろけるパンに、レモン風味のドレッシングがかかったサラダ。そして、カボチャの冷製スープと朝のヨーグルト。程良い朝食である。やはり超便利だな、この能力。ダンジョンに関係の無い活かし方だが。

俺がそんなことを思っていると、エリエゼルも食堂へ出て来た。

「美味しそうな朝食ですね」

エリエゼルも朝食セットに笑みを零《こぼ》し、そう言った。

俺はエリエゼルと席につき、朝食を口にする。まずはオムレツ。中はトロトロで上からケチャップをかけただけのオムレツだが、口に入れると至福の時を迎える。

フワッフワである。ふわっトロでも良いかもしれない。タマゴの甘みと薄いが確かに感じる塩の味。そして、トマトケチャップの香りと甘酸っぱい後味。美味である。

そして、パンもバターが染みた、ふわふわホクホクの食感に思わずニンマリしてしまう。二個くらいはペロッと食べられる美味しさだ。

次に箸休《はしやす》めにサラダを食べると、レモンの酸っぱさが爽《さわ》やかなドレッシングとシャキシャキの野菜の歯応えに、口の中がサッパリとしてくる。

間で飲むカボチャの冷製スープは甘くて美味しいが、それよりもヨーグルトが嬉《うれ》しかった。全体的に味がしっかりと主張している為、冷たい水を飲むと水がいつもより美味しく感じられるのがまた嬉しい。次はスープをもう少しシンプルなものにしてセットメニューに加えてみるかな。

俺はそんなことを考えながら、食堂を見回した。

「大変美味しゅうございました……ご主人様、どうかされましたか？」

エリエゼルは俺が辺りを見回していることに気が付き、そう聞いてきた。

俺はエリエゼルに視線を戻し、腕を組んで口を開く。

「音が無いのも寂しいから楽器を置こうと思う。ピアノとかギターとか弾けないか？」

俺がそう尋ねると、エリエゼルは僅《わず》かに口の端をあげて頷《うなず》いた。

「マラカスでしたら私の右に出る者はおりません」

「何でマラカス⁉」

俺が衝撃の告白に度肝をぬかれて声を上げると、エリエゼルは少し口を尖《とが》らせて俺から視線を外した。

「……冗談です。ピアノなら少しだけ弾けます」

エリエゼルはそう言ったが、その態度を見るに、どう考えてもマラカスが出来るのは本当だろう。何故マラカスなのかは分からないが、楽器を弾ける者が現れたらマラカスを担当させてやるとするか。

俺はそんな謎の気遣いをしながら食堂を改めて見回し、結局、食堂の真ん中一番奥にピアノを設置することにした。ちなみに、地下二階への入り口の目の前になってしまう為、それっぽい機材を置いて誤魔化している。

ピアノは真っ黒な光沢のあるグランドピアノ。テレビで見たことがある奴である。ピアノが設置された舞台の傍に行き、俺は細部を確認する。

学校などで見たことがあり、触れたことがある程度だというのに、意外にもしっかりと出来ているようだ。

俺は隣に立つエリエゼルを見て口を開いた。

「エリエゼル。ちょっと弾いてみてくれるか？」

俺がそう聞くと、エリエゼルは何処《どこ》か嬉しそうに返事をしてピアノに近づいた。

「ジャズにしますか？　クラシックにしますか？」

「そうだな……たまにはクラシックも良いな」

俺がそう言うとエリエゼルはピアノの前に置かれた座面が丸い椅子に座り、鍵盤《けんばん》に両手を並べる。

エリエゼルの細い指がそっと鍵盤を押した。

澄んだ、美しい音が食堂内に響き渡る。

流れるような旋律に俺は素直に聞き惚《きほ》れた。聴いたことはある曲だが、タイトルは分からない。

昔行ったことのある市民による何たら交響楽団とかいうコンサートでは、これほどの感動は無かった。

俺は感嘆し、思わず両の掌を打ち合わせて拍手をした。

「良いじゃないか。感動したぞ」

俺がそう言うと、エリエゼルは少しだけ照れたように微笑み、席を立ってこちらに頭を下げた。

俺の傍に歩いてくると、エリエゼルは笑顔で口を開く。

「楽譜通りに機械的な演奏しか出来ませんが……」

「そんなことないさ。素晴らしい演奏だった。ちなみに、今のは？」

「今のはベートーヴェンのピアノソナタ第十七番、テンペストです」

「ああ、何か聞いたことのある曲だと思ったんだ」

俺達はそんなやりとりをしながら笑い合った。奏者の居なくなったピアノを眺め、俺は頷く。

「これなら全く問題は無いな。いやぁ、俺もギターは少しだけ弾けるから演奏するか迷ったが、エリエゼルに任せよう」

俺が苦笑交じりにそう言うと、エリエゼルは目を見開いて感嘆の声を漏らした。

「まあ、そうなんですか？　それは是非一度聴いてみたいです！」

「いや、ごめん。エリエゼルのピアノを聴いた後にはとても聴かせられん。また酔っ払った時にでもな」

俺が曖昧《あいまい》に笑ってそう断ると、エリエゼルは残念そうに眉尻《まゆじり》を下げて返事をした。

「絶対ですよ？　楽しみにしていますからね」

悪戯《いたずら》っぽい微笑《ほほえ》みを浮かべるエリエゼルに少しだけ心臓の鼓動を速めながら、俺は照れ隠しに後頭部を片手で掻《か》いて後ろを振り返った。

「エリエゼルの趣味はピアノってことか。中々格好良い趣味だよな」

俺がそう言うと、エリエゼルは笑顔で首を振った。

「私の趣味はモンスター観賞です」

「ん？　映画鑑賞みたいな言い方で変なこと言わなかったか？」

俺は思わずそんな返事をしてしまった。すると、エリエゼルは満面の笑みで俺に一歩近付く。

「モンスター観賞ですよ、モンスター観賞！　ご主人様が見たことが無いような大きなモンスターや、美しいモンスター……背筋も凍るような恐ろしいモンスターに吃驚《びっくり》するような動きをするモンスターなど、実に様々なモンスターがいるのです！　ぜひモンスターが沢山徘徊《はいかい》する素晴らしいダンジョンを構築していきましょう！」

テンションの上がったエリエゼルに愛想笑いを返し、俺はそそくさと地面にしゃがみ込んだ。

「……さて、モンスターはさておきダンジョン作りだな。今日は作りたいものもあるし……」

俺は床板をはがしながらそう呟《つぶや》き、ふとあることを思い出す。

「そうだ。緊急時に使う抜け道を少し整備するか。今は誰でも入れるような状況だしな」

俺がそう言って床板を元に戻すと、エリエゼルは首を傾げながら口を開いた。

「あ、そう言えば、ご主人様が言っていた抜け道とか避難場所とかも私には見つけられなかったのですが……」

「こっちにあるぞ」

半信半疑というわけではないが、怪訝《けげん》な顔を浮かべるエリエゼルに俺は付いてこいと手招きして厨房《ちゅうぼう》に向かった。食堂と同じく随分と広いキッチンに、巨大な棚や業務用の冷蔵庫、休憩用の簡易的なテーブルと椅子がある。壁際にある棚と冷蔵庫の間に約一メートルほどのスペースが空いている。その壁に近付き、俺は壁に手を置いて上に持ち上げた。

すると、壁が上にスライドして暗い通路が姿を現した。

「な？」

俺がそう言って後ろを振り向くと、エリエゼルは悔しそうな顔で通路を睨《にら》んでいた。

「……まさか、上に壁が動くとは」

どうやら、この壁もエリエゼルは調べたらしい。その時にこの隠し通路に気付けなかったのだろう。俺は小さく唸《うな》るエリエゼルから視線を外し、笑いを堪えて奥に続く通路を見た。

「とりあえず、中から鍵《かぎ》を掛けれるようにしとけば大丈夫だな」

俺がそう言うと、後ろではエリエゼルがブツブツと何かを呟く声が聞こえてきた。

「上……何故分からなかったのでしょう。横には動かそうとしてみたのに……悔しい……」

俺は思わず吹き出し、声を出して笑ってしまった。

◇　◆　◇

厨房から迷路の奥まで抜ける秘密の通路を通り、広大な地下三階に向かう階段を降りる。

長い、高い、怖い。

ダンジョンのガイドブックを作ったら、そんなキャッチフレーズと一緒に紹介したい階段である。

俺は崖《がけ》の際を歩くような心細い気持ちで階段を下っていく。

ここに俺用のエレベーターか何かを作ろう。

俺は心の中でそう固く誓った。

ちなみに、エリエゼルは涼しい顔で平地を歩くように俺の後を付いてきている。

何かに負けたような気持ちでエリエゼルを見ると、エリエゼルは口元を微妙に緩めて笑いたいのを我慢したような顔付きになっていた。

抜け道を見つけられなかったことに対する仕返しか。

「ご主人様……これだけの地下空間を作ったのに、一晩で魔素は溜《た》まったのですか？」

地下三階の最下層に辿《たど》り着《つ》いた時、エリエゼルは五十メートルはある高さの天井を見上げ、そう聞いてきた。高い天井、広い地下大空洞。そして、青く透き通る水の地底湖。確かに、最初にダンジョンを作った時よりも余裕があるというか、魔素の容量自体が増えている気がする。

俺はエリエゼルの質問に唸りながら石畳の道を歩く。

「やっぱり、大きな町の下に出来たお陰で魔素に関しては大量に手に入るのかねぇ」

俺がそう言うと、エリエゼルは首を傾げながら曖昧《あいまい》に頷いた。

「それは確かにそうなのですが……それを計算に入れて、ご主人様がこの王都の全てを包み込むくらいのエリアを支配出来る程のダンジョンマスターだったとしても、この三日でようやく地下二階に降りる階段まで作れたら良いくらいでしょう」

そう言ったエリエゼルだったが、ふと何かを思い出したように顔を上げた。

「いえ、良く考えたらご主人様は複製の身体を創られたので、それも入れて考えたら食堂と厨房を作るくらいしか出来ないはずです。あの居住スペースも十分おかしいですからね？」

エリエゼルは何故か怒ったように口を尖らせて俺にそう言ってきた。

いや、知らんがな。

俺はエリエゼルの怒りに苦笑で返すと、地底湖の前に立った。

底まで綺麗《きれい》に見えるほど澄んだ青い水が広がる湖面を眺め、俺は目を瞑《つぶ》った。地底湖は思いの外深かったから、どうせならその深い湖を生かしたい。

俺はそんなことを思いながら、イメージを固める。今回は少々時間がかかるのは仕方がない。建物が複雑だからな。俺は目を閉じたまま、膝《ひざ》を曲げて地面に手をつける。

石畳のざらりとした感触とヒンヤリとした温度が伝わってくる。

イメージは出来た。後は魔素の量だ。

なんとなくだが、昨日よりも更に明確に魔素が分かるようになった気がする。ぶっちゃけると、作るだけならば作れるだろう。

ただ、どうやら材料。素材や造りの複雑さ等でまた使う魔素の量は違うらしい。つまり、全て木造ならば出来るが、石造りの段階で半分以下になるはずだ。この地下大空洞は土と水で殆《ほとん》ど構成されている為に作れたのだろう。

コスト的に判断すると地下二階の和風迷路の方が高いということだ。

「……ご主人様？」

と、色々とイメージしながら魔素の消費量について考察していると、背後からエリエゼルの不思議そうな声が聞こえた。

「ん。ちょっと待ってて」

俺はエリエゼルにそう返事をすると、改めてイメージを固めた。

一度で作らなくて良いのだ。段階に分けて作ろう。

そう思い、念じた。

「……っ⁉　えぇっ⁉」

直後、エリエゼルの驚愕《きょうがく》する声が響いた。眼を開けると、目の前には先程まで無かった筈《はず》の石造りの橋が湖面の上に出来上がっていた。そして、二十から三十メートルほど先には、正方形の広い舞台のような空間が湖面に出現していた。

橋の左右から見える湖の中には、湖の底から巨大な柱のような立方体が湖面まで伸びているのが分かる。橋で繋《つな》がった湖の底から伸びる立方体の頂上を見て、エリエゼルが俺を振り返る。

「い、一瞬であんな物が……」

エリエゼルの愕然《がくぜん》とした声を聞きながら口の端を上げて立ち上がり、俺は出来たばかりの橋の上に足を乗せた。石畳の道に合わせたデザインで、幅は二メートル程の橋だ。湖の水面からは全く浮いておらず、ギリギリ沈まないくらい水面から露出した橋にしてある。

これで、水中のモンスターとか作れたら怖そうだしな。

そして、橋を渡って行くと、湖の中にある箱のような物がかなり大きいことに気が付く。石造りに見える建造物だが、外側は分厚い石造りの壁で、次の層は水中コンクリートに分厚い強化ガラスやら、思い浮かぶ限りの水漏れ対策をした壁となっている。

その為、一辺が二百メートルはありそうなその箱も、壁にかなりのスペースをとられている。

そう。つまり、この建造物は中に入れるのだ。

橋を渡りきる頃にはエリエゼルも違和感に気が付き、俺の後ろで声を上げた。

「な、何ですかこれは⁉」

水面から一メートル程頭を出した建造物の上部は、断面図のように中が見えるようになっている。分厚い壁、通路と下に降りる階段。真ん中には丸い穴が開いている。

まあ、作りかけだからな。入り口も腰までの高さの仕切りしか無いのは仕方ない。不恰好《ぶかっこう》だが、明日にはまた続きを作れるだろう。

「……これは、更に地下に降りる為の……?」

エリエゼルが建造物の内部を見てそう聞いてきたが、俺は首を左右に振る。

「今回は魔素が足りなかったから、明日上の部分を作るぞ」

「上の部分、ですか?」

「ああ。これは湖の底から天井まで真っ直ぐに建つ塔だ。この塔を建てたら、目立たないように塔の後ろに通路を作って次の塔へ繋げる」

俺がそう告げると、エリエゼルは眉根《まゆね》を寄せて頷《うなず》いた。

「なるほど……ダンジョンの攻略に時間が掛かるように立体的な迷路を作るということですね?」

「おお、良く分かったな。上下の選択を迫られる塔の迷宮だ。奥でも分岐していくように作るから、もし道を間違えたら前の塔に戻らないといけない。勿論《もちろん》、罠《わな》も無数に用意して防衛力を高めるぞ」

俺がそう説明するとエリエゼルは輝くような笑みを浮かべて両手を合わせた。

「良いですね。それならば、モンスターの再召喚などにあまりコストを取られずにダンジョンの運営も出来ます。通常の迷路よりも遥《はる》かに攻略に時間が掛かることでしょう。やはり、ダンジョンでコストが掛かるのはモンスターですから」

モンスター?

あ、ダンジョンだからモンスターとかもいるのか。俺はエリエゼルの言葉を聞いてようやくモンスターの存在を思い出した。

そういえば、ルールを教えてもらった時もモンスターは召喚と言っていた気がする。

だが、気になる単語も出た。コストって何だよ。初めて聞いたよ。

「エリエゼル、モンスターの召喚ってのはそんなに魔素が必要になるのか?」

俺がそう尋ねると、エリエゼルは難しい顔をして顎《あご》を引いた。

「ダンジョンマスターの方々が最も苦労するのはやはり最初のダンジョンを作るところです。ご主人様は例外ですが、少ない魔素をやり繰りして少しずつ深くしていきますから。ただ、ある程度出来上がったダンジョンでは、魔素が必要になるのはモンスターの召喚が主になります。一体一体を毎日召喚するか、侵入者に見つからないように番いのモンスターを用意し、じっくりと数を増やしていくか……どちらにせよ、モンスターの補充はダンジョンマスターの悩みの種でしょう」

「毎日増やすんなら大丈夫じゃないか？　人件費が高いから一体一体に毎日魔素を与えないといけない、なんてことじゃないんだろう？　あ、餌として相当の量を食うのか」

確か、アフリカゾウとかも凄《すご》い餌代が掛かるとかテレビで言っていた気がする。

それにしても、どの会社でも人件費が一番高いが、ダンジョンまで人件費のことで限られた予算に頭を悩ませるなんて考えたくない。俺が仏頂面でそんな質問をしたのが気になったのか、エリエゼルは慌てて首を左右に振り、切なそうに口を開いた。

「召喚にはかなりの魔素が必要になりますが、基本的には召喚してしまえば後はそこまでコストは掛かりません。ただ、悲しいことにモンスターは冒険者に良く殺されます」

「……ああ、なるほど」

まさかの殉職であった。

ある意味、最初にドカッと給料を貰《もら》って働き、死んだら終了という鬼畜ブラック企業である。そんな会社、絶対に入りたくない。

俺はモンスターの悲惨な運命に同情した。

「自己増殖をしてくれるスライムなどの種もおりますが、最弱の存在であるスライムがいくら増えても中級の冒険者には無意味でしょう」

「……強いモンスターを用意すれば冒険者を倒せるんじゃないか？」

「冒険者は強いモンスター相手でも人数を揃え、装備を整え、戦術を練り、最終的には打破してしまいます。後に魔王と呼ばれるような最上位のモンスターなどを召喚出来れば殆ど負ける可能性は無くなりますが、その代わり召喚の際のコストが高いので他のモンスターが暫く呼べなくなります」

量か質か選べということか。

そんなの強そうなボスモンスターに決まってるじゃないか。

浪漫ティズム的に。

とりあえず、今日のダンジョン作りを終えた俺達はあの恐ろしく高い階段を上り、隠し通路を抜けて食堂まで戻ってきた。

二人で対面になる様にテーブルの前に座り、目を閉じてイメージを固めて、念じる。

出来た。

おやつがてら、流行りの古民家カフェのフルーツと生クリームの乗ったパンケーキを創ったのだ。横には紅茶の入ったティーカップも並んでいる。

それを見て、エリエゼルは感嘆の声を上げた。

「これは美味しそうですね。見た目も華やかで可愛らしいです」

「そうだな。このパンケーキに関してはテレビで見たことがあるだけだからな。味は俺の想像の味になるのかもしれないが」

俺が一応そんな前置きを口にしてからナイフとフォークを手に取ると、エリエゼルは笑顔で頷いて口を開く。

「大丈夫ですよ。全てを把握しなくても多少は補完されて創造されるでしょう。そうじゃないと、電化製品や複雑な構造の建築物なども創れませんし」

そう言って、俺達はどちらからとも無く、いただきますと呟《つぶや》いてパンケーキにフォークを刺した。ナイフで一口サイズに切り分け、口に運ぶ。

甘い。

まず浮かぶ単語はこれである。

薄っすら塩のしょっぱさが嬉《うれ》しいまろやかな甘さだ。そして、パンケーキはふわふわで、外側にトロリとした舌触りの蜜《みつ》が掛かっている。

二口パンケーキを食べた俺はティーカップに手を伸ばす。

甘くなった口の中を潤し、リセットしてくれる紅茶はダージリンである。

いや、単純にテレビでその組み合わせだっただけだが。いつか食べに行こうと思っていたが、働き詰めで行けなかったのだ。まさか、こんな形で食べられるとは思わなかった。

俺は黙々とパンケーキを食べ、紅茶をゆっくり飲み干して一息吐いた。

「いや、意外に美味しいな。これなら見たことあるだけの料理を色々試せて良さそうだ。気になっていたけど食べる機会が無かった料理は沢山あるからな」

俺は少し興奮気味にそう言って水の入ったグラスを出した。エリエゼルにもグラスを用意して渡すと、エリエゼルは口元を紙ナプキンで拭《ふ》いて微笑んだ。

「楽しみの一つが増えましたね。私もとても楽しみです」

そう言って笑うエリエゼルに笑い返し、俺はグラスに入った水を一口飲んでから口を開いた。

「そういえば、さっきのモンスターの話だけどさ」

俺がそう話を切り出すと、エリエゼルは軽く返事をして居住まいを正した。その目はダイヤモンド並みに爛々《らんらん》と輝いているように見える。

「……すぐには呼び出さないけど、召喚ってことは、呼び出せるモンスターが決まっているってことだろう？　どんなモンスターがいるんだ」

俺がそう尋ねるとエリエゼルは浅く頷き、両手を肩くらいの高さに上げると手のひらを自分に向けて、目を瞑った。

そして、小さく口の中で何か呟く。

すると、エリエゼルの両手が淡く発光し、テーブルの上に丸と幾何学模様を組み合わせたような魔法陣が出現した。その魔法陣が現れた直後、最初からそこにあったかのように、エリエゼルの両手の間に収まるほどの本が徐々に姿を見せる。

まるで透明だった物が可視化していくように不思議な現れ方をしたその本は、黒い表紙に金の縁、背も黒の下地に金の文字が記された奇妙な本だった。中の紙すら真っ黒である。形としてはハードカバーの洋書のようだが、その雰囲気は独特だ。

本が出現してエリエゼルが目を開くと、霞《かすみ》のように魔法陣は消滅してエリエゼルの両手の光も収まった。本を手にしたエリエゼルは、俺にそっとその黒い洋書を差し出してきた。

「これが召喚できるモンスターの一覧です」

どこか嬉しそうにそう言われ、俺は本を受け取った。手触りはザラザラしており、重さは意外にも普通の本を手にする感覚に近い。

俺は浅く息を吐き、本の表紙を確認した。

全く読めない。

なんだこの文字は。

「読めないぞ」

俺がそう文句を言うと、エリエゼルは困ったように笑った。

「ヘブライ語ですから」

「何でだ……」

せめて英語にしてくれよ。俺はエリエゼルの回答に心からそう思った。

エリエゼルは申し訳なさそうに少し俯《うつむ》き、口を開く。

「申し訳ありません……当時は最先端の本だったのですが……本当の意味での召喚に使えるような魔導書は稀《まれ》でして……」

ヘブライ語が最先端っていつの話だ。

俺はエリエゼルの台詞に突っ込みたい衝動に駆られたが、そこを堪えて本の表紙を指で挟んだ。

ゆっくりと表紙を捲《めく》り、本の中を確認する。

開くと目次のようなページがあり、次のページには見開き丸々ヘブライ語らしき文字による文が書かれている。そのページを捲ると、ようやくモンスターの紹介らしきページに辿《たど》り着いた。

一ページの上部にはモンスターの絵があり、下には細かなデータらしきものがある。文字は依然として読めないが、絵だけで何となく分かった。緑色のスライムである。

隣のページには気持ち悪い顔面に所々毛の生えた小鬼のような生物がいた。ゴブリンという奴だろうか。

ページをペラペラと捲っていくと、狼、猿、象のような動物っぽいモンスターや、クモ、サソリに蛇といった気持ちの悪いモンスターなど、多種多様なモンスターが並んでいた。

そして、魚やクジラ、イカみたいな水棲《すいせい》生物らしきモンスターの後のページは、明らかに幻想世界にしかいないであろう生物のオンパレードだった。

三つの頭を持つ巨大な犬、ワニの顔に獅子《しし》のようなたてがみと胴体を持つ獣、鳥の形をした炎、翼の生えた白い蛇、翼と人の顔を持つ獅子、無数の目が顔を覆う尾が蛇のようになった魚……。

様々な異形のモンスターがページを埋めており、その中には最大級の知名度ともいえるモンスターであるドラゴンもいた。それも、蛇がモデルになっていそうな細い身体のドラゴンから、翼の生えた恐竜のようなドラゴンまで並んでいる。

「凄いな。どれも強そうだ」

俺がそう言いながらページを捲っていると、エリエゼルは含みのある笑みを浮かべて俺を見た。

「一部には人間の言葉を理解して、きちんと言うことを聞くモンスターもおります。そういったモンスターは大抵は優秀なモンスターばかりでしょう」

「言葉が分かるのか？　話すことは？」

「声帯の形状によっては会話は出来ないものもおります。ただ意思疎通は勿論《もちろん》、会話も全く問題が無いタイプながら、戦闘はあまり得意では無いモンスターもいますので気をつけてくださいね」

エリエゼルはそう言って、反応を窺《うかが》うように俺の顔を注視した。

俺はその視線に首を傾げながら、本を見る。

「例えばどのモンスターだ？」

俺がそう尋ねると、エリエゼルは俺が持っている本の上にそっと指を乗せた。

すると、俺が捲ったわけでもないのに、勝手に本のページがぱらぱらと捲られていき、美しい女のページで止まった。

目を見張るほどの美女だが、下半身が魚のようになっている。

「……人魚？　人魚ってモンスターなのか？」

俺はそう言ってエリエゼルを見た。すると、エリエゼルは軽く頷いて説明してくれた。

「日本では人魚姫などの物語のイメージが強いかもしれませんが、人魚は立派なモンスターです。面白半分に人を海の底に引きずり込み、船を沈めるような悪戯が好きなモンスターですね」

「悪戯のレベルじゃないな……というか、とりあえず強いモンスターからいこうか」

エリエゼルの話を聞き、俺は本に載る美しい人魚の絵から目を逸らした。俺の反応を見たエリエゼルは僅《わず》かに頬を緩めてまた本の上に指を乗せた。すると、再度本は勝手にページが捲られていく。

強くて大人しいモンスターなら嬉しいな。モンスターの召喚とは思えない感想だが。俺がそんなことを考えながら唸《うな》っていると、エリエゼルが指を立てた。

「ちなみに、最強のモンスターは……」

そう言ってエリエゼルはまた指を本の上に乗せる。

すると、本の一番最後の方のページが開かれた。ページに載っていたモンスターは黒いドラゴンのようだった。だが、翼が四対も生えている。

「……これは？」

俺が尋ねると、エリエゼルは不敵に笑って口を開いた。

「黒龍王《りゅうおう》です。なんと、全高百メートル！　翼を広げると幅が五百メートルにも達します！　ブレス一つで山を焼き尽くす、正に破壊の王です！」

そう言って、エリエゼルは胸を張った。

俺はそんなエリエゼルを黙って半眼で見つめる。

ダンジョンが壊れるわ、そんなもん！

俺は心の中でそう叫んだ。

しかし、強いモンスターの紹介はエリエゼルの何かのスイッチを入れてしまったのか。更にモンスターの名前を口にし続ける。

「海皇リバイアサンに、焔《ほのお》の鳥、怪げっ歯類ビーバキング、獣王クロコ……」

「分かった分かった！　もう十分理解したから、とりあえず現実的な話をするぞ」

俺がモンスターマニア・エリエゼルの暴走を止めてそう言うと、エリエゼルはキョトンとした顔になって椅子の背もたれに背中をくっ付けた。

その様子を眺めてから、俺は咳払《せきばら》いを一つして本を閉じた。

「モンスターの召喚はとりあえず先送りにしよう」

俺がそう言うと、エリエゼルは不服そうに口を尖《とが》らせた。いや、どんだけモンスターを召喚したかったんだよ。

下手をするとブーイングすらしそうなエリエゼルに苦笑しつつ、俺は口を開いた。

「ここは大きな国の王都なんだろ？　ちょっと強い程度のモンスターが出ても殺られるだろうし、もしかしたらボス級のモンスターを召喚しても殺されるかもしれない。だから、冒険者を刺激しないようにダンジョンの拡張を優先する。モンスターが出ない上に、ダンジョンらしくないダンジョンの形のままダンジョンを成長させる方が俺達の生存率は高くなると思うんだ」

俺がそう言うと、エリエゼルは小さく溜《た》め息《いき》を吐《つ》き、破顔した。

「仕方ありません。黒龍王はまた次回にしましょう」

「……そうしてくれ」

俺がそう返すと、エリエゼルは息を漏らすように笑い、口を開いた。

「しかし、ご主人様のダンジョンの構築ペースを考えると、黒龍王を召喚するのに一ヶ月程度魔素を溜めれば召喚可能になるやもしれません。普通ならば何年と溜めることもあるモンスターですから、凄《すご》いことなんですよ？」

「さて、じゃあそろそろ店を開けるとするか。やっぱり昼も人は来るだろうからな」

俺はそう言ってエリエゼルの口撃を躱《かわ》し、食堂入り口の戸に向かうことにした。

すると、背後で疑問符混じりに唸るような声が聞こえてきた。

だが、エリエゼルは結局何も言って来なかった。

恐らく、俺が開店時間を早めたことに対する疑問を口にし掛けたのだろう。目立つのは得策では無いからな。

しかし、俺の行動に口を出さないと宣言した以上、エリエゼルは何も言わないまま手伝ってくれるだろう。

果たして、命を共にするパートナーとして、この関係はどうなのだろうか。

俺は腕を組んで俯《うつむ》き、悩んだ。

理由が、何となく奴隷を買おうと思って、である。犬猫を拾ってくるのとは違うのだ。

食堂の、ひいてはダンジョンの入り口で悩むダンジョンマスター。何とも言えない間の抜けた光景だ。冒険者がダンジョンと承知で入って来たら秒殺である。

と、俺がアホなことを考えていると、後ろの方でエリエゼルが軽やかな笑い声を上げた。

「ふふ……ご主人様はご主人様のしたいようになさってください。私に一々告げずとも良いのですよ？」

エリエゼルはそう言って、また笑ってくれた。俺はその言葉を聞いて心を決める。

ダンジョンの入り口に背を向けて、エリエゼルの方へ足先を向けた。微笑みながら小首を傾げるエリエゼルに、俺は緊張しながらもしっかりと報告する。

「……街を見て回った時、奴隷が売られているのを見た」

俺がそう言うと、エリエゼルは僅かに細めていた目を開き、俺の頭の中を探るようにジッと眼を見つめてきた。

「……良心、ですか？　そんな筈《はず》は……」

エリエゼルが小さな声で何か呟いたが、良く聞こえなかった俺は気にせず話し続ける。

「それが、安かったんだ。傷だらけだが、何人も合わせての値段なのに五万ディールだったんだ……思わず欲しくなって……」

俺がそう言うと、エリエゼルはまた目を細めた。

そして、慈愛の籠った目で俺を見つめ、口を開く。

「それは大変良い買い物ですね。奴隷がいるととても便利でしょう。そういうことでしたら、及ばずながら私もサポート致します」

エリエゼルは嬉《うれ》しそうにそう言って頷《うなず》いた。

良かった。怒られるかと思ってヒヤヒヤしていた俺は一息吐いて胸《むね》を撫《な》で下《お》ろした。この歳になってもいまだに限定とかお買い得品とかに弱いというのも恥ずかしい。


「じゃ、店を開けておこうか」


気掛かりが無くなった俺はそう言ってダンジョンの入り口を開き、店が開いたことを知らせる看板を外に出した。何か、ほんの小さなトゲのような何かが、頭の片隅に引っ掛かった気がしたが、看板を置いて食堂の中に向き直り、微笑むエリエゼルを見た時には気にならなくなっていた。

準備を終えて、暫く俺はエリエゼルと談笑する。


「それにしても、奴隷を買ってどうするのですか？」

「なんか、食堂が楽しくなってきてな。従業員を増やしてワイワイやりたいじゃないか」

「ああ、それでしたら奴隷が最適ですね。奴隷ならば強制的に住み込みで働かせることになりますから、外に情報が出ません」

「あ、そこまで考えてなかったわ」

「……そんなマイペースなところもご主人様の良いところですね」

「顔と台詞の内容が一致していないぞ」

俺達はそんな心温まる会話をしてゆっくりと時間を過ごした。

そして、一時間は経っただろうか。

「来ないなぁ」

「来ませんねぇ」

昼から店を開けてみたのに、誰も来る気配が無かった。

あまり動いてないせいか、先程食べたパンケーキのお陰か、腹も減らない。やる事も無いので、二人でダラダラ話しながら時間が過ぎるのをただ待つだけになってしまっている。

もう三杯目のコーヒーを片手に、俺はテーブルに肘《ひじ》をついた。マグカップに入っているのはウィンナーコーヒーである。ウィンナーが入っているわけでは無く、ウィーン風のコーヒーという意味だが、最初は冒険心に後押しされて注文した記憶がある。濃いめのエスプレッソにたっぷりの真っ白い生クリームが乗っており、アクセントにココアパウダーが少しだけ振りかけられている。

と、俺達がコーヒーをゆったり堪能していると、誰かが階段を降りる足音が聞こえてきた。

「誰か来たか」

俺がそう呟《つぶや》くと、エリエゼルは頷いてコーヒーカップをテーブルに置いた。

数秒して、姿を現したのは以前此処《ここ》に顔を出した少年だった。栗色の髪をした少年は店内の様子にかなり驚いているようだったが、俺の顔を見つけて笑顔を見せた。

「あ、お兄さん！」

その少年は俺を見るや、嬉しそうにそう口にした。久しぶりにおじさんやオッさん以外の呼び方である。この少年は良い子に違いない。とりあえずは、冒険者じゃなくてホッとした。

俺は上機嫌に片手を上げると、少年に声を掛ける。

「やあ、また来てくれたのか」

俺がそう声を掛けると、少年は頷いて口を開く。

「お店のことを友達に話したんだ。そしたら見に行きたいって言うから……」

少年はそう言って俺の様子を窺うように上目遣いに俺を見上げた。

友達。まあ、子供のネットワークで広がるくらいならば大丈夫だろうか？

金にはならないだろうけど。

俺はそんなことを考えながら、少年に笑顔を向けて頷いた。

「いいよ。今度来るのかな？」

俺がそう聞くと、少年は首を左右に振った。そして、少年の背後から三人の子供の顔がニュッと生えてきた。もう来てるのかよ。

栗色の髪の少年に連れられて現れたのは、茶髪の少年と金髪の少女、そして赤い髪の少女の三人だった。街を一度見てきたから分かるが、皆、それなりの品に見える服を着ている。

栗色の髪の少年はシンプルながら汚れ一つ見当たらない上品な白い服。短い茶髪の少年は模様の入った黒い服。ボブカットの金髪の少女は白と茶色の組み合わせられたシャツと長いスカート姿。そして、緩いウェーブのかかった長い赤い髪の少女は刺繍《ししゅう》の入った青いシャツとスカートを着ていた。良く見れば、全員あまり汚れていない革靴を履いている。

間違いない、金持ちの子供だ。四人はお行儀よく一つのテーブルを囲むように座っているが、忙しなく店内を見回してそれぞれが感嘆の声を漏らしていた。

「珍しい内装だったかな？」

俺は四人の態度に苦笑しながらメニューを広げてテーブルに置いた。

すると、四人は口々に俺を見上げて声を上げる。

「うん、凄く珍しいし高そうだね」

「俺もこんな店見たことない」

「か、カッコいいです」

栗色の髪の少年、茶髪の少年、金髪の少女はそう言ってはにかんだ。

だが、赤い髪の少女は不機嫌そうに鼻を鳴らした。

「ふん。私はこの程度の店はいくらでも知ってる」

少女はそう言って俺を一瞬見ると、すぐに顔を背けてまた鼻を鳴らした。

こやつめ、照れているな？

俺はポジティブに少女の態度を受け止めると、少女に顔を寄せて口を開いた。

「ここは食事をする場所だからね。食事は他とは違う珍しいものが出るかもしれないよ？」

「っ！　ち、近い！　勝手に近寄るな！」

俺がすぐ隣で一言物申すと、少女は顔を真っ赤にして怒った。

ふふふ、照れているな？

俺は勝利を確信し、少女の頭を軽く撫でて笑った。

「むぁ⁉　か、髪に触るな！」

少女は耳まで赤くしながら怒鳴ると、自分の頭の上に乗った俺の手を両手で叩《たた》いて退《ど》けた。

照れておるわ、こやつ。

毛を逆立て怒る猫のように俺に牙《きば》を剥《む》く少女を眺めつつ、俺は朗らかに笑いながら厨房《ちゅうぼう》へ向かう。少しからかい過ぎたかもしれないが、あのくらいの子供ならばこれぐらいはコミュニケーションの内である。まあ、俺が楽しいだけだが。

厨房に行くと、何か作業をしている風のエリエゼルが俺に顔を向けて口を開いた。

「随分と楽しそうでしたね」

「楽しい。ちょっと生意気なのに反応は素直だからからかうと面白いな。さぁ、何を頼むかな？四人とも吃驚《びっくり》するような注文してくれるとまた楽しめるが」

エリエゼルの質問に俺がそう言って笑うと、エリエゼルは僅《わず》かに頬を緩めて頷いた。

「ご主人様がお喜びで何よりです。ただ、子供四人ですから、飲み物を注文するのが精一杯ではないでしょうか」

「ああ、そりゃそうか」

俺はエリエゼルとそんな会話をして、トレイの上に水の入ったコップを用意する。四人の元へそれを運んでいくと、四人は食い入るようにメニューを見ていた。

「なあ、アルーはこんな店いくらでも来たことあるんだろ？　どれ頼めばいいんだよ？」

茶髪の少年が赤い髪の少女を責めるように見てそう尋ねると、アルーと呼ばれた赤い髪の少女は口を真一文字に結んでメニューを睨《にら》んだ。

「の、載ってるのが田舎料理ばかりだから分からないわよ」

アルーがそう言って苦し紛れの言い訳を口にすると、栗色の髪の少年が笑いながら首を傾げた。

「僕はお父さんと一緒に田舎に行ったこともあるけど、こんな料理無かったよ？」

「う、煩い！　もっと遠い田舎！　地の果てだからウィルも知らないの！」

アルーはそう言って、ウィルと呼んだ栗色の髪の少年を睨んだ。ウィルがそれを見てまた笑っていると、金髪の少女が困り顔でアルーを見た。

「と、とりあえず何か頼みましょう？　テスカ君、店長さんに聞いてみてよ……」

金髪の少女がそう言うと、テスカと呼ばれた茶髪の少年は嫌そうに顔を顰《しか》めた。

「お前が聞けよ、ラヴィ」

どうやら、金髪の少女はラヴィという名前らしい。全員の名前が分かったところで、俺はそっとテーブルにコップを並べていった。

突然現れた俺に驚いたのか、四人は静かに俺がコップを並べる光景を眺めている。

俺は静かにコップを見つめる四人を見て、笑いを堪えながら口を開いた。

「メニューの説明をしようか？」

俺がそう言うとアルーが真っ先に拒否しようと口を開いたが、ウィルが押し留めて俺を見上げた。

「お、お願い」

ウィルに頼まれた俺は笑って頷くと、メニューのデザートとドリンクのページを開いた。

「時間が中途半端だから、軽い食事か甘い物とかどうだい？　後は甘い飲み物か変わった飲み物とかかな？」

「甘いものっ？」

俺の台詞にラヴィが一番大きな反応をした。だが、テスカが眉根《まゆね》を寄せて口を開く。

「ラヴィ。甘い物は多分高くて俺には無理だよ。お前らは良いだろうけどさ」

テスカがそう呟くと、ラヴィは悲しそうに眉尻《まゆじり》を下げた。どうやら、テスカは他の三人よりも少し金に余裕が無いらしい。

まあ、十歳くらいに見えるような子供がこんな食堂に来るのがおかしいのだが。

そう考えた俺はウィルを見て口を開く。せめて子供らしい物を食べさせるか。

「皆でいくら位出せるんだい？　それに合わせて提案するよ」

俺がそう聞くとウィルは難しい顔で他の三人を見回した。

「皆お金持ってる？　僕、今日は三千ディールくらいしか持ってないけど……」

ウィルは深刻そうにそんなことを口にする。俺はウィルの言葉に首を傾げていたが、他の三人は予想外の反応を見せた。

テスカはホッとしたように歯を見せて笑い、ウィルを見た。

「なんだ、ウィルもそんなもんか。俺だって五千位は持ってるぜ」

テスカがそう言うと、ラヴィは困ったように笑いながら口を開いた。

「私は一万ディールかな」

ラヴィはそう言って照れたように視線を彷徨《さまよ》わせると、アルーが胸を張って三人を見回した。

そして、俺も含めて、皆の視線が自分に向いたのを確認して口を開いた。

「私は二十万ディール」

「はあっ⁉」

アルーの財布の中身の告白に、俺は思わず目を剥《む》いて大きな声を上げてしまった。

すると、アルーは勝ち誇ったような顔で俺を見上げると、他の三人を見回しながら口を開く。

「外で遊ぶならこれくらいは持ってないとね？」

アルーが決め台詞のようにそう言うと、ウィルとラヴィは苦笑し、テスカは肩を落として項垂《うなだ》れてしまった。

いや、持ち過ぎだよ。

「そんなにいらないよ」

俺はアルーの顔を見てそう言うと、愕然《がくぜん》とした顔をするアルーから視線を外して他の三人を見た。

「お前らも持ち過ぎだって。そんなにお金持たなくても十分遊べるし、お金持ってるのが悪い人に知られたら盗られちゃうかもしれないぞ？」

俺がそう言うと、三人は納得のいかない顔をしながらも俯《うつむ》いた。

だが、アルーは険しい表情で俺を睨む。

「何で？　お金はあればあるだけ良い。私の馬車と従者を連れて来てるんだから、泥棒にだって盗られるわけ無いわ」

アルーはそう言って俺から顔を逸らした。明らかに怒っている。

俺としてはただの注意くらいの気持ちだったのだが、アルーからすれば自分を否定されたという風に受け取ったのかもしれない。難しい年頃である。

まぁ、俺には子供を育てた経験が無いから詳しくは分からないが。

というか、十歳くらいの少女が二、三十万円分も金を持ち歩いているのが羨まし……いや、許されない。

俺は不貞腐れるアルーを横目に、ウィルに顔を向けて口を開いた。

「そうか。とりあえず、今日はお前たちから千ディール貰《もら》って料理と飲み物を用意してやるから、次からはそれ以上持ってくるなよ？　それ以上持って来たら店には入れてやらんからな」

俺がそう言うと、ウィル達は顔を見合わせて目を丸くした。

「千ディールって……それじゃ何も……」

「やっぱり怒ってるんじゃないか？」

「……ちょっとテスカ君、アルーが怒らせせたんだから謝ってきてよぉ」

「なんで俺なんだよ、アルーが怒らせたんだから……」

三人はそんなやり取りをしながらアルーを横目に見たが、その会話にアルーは余計に憤慨してしまった。肩を怒らせて三人を睨むアルーを見ながら、俺はさっさと厨房へ戻る。

四人が口論する声を背中で聞きながら厨房に戻ると、エリエゼルが難しい顔をして俺を出迎えた。

「……大丈夫でしょうか。十中八九、彼女は貴族の御息女と思われますが」

少し心配そうにそう言うエリエゼルに、俺は眉根を寄せて溜《た》め息《いき》を吐《つ》いた。

「いや、別に怒ったわけじゃないいんだけど……」

俺がそう言うと、エリエゼルは乾いた笑い声をあげて俺を見た。

仕方ない、ポテトチップスとホットケーキかプリンでも用意してやるか。

エリエゼルにも勝手なことをしたお詫《わ》びがてらケーキを出してやろう。

俺はそんなことを思いながら軽食の準備に取り掛かった。

ぎゃあぎゃあと揉《も》める四人の様子を窺《うかが》いつつ、俺はテーブルの側に立った。すると、俺の存在に気が付いたウィルとテスカ、ラヴィは押し黙ってアルーを見る。

三人の視線に晒《さら》されたアルーは腕を組んで堂々と怒りを態度で表現していた。

「怒るなよ。お、その髪飾り可愛いじゃないか」

用意した軽食を運びながら、俺が怒れるお嬢様のご機嫌を取るべく笑ってアルーの頭を指差すと、アルーは仏頂面で鼻を鳴らして見せた。

アルーは自らの髪を纏《まと》めている星型の乳白色をした髪留めを指差し、口を開く。

「これは上級貴族でも一部しか持てない貴重品よ。平民の分際で拝めたことを私に感謝しなさい」

尊大な態度でそう言って俺を睨むアルーに、ウィルが苦笑いをしつつ口を開いた。

「それ、もしかして魔族の骨かい？　凄《すご》いなぁ。王族なら魔族の骨を使った調度品なんて国宝ものの品を持っていることもあるようだけど、普通は貴族でも魔族の骨を使った品なんて持っていないからね」

「ま、魔族の骨？」

ウィルの台詞に、俺は思わずギョッとしてしまった。

すると、テスカが得意げに俺を見上げて口を開く。

「お、知らないの？　魔族の骨って黄金より稀少《きしょう》価値ってのが高いらしいぜ？」

「て、テスカ君……稀少価値って意味分かってないんじゃ……」

テスカの言葉にラヴィが何処か不安そうにそう呟《つぶや》いたが、肝心のテスカには聞こえていなかった。

そして、俺もそれどころでは無かった。

アルーは驚く俺の反応をどう勘違いしたのか、見下すように俺を見つめて笑みを浮かべた。

「しかも、これは五年前に王城へ献上されたダンジョンマスターの骨と右目を使った最高級の品よ。その価値は黄金どころじゃないわ」

アルーがそう言ってウィルを横目に見ると、ウィルは目を剥いてアルーの髪飾りを見た。

「だ、ダンジョンマスターの骨と右目……っ⁉　あ、その真ん中に埋め込まれてる宝石みたいなのが……っ⁉」

ウィルが椅子に座ったまま身を乗り出し、興奮を隠せない様子でそう怒鳴ると、アルーは鷹揚《おうよう》に頷《うなず》いて口の端を上げた。

「流石《さすが》にウィルはモノの価値を知っているようね。その時のダンジョンマスターの素材は一部の上級貴族にしか配られていないわ。値段にすると一千万ディール以上ってとこかしら？」

アルーがそう言うと、ウィルが勢い良く首を左右に振って否定する。

「い、一千万どころじゃない。五千……いや、出すところに出せば一億だって……」

「い、一億……っ⁉」

ウィルの台詞に皆が驚愕《きょうがく》の声を上げる。何故か持ち主のアルーまで吃驚しているように見えた。

「あ、アルー。それ俺にも見せてくれよ……」

「だ、駄目よ！　目が怖いわよ、テスカ⁉」

四人のそんな会話を聞きながら、俺は運んで来た軽食類をテーブルに並べる。

もはや生きた心地がしない俺は、震える指に力を込めて皿を手に取った。大皿に盛り合わせられた塩味のポテトチップスと、少しスパイシーな細長いタイプのポテトフライ。そして、ホイップクリームの乗った、バターたっぷりのホットケーキと小さめのプリンを一皿ずつ。飲み物は空のグラスを四つ並べ、コーラと乳酸菌飲料の入ったガラスのピッチャーを二つ用意した。

「その丸い食べ物にはこれをかけると良い」

俺はそう言ってメープルシロップの入った陶器の入れ物を置いてテーブルから離れた。

アルーの衝撃

立ち去っていく背の高い店主を横目に見て、私は下唇を噛《か》んで顎《あご》を引いた。

下々の民より、騎士は金を持ち、騎士も逆らえない豪商は更に金を持つ。地位の低い貴族よりも地位の高い貴族の方が金持ちだし、王族はもっと金持ちに違いない。

そんな誰でも知っているようなことを知らないあの男は、多分料理の腕も大したことは無いだろう。何故なら、私のように様々な珍しい料理を食べることも出来ないからだ。

知らないなら作れるわけがない。料理を知らないなら下手に違いない。

食べて美味しくなかったら……いや、たとえ普通程度の味でも許してなるものか。流石《さすが》にこのダンジョンマスターの骨と目を使った飾りには驚いていたようだが、そんなことでは許されない。

私が憤然とそんなことを考えていると、あまり何も考えていないウィルがいつもの楽天的な笑みを浮かべて口を開いた。

「見たことも無い料理ばかりだね。早速食べて見ようよ」

ウィルがそう言うと、待ち切れない様子でそわそわと身体を揺すっていたテスカとラヴィが輝くような笑顔で顔を上げた。

「しょ、しょうがねぇな」

「そうだね。食べてみたいよね」

二人は取り澄ましたような表情を顔に貼り付けて、仕方が無いとでも言うようにそう口にした。

そして、テスカが戦場で周りを窺《うかが》うように首を竦《すく》めて低い姿勢になり、皆を見て口を開いた。

「これ、どうやって食べるんだ？」

「下にあるのはパンみたいだから、切り分けてこの白いのを乗せて食べるんじゃない？」

ウィルはそう言ってテスカの顔を見た。

そうか、そうやって食べるのか。私は納得しながら頷《うなず》き、ふと自分に三人の視線が集まるのを感じた。顔を上げると、三人が私の顔をマジマジと見ている。

「……そう。そうやって食べる」

私がウィルの言葉を肯定すると、三人は顔を見合わせてから笑い、ナイフとフォークを白いフワフワに向けた。

下級貴族のテスカと普通の貴族のラヴィは食べたことが無いのだろう。

だが、ウィルは王都一番の大商人の三男だ。恐らく、私と同等の種類、多種多様な食事をしたことがあるだろう。つまり、この料理を知っている可能性が最も高いのはウィルである。

私がウィルを睨《にら》んでいると、ウィルは私の視線に気が付いているのか、いないのか。無言でナイフとフォークを使い白いフワフワを口に運んだ。テスカ達もじっと凝視している。

そんな注目を集める中、ウィルは目を見開いて今食べたばかりの料理を見下ろし、口を開いた。

「……なんだコレ」

いつものゆったりとした口調では無かった。ウィルの口から出たのは凡そ感情を感じさせない低い声だったのだ。その声を聞き、私は鼻を鳴らしてテスカとラヴィを見た。

「やはりそう。これは田舎の見た目ばかり気にして中身が伴わないスカスカの料理ね。私が食べるまでも……」

私が笑いながらテスカとラヴィにそう言って、最後にウィルを振り返ろうとした矢先、ウィルが怒鳴るような声を出して目だけで私を見た。

「違う！」

普段聞かないウィルの真剣な声。その叩《たた》きつけるような厳しい声に、私達は身体が跳ねる程驚いてウィルを見た。ウィルは皆の視線を受けて一瞬だけハッとしたような顔になったが、それもすぐに消えた。そして、何処《どこ》か残念そうに笑いながら、ウィルは私を見た。

「……一口で分かったよ。もしも、アルーの基準で話すなら、田舎者は僕達の方だった」

「な、何を馬鹿なことを言って……」

ウィルの台詞に、私は乾いた笑い声を上げて反論しようとし、ウィルの憐憫《れんびん》を込めたような眼を見て飲み込んだ。いや、それ以上一言も喋《しゃべ》れなかった。言い知れぬ敗北感に怒りを覚え、私は乱暴に目の前に置かれた白いフワフワにナイフとフォークを突き立てる。

ウィルはそこらの貴族よりも物を知っていると思っていたが、買い被りだったようだ。

こんな白いフワフワしただけの食べ物がいったい何だと言うのか。そう思いながら、私は口に白いフワフワを付けたパンみたいなものを口に入れた。

その瞬間、私は衝撃を受けた。噛んだ瞬間にパンから溢《あふ》れるトロリとした蜜《みつ》。甘い、甘い、甘い。

もうそれだけで何も言えなくなってしまった。

気が付いたら、私は夢中で白いフワフワをパンに絡め、口に放り込んでいた。

呼吸も忘れそうなくらいに夢中で食べていたせいで、私が浅ましくパンを貪《むさぼ》る様をウィル達に見られていることに気が付かなかった。三人の呆気《あっけ》に取られたような視線を受けて、私は壊れた玩具《おもちゃ》のようにぎこちなく、ナイフとフォークを置いて水の入ったコップを手にとった。

口の中を水で潤し、甘い後味が薄れることに失望を覚えながら、ウィルに顔を向けた。

「……ま、まあまあね」

「嘘だろ⁉　俺ん家の犬より必死に食べてたじゃん！」

私が一言感想を口にすると、ウィルよりも先にテスカがそんなことを言い出した。

「犬⁉　そこに直れ、テスカ！　この無礼者！」

私はカッと頭に血が上るのを自覚しながらそう叫び、テーブルを叩いた。

すると、テスカはそれこそ犬のように唸《うな》りながら椅子に座り直す。

「い、いただきます！」

私とテスカが睨み合う中、全く空気を読まずにラヴィが食事の宣言をして白いフワフワを口に運び始めた。ああ、白いフワフワがあんなに沢山ある。私の白いフワフワはもう無いのに……！

「……っ！　美味しい！　甘い！」

ラヴィは私の無念など気付きもせずにそんな感想を叫ぶと、脇目も振らずに白いフワフワと戦い始めた。その様子に、今まで私を睨んでいた無礼なテスカも白いフワフワを食べ始める。

「うわぁっ⁉　なんだコレ⁉　なんだコレ⁉」

テスカもラヴィも下手したら涙さえ流しそうな程感動し、あっという間に白いフワフワを食べ切ってしまった。

隣を見れば、ウィルももう食べてしまっている。

「うお！　これも美味いぞ!?」

顔を上げると、真ん中に置かれた大皿の上にあった料理をフォークで刺して食べるテスカの姿があった。そのテスカを見て、ラヴィとウィルもフォークを手にして笑顔で大皿に顔を向ける。

「わ、私の分も残しなさいよ！」

私は慌てて三人に奪われないようにフォークを持ち、すぐに大皿戦争に参戦した。

フォークに刺した細長い物を手前に引き寄せ、口に運ぶ。

私の口にまた衝撃が走った。


子供達は夢中でパンケーキを食べたと思ったら、更には取り合うようにポテト類も完食し、プリンを食べて一人が泣いてしまった。

最後に皆でジュースを飲む時に至っては、もはや放心状態と化した四人を眺め、俺はニンマリと笑った。勝利である。疑う余地の無い完全勝利だ。

ダンジョンマスターの骨には心底肝を冷やしたが、料理では何とか勝つことが出来た。

そして、四人が帰る時に、ウィルとアルーが妙なことを口にして帰った。

「また、絶対に来るからね。多分、その時は三人くらいで」

「……見下して悪かったわ。私が食べた事の無い美味しい料理だったもの。うちの料理長に推薦してあげるから、有り難く思いなさい」

そんな二人の熱烈な言葉に俺は真顔で返事をした。

「言っておくが親とか連れてくるなよ。料理長も御免だ。俺はここから出るくらいなら死ぬからな」

そう返事をすると、二人は愕然とした顔で固まってしまった。

「ほら、子供はさっさと帰れ帰れ。夕方には家に帰れ」

俺がそんな感じで店から追い出すと、テスカは大爆笑で喜び、ラヴィははにかみながらまた来ると言って帰った。

四人の子供は要らんと言うのに一人三千ディールずつ置いていった為に所持金は一万二千ディール増えた。ウィルの分はアルーが出したようである。

「意外と楽勝で貯まるな」

「いえ、これはやはりご主人様のセンスによるものでしょう。店の雰囲気、食事の珍しさと美味しさ。それに勿論《もちろん》ご主人様の人当たりの良さも大きな要因かと思われます」

「いやいや、そんなに持ち上げるなよ。大したことじゃないさ。はっはっは」

俺とエリエゼルはそんなやり取りをしながら笑い合い、途中で空元気に限界が訪れた。

「……あいつら、人の骨を目の前にして普通に話してたな」

俺がそう呟《つぶや》くと、エリエゼルは沈痛な面持ちで俯《うつむ》いた。

「魔族は、人型の魔物として考えられています。故に、通常の魔物を倒して素材を剥《は》ぎ取るのと同じ感覚なのです」

「いや、俺と同じようなダンジョンマスターなら、普通に言葉も喋るし意思の疎通も出来るだろう？　それなのに、魔物と同じように殺されて……素材として骨や目玉まで奪われるのか？」

俺が真剣な表情でエリエゼルを見てそう尋ねると、エリエゼルはゆっくりと頷《うなず》いた。無言で肯定されたことに、俺は何故か無性に腹立たしさを感じた。

エリエゼルが悪いわけではない。あの子供達もそういった周りの環境が無ければ、この世界の常識を知らなければ、あんな風には思わない筈《はず》だ。

俺はぐるぐると思考の坩堝《るつぼ》に陥りそうになるのを堪え、頭を軽く振った。

「……駄目だ。気持ちを切り替えよう。捕まらなければ良いんだ。やる事は変わらない。俺は絶対に捕まらないぞ」

俺はそう独り言ちると、夕食の準備をすることにした。ささっとだが、今食べたいものを頭の中で思い浮かべ、念じる。

行列は出来ないが常連ばかりの中華料理屋さんのあっさり醬油《しょうゆ》豚骨のラーメンと炒飯《チャーハン》、餃子《ぎょうざ》のセットだ。細い麺《めん》が旨味の強いスープに良く絡み、醬油の風味が後を引く。厚いチャーシューも甘辛い味が染みていて旨い。

炒飯はシンプルにニンニクと焦がし醬油が効いた五目炒飯だが、これもコッテリしていなくていくらでも食べられるような味わいだ。

餃子はニラ餃子。人の好みが分かれるらしいが、俺は思わず顔が綻《ほころ》んでしまうほど好きである。パリパリの皮に、中は柔らかくて肉汁が滴り落ちる。

ドリンクには冷たいウーロン茶だ。脂っぽくなった口の中がサッパリとして気持ち良い。本当なら冷たい生ビールも良いのだが、夜にお客が来たらマズいからな。正直に言えばヤケ酒として思い切り呷《あお》りたいが……。

俺とエリエゼルは食事を終えると、今まで集めたお金を集計した。

現在、お金は二万六千ディール貯まっているようだ。これなら、後一日二日ですぐに五万くらい貯まるだろう。

俺はそう思って口の端を上げた。

その時、チリンチリンと軽やかな鈴の音が食堂に鳴り響いた。

「これを片付けますね」

エリエゼルは来客の報せを聞くや否や素早く席を立って食器を下げていった。

俺は食器を片付けるエリエゼルを尻目《しりめ》に、食堂の入り口に向き直って口を開いた。

「いらっしゃいませ。何人で……」

俺はそう言いながら固まってしまった。

あまりの事態に脳の処理が追いつかなかったのだ。

俺の視線の先、食堂の入り口には十を優に越える鎧《よろい》姿の兵士達の姿があったからだ。

え？　ダンジョンってバレた？　もしかして、あの冒険者に仲間がいたのか？

俺は真っ先にそんなことを思ったが、どうやら兵士達の顔を見る限り違うらしかった。

兵士達は物珍しそうに食堂内を眺めながらこちらへ歩いてくると、一際背が高い中年の男が俺の前で立ち止まった。

金属の鈍い色合いの鎧を着た、灰色の髪の男だ。顎にだけ髭《ひげ》を生やしたその男が、年齢の割に子供っぽい笑い方で笑みを浮かべ、俺を見た。

「交代の時間でね。知り合いのエルフに聞いたんだが、驚く程美味い食堂があるというじゃないか。

鎧を着たままだしちょっと人数は多いが、良かったら入れて貰《もら》えるだろうか？」

中年の男はそう言って後方で騒がしい足音を立てながら入店する兵士達を指差した。

つまり、衛兵か何かの団体で、夕方の休憩か何かなのだろう。

そして、この中年の男はその部隊の隊長的なポジションか。

俺はそう判断すると、男の顔を見て頷いた。

「ええ、どうぞ。何人ですか？」

俺が愛想良くそう尋ねると、男は笑みを深くして口を開いた。

「それは助かる。三十三人だ。おぉい！　外の者達も呼んできてくれ！」

男がそう言って後ろを振り向くと、一人の兵士が外に出ていき、帰ってくる時には増殖して帰って来た。まさかの大人数に、俺は絶句して居並ぶ兵士達を眺める。

立ち食い蕎麦《そば》か何かに変更するか。

俺は一瞬そんな考えが頭をよぎったが、頭を振って思考力を取り戻す。

これは、注文が面倒過ぎるからな。団体客用のメニューを用意するか。とりあえず、中年の男に適当に席に座るように告げると、厨房《ちゆうぼう》へ移動してメニューを即席で作った。

「それは新しいメニューですか？」

エリエゼルが怪訝《けげん》な顔つきでそう言って俺を見る。

「ああ。中華にしようと思ってな。これなら大人数でも多少は楽だ」

俺がそう言って作ったメニューの束をエリエゼルに持たせると、エリエゼルは不思議そうに頭を捻《ひね》りながらもメニューを手に食堂へ向かった。俺は食堂と厨房の壁に空いたスペースから顔を出し、兵士達に向けてメニューについての注意点を口にする。

「そちらのメニューに載っている料理は大人数用のものです。一つのメニューを注文したら二人分以上はくると思って下さい」

俺がそう言うと、エリエゼルが頷いてこちらを見た。そう。中華料理ならチマチマ小皿で出す手間が無く、大皿を何品か出せば終わりなのだ。俺とエリエゼルがアイコンタクトで頷き合っていると、先程の中年の男が嬉《うれ》しそうに顔を上げた。

「おお、なるほど！　なら、一つ頼めば丁度一人前分になるということだな。我らの腹的には！よし、好きなもんを頼め、お前ら！　俺の奢《おご》りだ！」

中年の男がそう言うと、周囲の兵士達は怒号のような歓声を上げた。

「うぉおお！」

「流石は兵長！」

「よっしゃ、食うぞ！」

あれ？　予定と違うぞ？

結局、俺は引っ切り無しに飛び交う注文を受け付けながら走り回ることとなった。一人が大体、麻婆豆腐、唐揚げ、酢豚、餃子、炒飯、中華そば、エビチリなどのボリュームあるメニューから四品ほど食べた。中には五品以上一人で食べた奴までいる始末である。

食堂は最早大食い会場の様相を呈したが、食後暫くしたらまた仕事らしく、酒までは吞《の》まなかったのが唯一の救いだったといえる。

まあ、皆が大喜びで食べ、あまりの旨さに茫然《ぼうぜん》自失《じしつ》する者まで現れたから良しとするか。

ただ、荒くれ者と然程変わらない野郎ばかりの兵士達は、エリエゼルの顔を見て猿のように興奮していた。

勿論、言い寄るものはエリエゼルの一言に切って捨てられることとなったが。

結果、この団体客だけで売り上げは二十六万四千ディールを記録。

僅《わず》か一時間強で馬鹿みたいに稼いでしまった。

次回、アルーが来たらアルーよりお金を持っていると自慢してやろう。

顔を真っ赤にして地団駄を踏むに違いない。

ちなみに、夜は冒険者も三人来た為、二万ディール追加である。

今日の売り上げの合計は二十九万六千ディール。

なんと、大安売りの奴隷の檻《おり》を一ダース購入出来る金額となった。

へっへっへ。支出の全く無い反則のような店ならではの儲《もう》かりようだ。

なにせ、売れたら全て純利益だからな。

そんな下世話なことを考えながら、俺は金を数えてほくそ笑んでいた。

悪代官みたいだな、俺。

第四章　初めてのモンスター召喚

朝が来た。

今日は待ちに待った奴隷を買いに行く日だ。パッチリと目を覚ました俺は掛け布団を剥《は》ぎ取って上半身を起こした。

と、今日は隣に麗しのエリエゼルが寝ていなかった。

昨日までなら防水加工のように水を弾くエリエゼルの白い肌に目と脳を焼かれる時間なのだが、今朝はどうやら真っ白いシーツを見てクールダウンする日らしい。

渋々、俺はベッドから降りて身体を伸ばし、服を着た。居住スペースを見て回ったが、エリエゼルの姿は無い。俺は首を傾げながら食堂へと向かった。

それにしても昨夜は本当に疲れた。あの大量の客を捌《さば》くにはやはり従業員が必要だろう。というか、俺が楽をしたい。

そんなことを思いながら食堂の中を覗《のぞ》き込むと、食堂ではエリエゼルが箒《ほうき》を片手に床掃除をしている所だった。

「おはよう。掃除か？」

俺がそう聞くと、エリエゼルは顔を上げて俺を振り向き、笑顔で頭を下げた。

「おはようございます、ご主人様。朝の掃除中です。昨日のお客様があまりに多かったので、今日はかなり時間が掛かってしまいました」

俺の質問にエリエゼルはそう答えて苦笑した。俺はその返答に驚き、目を見開く。

「いつも朝は掃除してたのか？」

俺がそう尋ねると、エリエゼルは曖昧《あいまい》に笑うだけで答えなかったが、その態度を見るに間違い無さそうである。

「マジか。よし、好きなものを出してやろう。何か欲しい物はあるか？」

俺は感動してエリエゼルにそんなことを言った。しかし、エリエゼルは首を左右に振って優しく微笑む。

「私の欲しいものは既に頂いておりますので」

そう呟《つぶや》き、エリエゼルは俺を見上げた。

キュンとした。

◇◆◇

エリエゼルの顔をまともに見られそうも無い俺は逃げるようにダンジョンの外へと繰り出した。

今回の仮初めの身体も、前回と同じ奴隷商店へ向かう為、身体や服装も前回と同じである。

ダンジョンから出ると、朝の陽が目に刺さるように鋭い光を浴びせてきた。俺は眉根《まゆね》を寄せて辺りを見回し、前回の大通りへと向かった。商人や冒険者などの様々な職業の者達だけでなく、エルフや獣人を含む多種多様な人種が闊歩《かっぽ》する大通り。

かなりの賑《にぎ》わいである。

そう言えば、あの時は気になったけど買えなかった物も今なら買えるかもしれない。奴隷を買って帰る時に金が余ったら買ってみようかな。

俺はそんなことを考え、あの奴隷の店の前まで歩いてきた。店の外観は前来た時と何も変わっていない。まあ、この前来たばかりだからな。当たり前だろう。

俺は奴隷の店の外観を眺めながらそんなことを思い、とある変化に気が付いた。一番手前にいた二人の奴隷の内、赤い髪の美女の方がいなくなっているのだ。

確か、レミーアという名前だっただろうか。反対側には前回と変わらずに兎耳の美女が座っていて、檻にはシャロットという名前が書かれていた。

「ねぇ」

俺はシャロットの檻《おり》に近付いて声を掛けた。すると、シャロットは機嫌が悪そうな顔で俺を睨《にら》んできた。

「……何？　ああ、この前来た坊やね。今日の私は愛想笑いも出来ないからあっちで遊んでおいで」

シャロットは溜《た》め息《いき》混じりにそう言うと片手をヒラヒラと振って顔を背けた。俺は檻に一歩近付くと、もう一度シャロットに話し掛ける。

「あのお姉さんは何処行ったの？」

俺がそう聞くと、やはりそれが地雷だったのか、シャロットは険しい目付きで俺を睨《にら》んだ。

「こっちに来るなって言ったのよ。ほら、向こうに行きなって」

余程機嫌が悪そうなのに、子供の姿をした俺に声を荒げないのはシャロット本来の性格の優しさからだろうか。

そんなシャロットに、俺は更に詰め寄る。

「お姉さん、買われちゃった？」

俺がそう聞くと、シャロットは暫く無言で俺を睨んでいたが、疲れたように溜め息を吐《つ》いた。

「……そうだよ。残念だったね」

シャロットはそう言って俺から視線を外すと、足を組んで虚空を睨む。その様子は、怒っているようでもあり、哀しそうでもあった。

「……寂しいね、お姉さんも」

俺が端的にそう呟くと、シャロットは刺すような目を俺に向けた。

「見透かすような口を叩《たた》くんじゃないよ。坊やに何が分かるっていうのさ」

シャロットはそう吐き捨てるように呟き、俺の顔を見てバツが悪そうに顔を背けた。

その姿を見て、俺は頷《うなず》いて口を開く。

「うん、分かんない。でも、お姉さんが哀しそうなのは分かるよ。居なくなっちゃったから寂しいんでしょ？」

俺がそう聞くと、シャロットは肩を落として俯《うつむ》いた。

「……煩いよ。別に、レミーアが買われたことは良いのさ。でも、買った相手が悪いんだ」

シャロットはそう言うと、深い息を吐き、独り言のように小さな声音で訥々《とつとつ》と語り出した。

「買った奴は大貴族の次男坊でね。唸るほどの金で城みたいな豪邸に住んでるって話さ。だからレミーアは頑張って自分を売り込んで、買われた時には飛び上がって喜んでたさ。獣人の間では『奴隷殺し』ってあだ名で呼ばれてるのにね。私は、何も言えずに無気力な振りをして……」

シャロットはそう呟き、言葉を切った。

俺はその後に続くであろう言葉に思い至り、顔を上げる。

「……それで、お姉さんは買われずに、レミーアさんが買われたんだね」

俺がそう言うと、シャロットは薄っすらと涙を湛《たた》えたが、すぐに片手で拭《ぬぐ》った。

「……私は何も言わなかったんだよ。レミーアがさようならと私に言う時も、何も言わずに片手を振って別れたんだ」

シャロットはそう言うと、もう何も言わずに黙り込んでしまった。俺は檻の中で俯くシャロットを眺め、鼻で息を吐く。めっちゃ重いんですけど……奴隷の話で明るく楽しいサクセスストーリーを期待したら駄目なんだろうか。駄目なんだろうね。

そう思い、俺は腕を組んでシャロットを眺め、口を開く。

「優しいウサギのお姉さん。お姉さんは良い人に買われる可能性はある？　もしくは値段が半額くらいになったりしない？」

俺がそう尋ねると、シャロットは呆《あき》れたような顔をして俺を見た。

「まさか、私に同情して私を助けるつもり？」

俺の台詞に、シャロットは嘲笑《あざわら》うような笑みを浮かべてそう呟く。

「同情はあんまりしてないよ。お姉さん美人さんだからね」

俺が冗談っぽくそう言って肩を竦《すく》めると、シャロットは一転、射抜くような真剣な目を俺に向けて口を開いた。

「……まさか、あんたみたいな坊やが私を？　坊や……もしも、お父さんが凄《すご》い人なら、私じゃなくてレミーアを何とかしてくれない？　いくら大貴族だろうと、モノはただの奴隷だもの。ある程度の権力がある人がどうしてもと言えば奴隷くらい手放す筈《はず》だわ。大貴族がケチだなんて噂されたら沽券《こけん》に関わるからね」

シャロットはどうやら本気でそう言って、俺の返事を待った。

あれ？　なんか、面倒な話になってるぞ。

俺はそう考えながら、一応シャロットの話を聞いておいた。

「お父さんは忙しくてこの街にいない事も多いから、期待はしないでね？　それで、その貴族って誰のこと？」

俺がそう尋ねると、シャロットは眉根を寄せて頷いた。

「いいよ！　その話をしてくれるだけでもいい！　買った相手はタムズ伯爵の次男、ボルフライって奴だよ。昨日の夜買っていったからね」

シャロットはそう言って拝むように俺を見た。俺はシャロットに向けて頷くと、奴隷の店の奥に向かって足を向けた。

「期待はしないでよね？」

俺はそう言い残し、シャロットに片手を振って店の中へ入っていく。檻ばかり続く長い通路を進む内に、また微妙な違和感を覚えた。誰も居ない檻が幾つかあるのだ。前も一つか二つは空の檻があった気がしたが、今日はもう幾つも空の檻を見た。奴隷というのはそんなに良く売れるものなのか。俺はそんなことを考えながら奥まで進み、思わずそこで声を出した。

「あれ？」

一番奥の檻。左右の特売まとめ売りのお買い得な大きな檻が、空っぽになっていたのだ。

まだ期日まで余裕で日数がある筈だ。なのに、檻には誰もいない。俺が首を傾げながら店の入り口の方を振り返ると、こちらに向けて抜き足差し足で向かってくる男の姿を発見した。小柄な四角い顔の男。奴隷商人のブエルだ。

何故こいつは音を立てないように俺に近付いて来ようとしていたのか。俺がそんなことを考えながらブエルを睨んでいると、ブエルは愛想笑いを浮かべて頭を下げた。

「いやぁ、お客様。気配に敏感ですね。ところで、そちらの檻のことでしょうか？」

ブエルは不躾《ぶしつけ》にそう言うと、俺の顔を見て首を傾げた。俺は憤然とブエルを見据えて頷き答える。

「そうだよ。なんで誰もいないの？　まだ日はあるはずでしょ？」

俺がそう聞くと、ブエルは困ったように笑いながら肩を竦めた。

「いや、それが……とあるお偉い方が昨日来店されまして……大量の奴隷達をまとめ買いしてお帰りになられましてね？　いや、流石は大貴族という買いっぷりで……」

「はぁ？　貴族って、伯爵のとこか？」

俺はブエルの台詞に思わず素を出してそう聞き返した。

ブエルもまさか、小さな子供の姿の俺から低いドスの利いた声が聞こえてくるとは思わなかったのだろう。一瞬肩を跳ねさせて驚いていた。

「も、申し訳ありません……いや、本当に、お偉方には逆らえないような小っぽけな商人でしてね」

そう言って、ブエルはぎこちない愛想笑いを浮かべたまま頭を下げている。

俺はなんとも言えない苛立《いらだ》ちを覚えながらブエルを睨み、口を開いた。

「退け。伯爵のとこに行ってくる」

俺がそう口にすると、ブエルは顔を青ざめさせて背筋を伸ばし、檻《おり》の方へ移動した。

声も出せずに俺の横顔を見るブエルの頭の中では、恐らく俺は王族並みの権力者に見えていることだろう。実際はしがないダンジョンマスターだが。

とりあえず、ただのダンジョンマスターといえど俺の物に手を出す奴は許さん。貴族だろうが許さん。何か良い手は無いか、エリエゼルに聞いてみよう。

俺は肩を怒らせて奴隷屋を後にしたのだった。

奴隷屋を出て、大通りの対面にある店の入り口に見慣れた人影を見つけた。

見事な赤い髪の少女、アルーだ。

アルーは馬車の側で不機嫌そうに腕を組んでいる。見れば、アルーの側にある馬車は片方の車輪が外れてしまっており、馭者《ぎょしゃ》らしき男が汗だくになりながら馬車の修理をしているようだった。

俺はそっとアルーに近付き、声を掛けてみる。

「アルーさん」

俺がそう声を掛けると、アルーは胡散臭《うさんくさ》そうな目で俺を睨んだ。足先から頭の上まで眺めたアルーは、片方の眉《まゆ》を上げて口を開く。

「誰?　見たこと無い顔だけど」

アルーにそう言われ、俺は不満そうに見えるように口を尖《とが》らせる。

「忘れちゃった?　酷いな」

俺がそう言うと、アルーは少しだけ戸惑うような様子を見せ、こちらに向き直った。

「……本当に思い出せないわ。ごめんなさい。誰だったかしら？」

と、アルーは意外にも素直にそう言って、俺の素性を尋ねた。

まあ、こちらは正直には話せないのだが。

「あ、ちょっと聞きたいことがあるんだけど！　タムズ伯爵の次男のボルフライって人に用事があるんだけどさ、家の場所を忘れちゃったんだよね。アルー知ってる？」

俺が早口にそう言うと、アルーは眉根を寄せて俺の顔を凝視した。

「それは知ってるに決まってるでしょ？　同じ伯爵家なんだから……それよりも、貴方の顔何処かで見た記憶があるわ。確かに、知ってる人みたいね」

アルーにそう言われ、俺は慌ててアルーの肩を掴《つか》み、顔を寄せた。

「知ってる⁉　ボルフライって人何処に住んでるんだっけ？　ほら、早く教えなさい！」

俺がそう言ってアルーに早く教えるように急かすと、アルーは顔を真っ赤にして俺から離れた。

「ち、近いわよ！　何するの！　ボルフライ邸は中央通りの北区よ！　隣にはタムズ伯爵の屋敷があるからすぐ分かるでしょ⁉」

アルーは怒鳴るようにそう叫ぶと、肩で息をしながら俺を睨んだ。

俺はアルーに言われたことを覚えると、すぐにダンジョンに向かって走り出す。

「ありがと！　アルー大好き！」

「はぁっ⁉」

俺が最後までアルーを弄《いじ》って遊ぶ発言をしていくと、アルーが後方で怒鳴る声が聞こえた。

◇　◆　◇

ダンジョンに帰った俺は、食堂で座って休むエリエゼルの下へ走った。

「どうされたんですか？　ご主人様。そんなに慌てて」

エリエゼルは目を丸くして俺を見ると、そう聞きながら首を傾げている。

俺は元の身体に戻ることもせずに、エリエゼルの前まで移動して口を開く。

「タムズ伯爵の息子のボルフライとかいう奴に奴隷を買われてしまった。何とかならないか？」

俺がそう聞くと、エリエゼルは難しい顔で顎《あご》を引いた。突然意味の分からないことを言い出した俺に、エリエゼルは真摯《しんし》な態度で話を聞き、頭を働かせてくれた。

そして、考えに考えたエリエゼルは目を閉じて、口を開き小さく何か呟《つぶや》いた。

魔法陣と一緒に現れたのはあのモンスター図鑑のような魔導書である。そして、その本を手に取ったエリエゼルは本を開き、俺に見せるようにテーブルに置いた。

開かれたページには、俺でも分かる有名なモンスターが記載されていた。

「ヴァンパイアと、ワーウルフです」

エリエゼルはそう言って、図鑑に載る絵を指差した。

そこには黒いマントに身を包む白髪の男が描かれている。

「ヴァンパイア……大丈夫なのか？」

俺の血を吸おうとしたりするんじゃないだろうな。

俺がそんなことを考えながらエリエゼルに不安を伝えると、エリエゼルは笑みを浮かべて頷いた。

「ヴァンパイアには等級があります。それも、まるで別のモンスターになったように格差のある等級です。その等級が高いほど知能指数は高くなり、戦闘能力も高くなります」

エリエゼルはそう言って絵の下にある文字のようなものを指差した。

読めませんて、エリエゼルさん。

俺は心の中で突っ込みながら本を眺め、表のようなものを見る。

字は読めないが何となく理解した。ブランド牛みたいなもんだな。Ａ５が脂がのっているし高いよ、みたいな。まあ、個人的にはＡ１かＡ２くらいが脂少なめな気がして良いが。

「それで、Ａ５のヴァンパイアだとどれくらい強いんだ？」

俺がそう尋ねると、エリエゼルは首を傾げて目を瞬かせた。

「一番弱いヴァンパイアということですか？　それですと、最下級の第三世代のヴァンパイアが最も弱いヴァンパイアとなりますね」

俺の回りくどい質問に勘違いしたエリエゼルはそう言って表の一番下を指差す。

だから読めませんて、エリエゼルさん。

「一番上は？」

俺が聞き直すと、エリエゼルは表の一番上を指差して口を開いた。

「自らヴァンパイアとなった者、真祖。圧倒的な力を持ち、永遠を生きる故の知識と経験を併せ持つモンスターです。ドラゴンとすら戦える数少ない人型モンスターですね」

「おぉ、そりゃ強そうだな」

俺がそう口にすると、エリエゼルは気分を良くしたのか、嬉《うれ》しそうに語り出した。

「ヴァンパイアは真祖が突出して強いです。次に第二世代のヴァンパイア。そして、次がその眷族《けんぞく》となるヴァンパイアです。ちなみに、ヴァンパイアと人間のハーフは亜人扱いとなる為モンスターとしては召喚できません。尚、真祖のヴァンパイアがヴァンパイアになる前の存在であるブラッドマスは別のモンスター枠ですね」

エリエゼルは興奮気味にそう語り魔導書のページを捲《めく》った。開かれたページには、上半身が筋肉質な身体の狼のような二足歩行のモンスターが描かれていた。分厚い身体は長い毛で覆われ、金色の眼が暗い森の中で光っている。

「おお、強そうだな」

俺がそう言うと、エリエゼルはまたまたテンションを上げてしまった。

「ワーウルフ。俗に言う狼男ですね。満月の夜に正体を現すのでは無く、満月の夜は常に狼男の姿になってしまうというモンスターです。狼男の姿になることに制約はありませんが、狼男になるとその頚椎《けいつい》の形状から後ろを振り向くことが出来ません。ただ、狼男は純粋に力が強く、素早く、打たれ強いです。更に、驚くほどの自然治癒力を持っています」

エリエゼルは気分良くそう言うと、期待に満ちた目で俺を見た。

「……夜の街中だが、目立たないか？」

「大丈夫です。ヴァンパイアは夜は影のように暗闇を移動出来ますし、ワーウルフはまず人に捕まらないほどの速度で動けます」

「……変に大事になったりしないか？」

「それも問題ありません。目撃者は全て消しましょう」

「……え？　殺すの？」

俺はエリエゼルのあっさりとした台詞に目を剥《む》いてそう返した。

エリエゼルは頷《うなず》いて俺を真っ直ぐ見た。その目に戸惑いながら、俺は口を開く。

「俺から言い出したことだけど、そっと奴隷を奪って帰れば良いんじゃないか？」

俺がそう提案すると、エリエゼルは首を左右に振る。

「ダンジョンマスターは常に命を狙われる存在です。出来るだけ目撃者は消しておくべきでしょう。もしも、ダンジョンの場所が知られるなんてことになったら、その時点でご主人様の命はないと思ってください」

エリエゼルにそう諭され、俺は深く、溜《た》め息《いき》を吐《つ》いた。以前までは社畜ではあれど、命を狙われるような生活とは無縁だった。サラリーマンなのだから当たり前だ。

だが、今では人類共通の敵のような扱いである。

それを思い、俺は眉間《みけん》に皺《しわ》を寄せて頷く。

「……分かった。気持ちを切り替えよう。どうせ、やたらと奴隷を死なせる奴って話だ。出来るなら誰も殺さずに、だが、見つかったら口封じも已《や》む無しとしようか」

俺はそう言って本を指差し、再び口を開いた。

「……そうだ。どうせなら真祖にしようか」

俺がそう言うと、エリエゼルは目を輝かせて顔を上げ、すぐに残念そうな顔で顎を引いた。

「真祖は、恐らくご主人様でも二、三日は魔素を溜めないと召喚出来ないと思われます。ですので、第二世代。真祖の子供の世代を召喚致しましょう。まあ、召喚の魔法陣は同じ物で、後は魔素の量だけの問題なのですが」

エリエゼルはそう言うと、椅子から立ち上がって床に跪《ひざまず》いた。

「では、早速準備致します」

エリエゼルはそんなことを呟き、地面に人差し指を押し当てて小さな声で何か口にした。すると、エリエゼルの人差し指は青白い炎を纏《まと》い、床の表面を薄っすらと照らし出した。

そして、エリエゼルは人差し指ひとつで丸を描き、中に幾何学模様のようなモノを描いていく。迷い無く魔法陣を描いていったエリエゼルは何と複雑な図形だというのに三十秒もかからずに描き上げてしまった。これで普通の人なら黒魔術などにのめり込むヤバい人である。

まあ、エリエゼルもヤバいくらいモンスターが好きそうではあるが。

俺が失礼なことを考えつつ魔法陣を描きながら揺れるエリエゼルの一部を眺めていると、魔法陣を描き終わったエリエゼルが顔を上げた。

「さあ、初めてのモンスター……ご主人様の配下の召喚ですね」

そう言ったエリエゼルの顔は、頬を染めた恋する乙女のようだった。

こいつは変態に違いない。

エリエゼルに言われるまま、俺は青白い炎で描かれた魔法陣の前に胡座《あぐら》を掻《か》いて座り、魔法陣の外側の床に手を置いた。

「魔素ですよ、ご主人様！　魔素を込めるのです！」

「全部か？」

「第二世代のヴァンパイアの中にも格があります。多ければ多いほど強いし、知能指数も高くなりますよ」

俺はエリエゼルの言葉を聞いて唸《うな》り、魔法陣を見つめた。この召喚したばかりのモンスターには難しい仕事を頼むことになる。

ありったけの魔素を込めるか。まあ、夜までにはまた魔素が溜まる筈《はず》だしな。

俺はそう思い、目を瞑《つぶ》った。

魔素の感覚はもうかなり掴んでいる自覚がある。恐らく、魔素の量もかなり多いが、俺は魔素の消費量が少ないのだろう。

これは、イメージ力に左右されると考えられる。

社畜時代初期。俺は馬鹿みたいな短気先輩と、理不尽な短気先輩、そしてヒステリックな女上司の三人に鍛えられた。

僅《わず》か半年で心の病を発症する寸前、俺は悟りを開いて本当の社畜となったのだ。その社畜への第一歩が、イメージ力である。現実逃避と言い換えても良い。

妄想に妄想を重ね、俺は妄想だけでストレスを解消する境地に達したのだ。

まさに、社畜戦士渥目誕生の瞬間であった。

と、変なことは考えずに魔素を込めなければ。

魔素は形の無い風船に近いかもしれない。どこまでも柔らかく、どこまでも広がってしまう巨大な風船だ。この風船を、自分のイメージの中の無数の手で形作る。何処《どこ》かを抑え忘れたら、そちら側から魔素がドロドロと抜けて行く。

イメージは詳細に、細部まできちんとしなくては無駄な魔素を使うことになる。俺は顔や身体の造形だけでなく、髪や肌の質感まで頭の中で作り上げていく。

出来た。

確かな手応えと、人の形に凝縮していた魔素が定着する感覚を受けて、俺は目を開いた。

すると、魔法陣を形作っていた青白い炎が立ち昇るのが目に入った。

青白い炎はぼうっと身体をよじるように巻き上がり、見る見る間に人の形へと変化していく。

炎は背の高い人の形から徐々に細部まで実体化していき、肩よりも長いパーマのかかった黒い髪、光の無い黒い瞳《ひとみ》、細いが筋肉質な身体が現れてくる。

同時に、黒い霧が辺りを包み込み、ヴァンパイアの身体に纏《まと》わりつくように集まり始めた。炎と霧が空気に溶け込むように消え去った時、ヴァンパイアは完全に実体化を果たした。

古いフリルの付いたスーツの上に黒いロングコートという出で立ちをした、美形だが野性味のある顔つきのヴァンパイア。

まさに、映画に出てくるような迫力のあるヴァンパイアの姿である。

そのヴァンパイアを見たエリエゼルは、動揺を隠すことなく俺を見た。

「……ご主人様なら、驚くような美少女のヴァンパイアを召喚なさるかと思っておりましたが……」

どういう意味だ、エリエゼル。

失礼な台詞に俺が厳しい目をエリエゼルに向けていると、ヴァンパイアが首を回すような仕草で周囲を眺めた。

そして、目の前にいる俺を見下ろし、優雅に腰を曲げて一礼する。

「ヴァンパイアのフルベルド。これより御身の手足の代わりとなりて働かせていただきます」

フルベルド。名前があるのか。

俺は立ち上がると、フルベルドを見上げて頷いた。

「宜しく頼むぞ、フルベルド。お前には今日の夜、早速働いてもらうからな」

俺がそう言うと、フルベルドは片方の口の端を大きく引き上げ、歪《ゆが》んだ笑みを浮かべた。

「ありがたい……召喚されたばかりで、少々血に飢えておりますので……」

フルベルドはそう言うと、俺の首筋の辺りを眺めた。

何かに気が付いたような顔をしたフルベルドは首を傾げて俺の目を見る。

「……どうやら、我が主は仮初めの姿のようで」

フルベルドにそう言われ、俺は子供の姿のままだったことを思い出した。すぐに元の姿に戻ろうかと思ったが、俺はフルベルドの先程の態度を思い出して眉根《まゆね》を寄せる。

「お前、元の身体に戻った俺を襲う気じゃないだろうな？　言っておくが、身体も魂も純潔じゃないからな？」

俺がそう言うと、フルベルドは喉《のど》を鳴らしてくつくつと笑った。

「このフルベルド、我が主に牙《きば》を剥くような獣ではありません。高貴なる貴族ですから」

フルベルドがそう言うと、エリエゼルは怪訝《けげん》な顔を浮かべてフルベルドの背中を見た。

「……貴族？　ヴァンパイアの真祖の直接の血を引く者でしょうか？」

エリエゼルがそう口にすると、フルベルドは表情を消し、ゆっくりと背後を振り返った。だが、エリエゼルの姿を見て目を僅かに見開く。

「……これはこれは……我が主に先に召喚された先達の方でしたか……私はヴァンパイア族の貴族では無く、元々貴族であった者ですよ。お間違えのないよう……」

フルベルドはエリエゼルにも一礼すると、やんわりとした口調で訂正をした。

それを聞き、今度はエリエゼルの目が見開かれる。

「……ヴァンパイアになったということ？　じゃあ、貴方は真祖のヴァンパイアなのですか？フルベルド」

エリエゼルがそう尋ねると、フルベルドは笑みを貼り付けて首を傾げた。

「そうなりますな。ヴァンパイアの真祖、フルベルド伯爵と、名乗っております」

フルベルドはそう言って肩を揺すり、笑った。俺は腕を組み、フルベルドを見上げて唸った。

「真祖は呼べないと聞いたが、真祖呼べたな」

俺がそう呟《つぶや》くと、エリエゼルは呆然《ぼうぜん》とした顔を俺に向けてきた。

「……普通は呼べないんですよ？　このダンジョンを構築する為に必要な全ての魔素を集めてもまだ足りない筈なのですが……もうご主人様を普通のダンジョンマスターと比較して考えるのは止めた方がよさそうですね」

エリエゼルがブツブツと何か口にしていたが、俺はフルベルドに片手を上げて居住スペースに足を向けた。

「ちょっと待ってろ」

俺はそう言って食堂から離れ、居住スペースの寝室に寝かせられた俺の本体の下へ向かった。

何故か身体の上に掛け布団まで掛けられているが、俺は気にせずにベットの上で目を瞑るイケメ

ンの前に立つ。

戻りたーい。

戻った。

本体に戻った俺が食堂へ戻ると、エリエゼルとフルベルドがこちらを振り向く姿が見えた。

「よし、自己紹介だ。俺がアクメオウマ。こっちがエリエゼルだ。宜しく頼むぞ、フルベルド」

俺がそう言うと、フルベルドは魂が抜け落ちたような、呆然とした顔で佇《たたず》んでいた。

「……どうした、フルベルド？」

俺が名を呼びながら歩み寄ると、フルベルドはびくりと身体を震わせて背筋を伸ばした。

そして、頬を染めて跪く。

「なんと、なんと美しい……まさに、人の心を誑かす悪魔のような美貌《びぼう》！　御名前に相応《ふさわ》しい！」

アクマじゃなくてアクメオウマですが。

俺が困惑しながら跪くフルベルドを見下ろしていると、勢い良く顔を上げたフルベルドが鼻息も荒く声を上げた。

「我が身体、指、毛の先までも、いや、魂すらも御方に捧《ささ》げましょう！　アクマ様！　我が生命は貴方様に！」

「あ、アクメオウマですが……」

俺は輝くような目で俺を見上げるヴァンパイアに名前の訂正を求めたのだった。

すみません。ボク、女の子が好きなんです……。

フルベルドの初仕事

我が名はフルベルド。フルベルド・ヴァームガルデン。貴族にして錬金術士の第一人者でもある。ヴァンパイアとなり、自らの領地と祖国を滅ぼし、我が世界では伝説と呼ばれた存在だ。

私は月の光すら届かぬ雲に覆われた夜の闇の中を歩きながら、そっと耳を澄ませた。

人の足音、怒鳴り声、声を押し殺して泣く少女の衣擦《きぬず》れの音、静かな寝息……。

耳に神経を集中するだけで、壁の向こう側だろうが建物の中だろうが、実に細かな音が聞こえてくる。

ヴァンパイアとなり、様々な身体能力が飛躍的に向上した私は、多種多様な実験を己に課した。

純粋な力、反射神経、視力や聴力などの感覚器官、体力や傷などの自然治癒力……。

全てが以前とは比べ物にならない数値であった。

つまり、夜の街を誰にも見つからずに歩くという任務でも、私にとっては自身の邸宅の中を散歩するのと変わらない。遥《はる》か遠くにいる衛兵を事前に察知し、窓を開けようとする屋内の者がいれば影に身を寄せてゆったりと歩く。

端から見れば、私はただ何も考えずに歩いているようにしか見えないだろう。

正直なところ、見られても殺せば良いだけなのだが、麗しの我が主が貴族の邸宅に誰にも知られずに忍び込めと仰せだ。

ならば、是非も無い。

音もなく、私は我が主に聞いた道を進み、目的の地へと辿《たど》り着《つ》いた。

他の建物とは一線を画す広大な敷地を高い塀が囲っており、出入り口らしき門には警備の兵らしき者共が数人で見張りとして立っている。

問題は、その大きな敷地は二つあるということだ。我が主が言うには、本邸よりも次男の家が大きいわけは無いから、小さい方に目的の人物はいるだろう、とのことだった。しかし、敷地を見る限りどちらも広い。奥行きが違うのかもしれないが、入ってみないと分からないような巨大さだ。

私は溜《た》め息《いき》を一つして、影に身を潜めた。入ってみるしかないか。

兵達から見えないように通りを横断し、軽く跳び上がって門の脇の壁の上に足を下ろした。

高い壁の上から下を見るが、誰も気付いた様子は無い。敷地の方に目を向けると、森をただ切り拓いたような下品な作りの庭と、奥の方に横に広い邸宅が見える。

ランプか何かを持って歩く兵もちらほら見えるが、あの森のような庭があっては意味が無いだろう。私は壁を踏み付けて夜空に舞い上がると、森の中へ降り立った。柔らかい土の感触を足の裏で感じながら、私は木の影をゆるりと歩く。気分良く夜の散歩を続け、くだんの邸宅へと辿り着いた。

三階建て程度の屋敷である。だが、横には中々広く、部屋以外にも灯りは灯しているようだ。私は建物の側面の中で、濃い影になっている部分に足を乗せた。壁に垂直になるように足の裏を置き、壁を歩いて登っていく。こういう屋敷だ。間違いなく屋敷の主は最上階の奥の部屋だろう。

それにしても、どの階にも警備の者が三人以上歩いているようだが、王都に居を構えていてこの警戒心は何なのだろうか。

余程恨まれているのか、秘匿したい様なやましい事があるのか。

それとも、ただの臆病者《おくびょう》か。我が主に目をつけられるような上級貴族である。臆病者という答えは面白みも無い上に腹立たしくもあるが。

私はそんなことを考えながら、屋敷の屋上に出た。

奥へ歩いていくと、気になる声が耳に届く。

女の悲鳴である。華麗で美味しそうな甲高い悲鳴では無く、くぐもった呻《うめ》き声のような悲鳴だ。

この館の主は色狂いの変態か、それとも拷問マニアの変態か。

私は胸を躍らせて最奥の一室の壁に立った。

ぐるりと部屋の周りを見て回るが、どうも窓は見当たらない。当たり前か。

私は仕方なく、警備の者が二人いる廊下の窓を指で切り裂いた。

その僅かな音に、静かな廊下を巡回する警備の者が反応を示す。

「な、何だ……⁉」

キィ、と音を立てて切り取られた窓は、まるで自身の重さを思い出したように庭の方向へ落ちていく。私は地上でガラスの割れる音を聞き、顔を僅《わず》かに顰《しか》めながら廊下へと侵入を果たした。私の存在に逸早く気が付いていた警備の兵は、私が廊下に現れると同時に剣を抜いて口を大きく開けた。

あまりに遅いその兵士の動作に、私は廊下を進みながら身体を捻《ひね》り、右足を軸にしてターンを決めた。そして、兵士が叫ぶ前に右手を兵士の首へと突き入れる。

ズブリと私の指が兵士の首を貫通し、兵士は口を上下に開閉させて私を見つめた。

さて、後は奥にもう一人兵士がいるが、まだこちらを振り向いていない。

私は穴の開いた窓から死にゆく兵士の身体を投げ捨てると、音も無く先程の気になる部屋の方へ歩いた。

一秒か二秒程度の時間だ。まあ、見つかる前に部屋には入れるだろう。

私はそう計算し、重厚な扉の四角い棒のようなドアノブに手を掛けた。

そして、力を込める。

金属のひしゃげる音と捻じ切れる音が響き、扉は開かれた。

私は人一人分の隙間が開いた扉を潜り抜けて室内に入り、扉を後ろ手に閉めた。壊れた扉を無理やり閉めたので、もう開かないかもしれないが、私には関係無いことである。

室内に入ると意外と広い、奥行きのある部屋であることが分かった。

木の板では無く、石の板を重ねたような床だ。壁も石材を使い、その上に木の板を貼ってあるようだった。

女の悲鳴の反響音から、室内はかなり防音に気を遣っていることが分かる。

「だ、誰だ……」

嗄《しわが》れた年寄りの声だ。

私は神経質そうな男の声に首を動かし、部屋の奥に顔を向けた。

赤い魔法陣のような記号が描かれた床の上に女が寝かされており、その奥には半裸の高齢な男性の姿があった。

骨が浮いて見える瘦《や》せぎすの老人は、長く伸びた白髪の隙間から濁った黄色い眼で私を見ている。その足元で縛られたまま床に転がされている女は、赤い髪を振り乱し、口に布を噛《か》まされた状態である。

女が我が主の求める安売りの奴隷とやらなのかは分からないが、どうもギリギリな状態に見える。

なにせ、腰に一枚布を置かれている以外は裸の状態なのだが、腕が両方とも無いのだ。

良く見ると、魔法陣を取り囲む複数の蝋燭《ろうそく》の中に、女の手が紛れ込んでいた。地面から生えたような形で立つ女の手は、ほっそりとしつつも肉感があり、見事な芸術作品に見えなくも無い。

が、それを伝えても我が主は喜ばないだろう。

私は顔を上げると、警戒心も露わにこちらを見る老人に微笑みかけた。

「精が出ますな、御老体。ところで、何をしておいでかな?」

私がそう言って笑うと、老人は目を丸くして私の顔を凝視し、言葉に詰まってしまった。

さて、固まってしまった老人を眺め、私は一歩魔法陣に近づいた。

どう見ても無意味な紋様だが、問題はその魔法陣の上で女が死にかかっていることだ。一応、肩の辺りを紐《ひも》で縛ってあり、血が流れ過ぎないようにはしてあるようだが、最早死ぬのは目前だろう。

瞳《ひとみ》から光が失われていく女の顔を見て、私はとりあえず一足飛びに女に近付く。

「なっ⁉　き、消え……っ」

私の動きを眼で追うことの出来なかった老人が何か言っているが、私は気にせずに女の首筋に顔を寄せ、女の血の匂いを嗅《か》いだ。

予想通り、処女である。綺麗《きれい》過ぎる肌を見た時から、この女は貴族の令嬢であろうと予測はしていたが、私の勘は冴《さ》えている。

「女よ。死にたくないか?　死にたくないのならば、首を縦に振り頷《うなず》くが良い」

紳士たる私が一応女に声を掛けると、女は微かに口を開いた。私が女の言葉を聞こうと耳に意識を向けると、目の前に来た私に気が付いた老人が驚愕《きょうがく》の声を上げた。

「な、何だ⁉　何を言っておる！　生き返らせるとでも言うつもりか⁉」

女がもう死ぬと理解しているのか、老人は怒鳴るような大声で私にそう叫んだ。

耳に意識を集中していた私は顔を顰めて老人を睨《にら》むと、牙を剥《む》いて口を開いた。

「御老体、まだ死んでおらんぞ。まあ、死んだも同然だがな。しかし私ならば、この女に永遠の命を与えることが出来る。死なぬ身体になれば、この程度の傷なぞ瞬く間に癒されるだろう」

私がそう言って女に顔を向けようとすると、老人が半狂乱になって怒鳴った。

「な、なにぃっ⁉　え、永遠の、命……⁉　お、お前が永遠の命を……⁉　そ、そうか！　我が儀式は成ったのだな！　わ、私だ！　私が、お前を呼んだのだ！　さあ、私に永遠を生きる身体をくれ！　永遠の時間を！」

老人は泣き、笑い、悲鳴をあげるように叫びながら私を見た。

やはり、この儀式は不老長寿の為の儀式であったか。悪魔を呼び出そうとしたのか、この老人の信仰する邪神を呼び出そうとしたのかは分からないが、全く意味の無い儀式だ。

私は老人の努力を鼻で笑い、命を失いかけている女の首に牙《きば》を突き立てた。

「う……」

微かに呻いた女の首に口を押し付け、血を吸った。

喉《のど》に流れる新鮮な血の香りと濃厚な味わい。まるで熱いものが流れるように喉から胃に血が落ちていくのが分かる。

素晴らしい味だ。甘味、酸味、濃さ、仄《ほの》かな苦味。バランスの良い当たり年の果実酒のようなその処女の血を、私は存分に堪能した。

すると、女は背筋を反らし、床の上で跳ねる様に身体を動かした。

直後、女を縛っていた縄が千切れ、口に噛まされていた布が破れて口から吐き出された。

「ヒッ、ヒァ……こ、殺してやる……殺して……」

女はまだ錯乱気味のようだったが、誰に何をされたのかは覚えているようだった。

腕の無い身体で乳房を揺らしながら、女は同じく半裸の老人を血走った眼で睨んだ。

「す、素晴らしい！　本当に生き返ったのか！　おお、神よ！　私はこれで、これで永遠の命を……！」

老人は歓喜に噎び泣きながらそう叫ぶと、両手を広げて私を見た。私は困ったように笑い、肩を竦《すく》めて老人を見返す。

「残念ながら、私には醜い者から血を頂く趣味は無くてね。残りの余生を楽しみたまえ」

私はそう言って嗤《わら》い、呆気《あっけ》に取られたように固まる老人を眺め、地面に生えた美しい二つの腕を手に取った。

そして、錯乱中の女を見ながら口を開く。

「さて、間違えて反対に付けたらバカみたいだからね。動かないでくれたまえ」

私はそう言って女に近付くと、女は私を敵と認識したのか、牙を剥いて威嚇してきた。

元が美しい顔である。眉間《みけん》に深い皺《しわ》を作って牙を剥く姿もまた美しい。だが、私に牙を剥くというのはいただけない。

私は女の無防備な腹を軽く蹴《け》りつけた。

すると、女は扉まで吹き飛び、背中から扉に衝突して扉の形を歪《ゆが》めてしまった。

更に開きづらくなっただろう扉を眺めながら女に近付き、私は倒れたまま呻く女を見下ろして口を開いた。

「私はお前の主人だ。主人には、忠誠を誓うものだよ」

私がそう言うと、女はようやくまともな思考力を取り戻してきたのか、息を呑《の》んで身を捩《よじ》った。

「ほら、動くんじゃ無いぞ」

私はそう呟《つぶや》き、怯《おび》える女に腕をくっ付けた。見る見る間に腕は繋《つな》がり、皮膚も広がるように伸びて傷口を覆い隠していく。

十秒もかからず、女は完璧《かんぺき》な姿を取り戻した。

すると、くっ付いた腕に驚愕していた女は初めて自分が裸であると気が付いたらしく、可愛らしい悲鳴を上げて両手で胸を隠す。

おお、早速繋がった両手が役に立っているじゃないか。

私は満足して頷くと、老人の方を振り向いた。老人は胸を隠す女を呆然《ぼうぜん》と眺めていたが、私の視線に気が付いて短い悲鳴を上げた。

嗄れた、醜い悲鳴だ。

私は老人を冷めた眼で見据えると、奴隷について尋ねる。

「最近買った奴隷は何処にいるのかね？」

私がそう尋ねると、老人は狼狽《ろうばい》しつつも私の眼を見返してきた。

「わ、わ、わ、私はし、知らん！　何の話だ⁉」

そんなことを言いながら声を荒げる老人に、私は首を傾げて扉に背中を押し付けている女を指差した。

「それではあれは、何かね？」

私がそう聞くと、老人は冷や汗を流しながら歯を食い縛った。

「せ、倅の女だ……今日見つけて奪ったのだ。私の願いの為には、怨《うら》みを抱えた女の魂が必要だからな……バカな倅がこれ見よがしに女を連れていたから目の前で奪い去ってやったのさ」

そう言って、老人は引きつり嗤いのような薄気味悪い笑い声を上げた。私は苛立《いらだ》ちを覚えながら狂ったように笑う老人を一瞥《いちべつ》し、扉の位置から動かない女に視線を移した。

「それで、どうするね？　どうやら君は外れのようだし、好きにしたまえ。付いてくるならば、私と一緒に奴隷探しをして、その後は我が主の下に連れて行ってやろう。素晴らしき我が主をその眼で直接拝むことが出来るのだ。光栄なことだろう？」

私がそう告げて両手を広げると、女は顔を上げて私を見た。

「わ、私も、奴隷でした……もしかしたら、そのお探しの奴隷は……」

「なんと！　あの狂える御老体の息子の伴侶《はんりょ》になっていたのかね？　中々不遇な境遇と言えるな。私としては奴隷の方がまだマシな気がしてならないが……ああ、奴隷の件だが、君がたとえ目的の奴隷であっても、私が探しているのは十二人の奴隷である。つまり、まだ全員は見つけていないのだよ」

女の告白に私がそう答えると、女は眉間に皺を寄せて老人を見た。

「……あのジジイを殺させてください。私は、あいつを赦せない……」

どうやら、私の台詞を聞き、自身が持つ怨みを思い出したようだ。

私は頷いて女の傍に歩み寄ると、羽織っていたコートを女の肩に着せた。

「では、あの御老体は君に任せようか。ああ、君はもう以前の君とは違うからね。ただ思いきり殴ればいい。それで、御老体の無意味な人生は幕を閉じる」

私がそう言うと、女は浅く頷き、コートを両手で掴《つか》んで走り出した。

私からすれば、ただの眷属《けんぞく》である女の技巧も何も無い走るだけの動きは大した速度では無い。だが、御老体からすれば女の姿が消えたと錯覚するほどの速度であろう。

その証拠に、老人に接近した女が老人を殴る為にコートから手を離し、結局半裸になってその顔面に拳《こぶし》を叩《たた》き込《こ》むまで、老人は惚《ほう》けた顔のままだったのだから。

結果、私のコートが地面に落ちると同時に、老人の頭部は無数の破片と液体になって弾け飛んだ。

女は頭部を失った老人の身体と自らの手を見比べ、私を振り向く。私は無言で顔を顰めると、地面に落ちてしまった私のコートを指差した。

「きゃっ⁉」

女は甲高い悲鳴を上げると、慌てて私のコートを拾い上げて自らの身体を覆い隠した。全く。どうも気の抜けた部下が出来てしまったようだ。

私は腰布の上にロングコートを着た痴女を連れて館から出た。

と言っても、正規の道順ではなく、廊下から穴の開いた窓を抜けて屋上に出たのだが。

「わ、私が最初に連れて来られたのはあちらの屋敷だと思います」

痴女はそう言って隣の敷地に見える屋敷を指差した。

そういえば、痴女の名はレミーアというらしい。まさに我が主が口にした名であった。私の勘は冴え渡っている。

私はそんなことを思いながら、レミーアが指差した屋敷に向かって歩き出した。

屋上の端まで行き、後ろを付いてくるレミーアに顔を向ける。

「先程言った通り、今の君はもう以前の君とは違う。ここから飛び降りることも簡単だ。だが、恐らくまだ身体の変化に慣れていない君は飛ぶ勇気が出ないのではないか」

「は、はい……怖いです」

レミーアは屋上から眼下に広がる庭を眺めてそう口にした。

私はそれに頷き、レミーアの頭を掴んだ。

「そうだろう。だから、私が一押ししてやろうじゃないか。口はしっかり閉じておきたまえ」

私がそう言うと、レミーアは顔だけじゃなく全身を強張らせて私を見上げた。

「え？」

レミーアが間の抜けた声を出すのを聞きながら、私は軽く手を横に振り、レミーアの身体を夜空へと放り投げる。

「ヒッ」

そんな声を残し、レミーアは姿を消した。

頑張ればレミーアも蝙蝠《こうもり》くらいには姿を変えられるかもしれないが、私もそれほど暇ではない。なので、紳士たる私はレミーアが痛くないように庭の柔らかい地面の部分へと的確に放り投げたのだ。私は屋上からレミーアの落下地点を確認し、夜空へと身を躍らせた。ちなみに、私が姿を変えて空を飛ばない理由は簡単である。

歩くのが好きだからだ。

隣の屋敷の近くまで移動し、奴隷がいる部屋を探す中、レミーアは延々と文句を口にしていた。

「怖かったんですからね。本当に怖かったんですよ」

「それはいかんな。慣れるまで高い所から落としてやろうか」

「そんな話はしてません！」

ついには怒り出してしまったレミーアを見て、私は笑いながら庭を進んだ。

奴隷が寝起きする部屋が上の階にあることは少ないだろう。一階か地下の筈《はず》だ。私はそう思って屋敷の周囲を歩き回っているのだが、一向にそれらしき部屋に辿《たど》り着《つ》かない。

愛の営みに耽《ふけ》る音も聞こえるが、それはどうも奴隷とは関係の無いやり取りが交わされていた。ただの不倫らしい。許されない愛ほど燃え上がるのだろう。私には心底どうでも良い話だが。

私が立ち止まって唸《うな》っていると、レミーアが隣に来て口を開いた。

「あの、奴隷の部屋でしたら、多分屋敷の中にある地下室かと……」

「ほう？」

レミーアの台詞に私が顔を向けると、レミーアは恐る恐るといった様子で私を見上げた。

「私が買われた時、同時に沢山の奴隷も買われてきたのですが、使用人が私以外の奴隷は地下室に入れておけって命じられているのを聞きました」

なるほど。

私はレミーアの説明を聞いて頷き、場所も大方特定した。

屋敷の周囲を歩いたのにそれらしい音がしなかったのは、地下室が遠かったからである。つまり、庭から遠い屋敷の中心部辺りに地下への階段があるのだろう。

私はそう判断すると、近くにあった窓を指で切り裂いた。

「……窓ってそんな風に切れるんだ」

後ろでレミーアが変なことを口にしていたが、私は気にせずに屋敷の中へ侵入した。こちらの屋敷は大して警備の兵もおらず、起きている使用人なども少なそうである。

私はゆったりと廊下を進み、屋敷の中心部を目指した。

程なく、屋敷の中心らしい所にある大階段を見つけ、微かに啜《すす》り泣《な》くような声が聞こえて階段の後ろへ向かうと、地下室への入り口らしき扉を発見した。

私は扉を力ずくで開けると、地下に続く階段を見下ろした。

恐々付いてくるレミーアに意識を向けつつ階段の下に辿り着くと、細い通路があった。細い通路は奥で行き止まりになっており、通路の左右に人一人が通れる程度の小さな片開き扉がある。

私は片方の扉に近付き、扉を開けてみた。

金属の鍵《かぎ》が引き千切れる音と共に、扉が開いた。というか、鍵ごと扉が砕けたのだが。

とりあえず中に入ってみると、真っ暗な室内で身を寄せ合うようにして若い女達が集まっていた。

いや、子供の姿もあるか。そう思った私は室内を見回し、口を開いた。

「この中に、まとめ売りされた奴隷はいるかね？　我が主が買う予定だったのだが、先に売れてしまってね。此処《ここ》より良い待遇にはなると思うが、付いてきてくれると助かるのだが」

私がそう告げても奴隷達は顔を見合わせたり首を竦めたりと、中々返事をする者が現れなかった。

と、私の声が聞こえたのか、反対の扉から子供の声が聞こえてくる。

「君達は少し此処で待っていてくれたまえ」

私はそう言い残すと、奴隷部屋を出てもう一つの奴隷部屋の扉をこじ開けた。

「ひゃあ」

扉が開いた途端、気の抜けるような力の無い悲鳴が上がる。

何かと思い悲鳴の上がった方向を見ると、扉のすぐ傍にいたらしい奴隷の子供が私から一歩離れた位置で腰を抜かしていた。

「君が私を呼んだのかね？」

私がそう尋ねると、子供は幼い割に力強い眼で私を見上げ、顎《あご》を引くようにして頷《うなず》いた。

なかなか根性はあるようだ。腰は抜けたままだが。

「それで、何の用かな？」

私がそう尋ねると、子供は真っ直ぐに私を見て口を開いた。

「……此処から、出してくれると聞きました」

「おお。君がまとめ売りの奴隷とやらの一人か。よくぞ自ら名乗りを上げてくれた」

私がそう言うと、子供は唾《つば》を呑《の》み込み、顔を上げた。

「……先に此処に入っていた奴隷の方に聞きましたが、此処は死の館だそうです。私達だけでなく、地下にいる奴隷全員を助けてくれませんか？」

子供は、子供とは思えない気遣いを見せて私にそんな希望を述べてきた。私は口の端を吊《つ》り上《あ》げると、子供に顔を近づけて首を傾げた。

「さて、此処が死の館だとして、我が主の館は何であろうか。もしかしたら、拷問の館やも知れぬ……そうは思わないのか？　行きたいと口にするならば連れて行こうとも。だが、その先の未来に、君は責任を持てるのか」

私がそう聞くと、子供は泣きそうな顔になって俯《うつむ》いた。

「……でも、私達には他の選択肢なんて……」

子供が掠《かす》れた声でそう呟くと、部屋の奥にいた更に小さな子供が前に出てきた。

「シェリルお姉ちゃんを虐めないで……」

小さな子供は蚊の鳴くような声でそう呟いた。すると、シェリルと呼ばれた子供は顔を青ざめさせて後ろを振り返った。

「ターナ！　後ろに行ってなさい！」

シェリルがそう叫ぶと、ターナと呼ばれた小さな子供は身をすくませて一歩下がった。

その様子を見ていたレミーアが、私の後ろから顔を出す。

「……皆、大丈夫よ。多分、此処よりもずっと良い場所に連れていってもらえるわ。だから、一緒に行きましょう？」

レミーアがそう言うと、そこで初めてレミーアに気が付いたらしいシェリルが顔を上げて目を見開いた。

「お姉さん、生きてたの？」

シェリルがそう言うと、レミーアは苦笑して頷いた。

「死ぬ寸前だったけど、助けて貰《もら》ったのよ」

レミーアのその台詞を聞いて、二つの奴隷部屋は急に騒がしくなった。同じ奴隷だったレミーア本人から語られた言葉は、奴隷の耳に素直に馴染《なじ》んでいったようだ。

そこかしこで話し合うような声が響き、そして、皆が私の傍に集まった。

奴隷は全員で大人が十名。子供が十一名。全て女である。

ちなみに、前からいる奴隷という者も二週間ほど前からいるだけらしい。確かに、奴隷にとってこの館は死の館なのだろう。

私はそう納得して皆を見回し、口を開いた。

「さあ、我が主の下へ戻るとしようか」

私はそう言って奴隷達を引き連れて歩き出し、かなり目立つ二十三名という大所帯で館を脱出した。途中、流石に警備の兵に見つかったが、私が指を横に振って首を斬り飛ばし、危機を脱した。

まあ、危機も何も無いが。

さて、我が主は喜んでくれるだろうか。

我が主が笑顔を見せてくれたなら、私の初仕事は大成功と言えよう。


俺を艶《つや》の籠った目で見てくるヴァンパイアを召喚して魔素を使い切った為、今日の食堂は休みにした方が良いかと思ったが、夜には余裕で魔素が溜《た》まり、俺は冒険者八人に飯と酒を提供し、合計六万ディールの収入を得た。

ちなみに、ヴァンパイアのフルベルドは最後の冒険者が食事を終えて感極まって涙を一筋零した時に、流れる涙のように美しくも儚《はかな》い足取りでダンジョンから出て行った。

フルベルドのあのターンを組み込んだ移動の仕方が気になって仕方が無い。片付けをし、エリエゼルと話しながら生ビールとモスコミュールという、ウォッカ・ライム・ジンジャーエールという組み合わせのカクテルを呑《の》みながらゆっくりしていた。

缶に入った製品では無い、その場で作られたモスコミュールは甘みと酸味が程良く、ジュースのようでいてしっかりとしたお酒の味がする良いカクテルだ。

だが、俺は生ビールを呑む。キンキンに冷えたビールを一気に呑んでキューっとするのが良い。

と、そんなことを考えていると、食堂の戸を叩く音が聞こえた。

ノックを八回。フルベルドと俺の秘密の合図である。だが、俺は首を傾げてエリエゼルを見た。

「……早くないか？」

俺がそう言うと、エリエゼルも怪訝《けげん》な顔で頷いた。

なにせ、フルベルドが此処を発ってまだ二時間と少し程度だろう。俺なんて奴隷屋さんに行って帰るだけで二時間以上かかったのに、フルベルドは二時間で貴族の屋敷に潜入して奴隷達を連れて帰ったというのだろうか。

俺はフルベルドが忘れ物をしたか、道に迷ったというパターンを想定し、戸を開けた。

すると、そこにはやたら迫力のある美形ヴァンパイアのフルベルドと、その後ろに階段に沿って並ぶ無数の女達の姿があった。

ナンパしたのか、貴様。

俺はイケメン許すまじの精神でフルベルドの後ろに並ぶ女達を眺め、何人か知った顔があることに気が付いた。

「……え？　もう奴隷見つけて来たの？」

俺はその事実に愕然《がくぜん》としながら、フルベルドを見てそう尋ねた。

すると、フルベルドは優雅に一礼し、頭を下げたまま俺を見上げた。

「我が主。与えられた使命、果たして参りました」

フルベルドはそう言うと、俺を見て口の端を上げた。俺は得意顔のフルベルドに頷くと、フルベルドのすぐ後ろに立つ赤い髪の女を見て口を開いた。

「ああ、レミーアもいるな……なんで裸でお前のコートを着ているのか分からんが」

俺がそう言うと、レミーアが目を丸くして俺を上目遣いに見た。

「え……私の名前……」

レミーアの困惑する様子を見て、俺は自分が子供の姿でレミーアと会っていたのだと思い出した。つまり、今の長身のイケメンたる俺の姿は、レミーアにとって初めて見るイケメンである。

説明が面倒と思った俺は首を傾げるレミーアから視線を外し、咳払《せきばら》いをして皆を見回した。

服だけでなく、顔や髪まで薄汚れた奴隷達だ。歳は高くても精々二十歳程度。若い者は十歳前後ほどの集団である。

痩《や》せっぽちで傷だらけ。何とも頼りない面々だ。

俺はそんな奴隷達を見て、食堂の方向を指差し、口を開いた。

「とりあえず、飯を食うか。話はそれからだ」

俺がそう言うと、女達は騒めいた。どうして良いのか分からない様子の女達に背を向けて、俺は先に食堂の奥へ向かう。

「ほら、好きなテーブルに座って」

俺がそう言いながら厨房《ちゅうぼう》に向かうと、女達は先行するフルベルドに付いていくようにして食堂に足を踏み入れた。

「お帰り、フルベルド」

エリエゼルがそう言ってフルベルドを見ると、フルベルドは会釈をして笑った。

「ただいま帰りました、エリエゼル」

二人がそんなやり取りをして笑みを浮かべると、その様子を見ていた女達は顔を見合わせながらも少し安心したのか、徐々にテーブルの前に座り始めた。

年齢の高い者ほど、テーブルの側の床に座ろうとするが、俺は厨房から顔を出して注意した。

「椅子に座るんだぞ？」

俺がそう言うと、女達は慌てて返事をし、躊躇《ためら》いつつ椅子に腰を下ろしていく。

ちょっとレミーアの格好が目に毒だが、仕方無い。

さて、食事か。もしかしたら酷い食生活で彼女らの胃は荒れてしまっているかもしれない。何を食べれば胃に優しいだろうか。

俺は厨房から痩せた女達の顔を眺め、料理を考えた。

目を瞑《つぶ》ってイメージを固め、念じる。刺激が無くてあっさり食べられる、うどんである。

栄養も少し考えて肉うどんにしよう。長時間煮込んだ甘辛い肉を入れた肉うどんは、肉も蕩《とろ》けるような歯応えで美味しく、あっさりしたスープに良く合う。

俺が目を開くと、そこには人数分のうどんが現れていた。四国は香川の讃岐《さぬき》うどんだ。

厨房のテーブルの上に所狭しと並ぶうどんの入った器をカウンターの方へ置いていき、俺は皆に声を掛ける。

「よし、出来たぞ。順番に取りにおいで」

俺がそう告げると、皆は顔を見合わせていた。自分達の料理と思っていないのか、誰も立つ気配が無い。

俺がもう一度声を掛けようとすると、一人の少女がこちらを見て立ち上がった。

あのまとめ売りの少女である。

「……あ、あの、私達の料理、でしょうか……」

少女は緊張した面持ちでそう口にすると、俺の様子を窺《うかが》った。違っても怒りませんよ、別に。

「ああ、早く来い。麺《めん》が伸びたら美味しくないぞ」

俺がそう言うと、少女は意を決したように俺の方に向かって歩き出した。

それを見て、他の者達も慌てて動き出す。

「あ、ありがとうございます！」

「ありがとうございます……」

「いいにおいがする！」

それぞれ何か言いながらうどんを受け取って帰っていく女達を見送り、最後にエリエゼルの傍にいるフルベルドを見た。

「フルベルド。お前の分もあるぞ」

俺がそう言うと、フルベルドは少し驚いたように目を見開き、足早に俺の方に歩いてきた。

「私にもあるのですか」

フルベルドにそう言われ、俺は笑って頷いた。

「当たり前だろ。もしこれが口に合わなければ言ってくれ。他のを用意してやるぞ」

俺がそう言うと、フルベルドは恐縮してうどんの入った器を手にした。

「我が主がお作りくださった料理です。私にとってみれば、それはどんなものであれ天上の食事でありましょう……有難く頂きます」

フルベルドはそう言ってうどんを手に、テーブルの方向を振り返った。その背中を見て、俺は口を開く。

「ああ。今日はありがとうな、フルベルド。素晴らしい働きだったぞ」

俺が笑いながらそう言うと、フルベルドはうどんを両手に持ったまま勢いよくこちらを振り向き、子供のような笑みを浮かべた。

そして、うどんを持ったまま俺に頭を下げた。

「……勿体無《もったいな》い御言葉です」

フルベルドはそう言って、テーブルに帰っていった。俺は首を傾げながら踊り出しそうな足取りで歩くフルベルドの背中を見た。

やたら喜んでいたな、フルベルド。

やはり、褒めて伸ばす雇用主の方が業績は上昇するのだろうか。

ダンジョンマスターとしてダンジョン経営の研究をせねばなるまい。

今度、エリエゼル副社長にも聞いてみるとするか。エリエゼル、ダンジョンにやたらとこだわりがあるから話が長そうだけど……。

奴隷少女ケイティ

凄《すご》く豪華な服装の男の人に連れられて、私達は死の館と呼ばれる貴族の館から出ることが出来た。

兵士の人達に見つかった時はもうダメかと思ったが、フルベルドと名乗った男の人が目の前から消え去り、次の瞬間には兵士の首が落ちていた。

まるで冗談のように簡単に死んだ人の死体よりも、誰かを殺めたことも気にせず軽い足取りで歩くフルベルド様が気になった。

この人はどんな人なんだろう。

多分、私が見たどんな人よりも強いと思う。けど、何を考えているのかはさっぱり分からない人。

私がそんなことを考えていると、フルベルド様は大通りから外れ、細い道の方へと入っていった。

てっきり、大通りに面しているような大貴族の御屋敷に向かうのかと思っていた私は戸惑いながら後に続く。

すると、更に細い……いや、もうただの路地裏といった細い細い道へと滑り込んでしまった。

これには、流石に他の皆も怪訝な表情を浮かべて顔を見合わせていた。

フルベルド様は路地裏に急に現れた綺麗《きれい》な階段を降りていき、真新しい扉を手の甲で叩《たた》く。暫くして開いた扉の向こう側には、驚く程綺麗な顔立ちのお兄さんと、同じく息を呑《の》むほど美しいお姉さんの姿があった。

そして、驚くべきことに、どうやらその綺麗なお兄さんがフルベルド様の主人らしい。

「とりあえず飯を食うか」

お兄さんはそう言って奥へと歩いていった。言われるがまま、私達は中に入り椅子に座った。食べ物屋さんのような広い部屋。座り心地が良くてずっと座って居たくなる椅子。何か、見ていて優しい気持ちになる不思議な色の灯り。

不思議で魅力的な物ばかりの空間だった。

私よりも小さな子は、今にも室内を走り回って近くで室内の物を見たい気持ちになっているのだろう。そわそわと椅子の上で身体を動かしている。

そんな中、お兄さんは料理が出来たから取りに来いと私達の方を見て言った。

ご主人様が食べた残飯を頂けるのかと思ったが、料理が出来たと言われたのだ。

そんな信じられない言葉に、私達は誰も動けないでいた。

子供達は動かない私達を見て不安そうな顔をしながらも、料理という言葉に我慢出来ずに立ち上がろうとしている。

「あ、あの、私達の、料理でしょうか……」

私は慌てて立ち上がると、お兄さんに確認をとった。大変な無礼だ。下手をしたら鞭《むち》を打たれるだけでは済まないだろう。

でも、そのお陰で間違っていても子供達は叩かれずに済む。

私があの子達を守らないと、手足の指の一部を切り落とされただけの私とは違って、腕や目が無い子は間違い無く殺されてしまう筈《はず》だ。

私は痛い位に音を立てる胸に手を置いて抑えつけ、お兄さんの顔を見た。しかし、お兄さんは私の心配を笑うように軽く頷《うなず》いて、早く来いと言ってくれた。

「ありがとうございます！」

温かいスープの入った食器を貰《もら》い、私達はそれぞれの椅子にまた座った。

「あったかい……」

「凄い。良い匂い……」

皆の口から漏れるそんな言葉に、私は無言で何度も頷いていた。スープには、茶色の光沢のある何かが乗っているけれど、まさかこれは肉なのだろうか。

鼻を近づけると甘い匂いがした。

その匂いを嗅《か》いだだけで我慢が出来なくなりそうになるが、それだけはいけない。

勝手に食事を始めるなんて、間違い無く処罰されるだろう。

私は目で空腹を訴えている子供達に我慢するようにと首を左右に振って応えた。

と、私達がスープを凝視したまま動かないことに気が付いたお兄さんが口を開いた。

「ああ、食器が無かったか。フォークでいいな。受け取った者はどんどん食べるんだぞ」

お兄さんはそう言って美しいお姉さんにフォークの入った箱を手渡した。

お姉さんが直接私達にフォークを配ってくれたことには驚いたが、それよりもフォークを受け取ったら食べて良いという言葉である。

この言葉で、もう我慢の限界を迎えた。

いつもは捨てる骨についた肉の破片があれば良いくらいなのに、沢山のお肉らしきものが入った温かいスープだ。

我慢なんて出来る筈が無い。食器を手にして、私はすぐに口を近づけてスープを口に含んだ。

「……っ！　ぁ……」

スープを口に入れた途端、私は殆《ほとん》ど声にもなっていない驚きの声が口から出たのを自覚した。

温かい。そして、一口しか飲んでいないのに、様々な味が一気に口の中に広がったのだ。

美味しい。信じられ無いくらいに美味しい。

私は更にスープを飲み、感嘆の声を上げた。

「美味しい……」

そう呟《つぶや》いた時、スープの上に何かが落ちた。

気が付けば、私は涙を流していたのだ。

いけない。こんな、間違い無く世界で一番美味しいこのスープの味が変わってしまう。

「う……ひっく……」

「ふ……ふぐ……うぅ……」

嗚咽《おえつ》が聞こえて顔を上げてみれば、皆が同じように涙を流して俯《うつむ》いていた。そして、奥ではお兄さんが困ったような顔で首を傾げていた。

「少し辛かったか？　とりあえず、麺をしっかり食べて貰いたいんだがな」

お兄さんはそう言って私の方へ歩いてくると、私の隣に来て私のフォークを取り上げてしまった。

「あ、ああっ」

私は思わずお兄さんの腕に縋《すが》り付きそうになり、何とか自制した。

何てことだ。何か、大変な失礼を働いてしまったのだろうか。それとも、先程の無礼な態度に対する罰なのだろうか。

私は声を上げて泣き出しそうになりながら、お兄さんの手の中にあるフォークを目で追った。

すると、お兄さんはフォークを片手に口を開いた。

「ほら、こうやって食べるんだ。皆も真似してみろ」

お兄さんはそう言って、私のスープから白くて長いものをフォークで引っ張り上げた。それを、私の口の前まで移動させる。目の前にあるその光景に、私は何が起きているのか分からなかった。

助けを求めるように周囲を見たが、皆も固まってしまっている。

「ほら、口を開けろって」

「は、はい！」

お兄さんに急かされた私は、思わずそう声を上げて口を開けた。口の中に入れられるフォークの先端と柔らかくて弾力のあるほのかに甘いもの。

噛《か》むと、スープの味と良く合う程よい甘さを感じた。

美味しい。私が信じられないほど美味しかったスープが更に複雑な旨味になったことに驚愕《きょうがく》していると、お兄さんは今度はフォークでお肉らしき食べ物を持ち上げて私の口の前に持って来た。

これは、凄いことなのではないだろうか。

フルベルド様の主人であるお兄さんに、奴隷の私が食事の補助を受けている。もう、胸が破裂しそうなほど音を立てているし、顔も熱い。何も考えられない。

そんな混乱の中、私はフォークに乗った肉を食べた。

衝撃。

私は食べた瞬間、衝撃を受けた。

食べたことの無い甘くて辛い濃い味付け。そして、口の中で解けるような肉の柔らかい食感。何という美味しさだろう。肉とはこんなに美味しかったのだろうか。私は口の中で溶けて消えてしまったスープや肉の味を思い出し、思わずお兄さんの顔を見上げてしまった。

すると、お兄さんは苦笑して、フォークでまた肉と白いモノを一緒に私の前へ運んでくれた。そして、口の中で広がる幸せを噛み締《し》める私を見て、お兄さんは優しい笑顔とともに口を開いた。

「意外に甘えん坊だな、お前」

「ぶふっ」

私はせっかくの料理を吹き出してしまった。

そんな私を、お兄さんは笑いながら綺麗な布で拭《ふ》いてくれた。

その瞬間、私は死ぬ時はこの人の為に死のうと決めた。私を初めて人として扱ってくれたこの方の為に、命を懸《か》けることが出来たなら、それはどんなに幸せな死に方だろうか。

第五章　奴隷達の新生活

朝が来た。

俺は布の擦れ合うような音に目を覚まし、身動《みじろ》ぎをしながら身体を起こす。すると、ベッドの上には俺とエリエゼルが、ベッドの下の床には奴隷だった女達十名が雑魚寝《ざこね》していた。

昨日の夜は魔素があまり無いということもあり、新たな部屋は作れなかったのだ。

なので、女達は二つの寝室に振り分けられた。ちなみにフルベルドがもう一つの寝室のベッドを使って寝ている。

家主としては雑魚寝とは何とも格好悪い話だと思っていたのだが、女達はカーペットの上だというのに、驚愕して喜んで寝ていた。

その前には勿論《もちろん》お風呂《ふろ》イベントがあったが、そこは割愛しよう。

そして、今の惨状がある。

女達は、特にまとめ売りになっていた子供達は傷だらけで手やら目やらが無かったが、それでも皆が美少女、美幼女であった。

そんな見目麗しい乙女達が俺の用意した色違いのワンピースを着て寝ているというのに、床はまるでコマンドサンボのバトルロワイヤル選手権のような様相を見せている。

こいつら、驚くほど寝相が悪いな。

俺はそんなことを思いながら辺りを見回し、子供の一人が他の女に乗られて呻《うめ》き声を上げながら寝ているところを目撃した。

よし、狭くて良いから個室を用意しよう。せっかく従業員が手に入ったのだ。死なれては困る。

俺はそう決めると一人でベッドから降り、寝間着で寝室を出ようとした。朝のシャワーを浴びてスッキリしたい気分である。

と、俺がドアノブに手を置いた時、後ろから声を掛けられた。

「あ、あの……」

声がした方向に顔を向けると、そこにはコマンドサンボ会場から起き上がる一人の少女の姿があった。昨日の、俺自らの手でうどんを食べさせた少女である。

「おはよう」

「あ、あ、おはようございます！」

俺が小声で挨拶《あいさつ》をすると、少女は慌てて元気良く挨拶を返してきた。

元気が良いのは素晴らしいが、今は周りに寝ている人が大勢いる。

「少し静かにな。それで、どうした？」

俺がそう聞くと、少女は人を踏まないようにこちらへ来て両膝《りょうひざ》を床につけた。

そして、俺を見上げて口を開く。

「何か、お手伝いをさせてください。何でもします。ご主人様のお役に立ちたいのです」

少女はそう言って、縋《すが》るような目を俺に向けた。その目に、嘘は無さそうである。

俺は少女の顔を見て、何となく頷いた。

「付いて来い」

俺がそう言うと、少女は輝くような顔で俺を見上げたまま口を開いた。

「は、はい！」

少女は大声を張り上げて返事をし、慌てて自分の口を両手で隠した。なんと古典的なリアクションだろうか。その仕草に、俺は自然と口の端を上げてしまった。

俺はこの少女を少し気に入ってしまったようである。

寝室を出て、リビングの端まで移動する。壁に手を触れる俺を見て少女は首を傾げていたが、俺は気にせずに目を瞑《つぶ》る。

イメージは、魔素を節約しつつ快適な空間。そんなことを思ったせいか、俺の頭の中には変なイメージが浮かんでしまった。目を開けると、そこには装飾の施された木製の扉が出来ている。予定とは違ったが、まぁ問題は無いだろうか。

「……へ？」

後ろで少女の不思議そうな声がしたが、俺はさっさと扉を開けた。するとそこには、俺のイメージ通りの通路が続いていた。

左右に等間隔に並んだ横開きのドアと、黒い絨毯《じゅうたん》が敷かれた通路だ。灯りは通路の天井と壁の間で光る間接照明である。

五十メートルは続くその通路を見て、少女は目と口を大きく開けて固まった。俺が少女の呆然《ぼうぜん》とする様を眺めていると、少女は俺を見上げてやっとの思いで声を発した。

「……こ、これは、いったい……」

少女の言葉に、俺は軽い調子で口を開いた。

「お前達の部屋だよ」

「……………え？」

俺の台詞に少女は信じられないといった顔で通路を見た。そして、少女は涙ぐんで俺を見上げる。

「こ、こんな広い部屋を私達の為に……」

「ん？」

少女はそう口にしたが、少女の言葉に違和感を覚えた俺は首を傾げて通路に入った。

そして、横開きのドアを開けて少女を振り返る。

「一つ一つがお前達の部屋だぞ？」

俺がそう言うと、少女は不思議そうな顔で俺の所まで来てドアの向こう側を見て目を見開いた。

幅は二メートル。奥行きも二メートル五十センチ程度の狭い部屋だ。だが、ベッドがあり、簡単な机と椅子もある。

この部屋は、インターネットで見たことがある女性向けの高級カプセルホテルの部屋である。二段ベッドが個室になったようなポピュラーなものから、コインランドリーの乾燥機のような近未来的な部屋まで、カプセルホテルは様々な様式があるのだが、この高級カプセルホテルは一味違う。

まず、内装がシックな白と暗い茶色で構成されており、ベッドも薄くは無く、ソファーの座面程度の高さである。壁にはディスプレイが埋め込んであり、映画や音楽を楽しむことも出来るし、ドリンクをペットボトルで二つくらいなら収納できる冷蔵庫も壁の中にある。

さらには、ベッドの下には使いやすい底の深い収納棚まで完備である。

まぁ、正直言えば高級ホテルに憧《あこが》れていたのに泊まることが出来ずに、出張で使うカプセルホテルの印象ばかりが頭に残っていたからなのだが。ちなみに、この高級カプセルホテルに関しては出張で使えそうなホテルを探した時に見つけた物件である。

その部屋を見て、少女は唖然《あぜん》としていた。俺はそんな少女を眺め、口を開く。

「名前を聞いてなかったたな。俺はアクメオウマだ。君は？」

俺が名を尋ねると、少女は掠《かす》れた声で返事をした。

「け、ケイティ、です」

少女の呟《つぶや》いた名を聞き、俺は頷《うなず》いてから部屋の入り口の隣にある壁に触れた。

目を瞑り、念じる。

「……あ」

少し間の抜けた声を耳にしながら目を開くと、壁には四角い枠と、枠の中にケイティと書かれた文字が出来た。

俺はその名前を手で触れ、出来に満足してケイティを見た。

「今日から此処《ここ》がお前の部屋だ、ケイティ」

俺がそう言うと、ケイティは我慢が出来なかったのか、滂沱《ぼうだ》の涙を流しながら俺の腹にしがみ付き、声を上げて泣き出してしまった。

いかんぞ。俺が苛《いじ》めっ子《こ》みたいじゃないか。

しばらくして、泣き止んだケイティを連れてキッチンに戻ると、何人かの元奴隷の女達が掃除をしていた。

「あ、ご主人様！」

「おはようございます！」

そんな声を掛けられ、俺はキッチンにいる四人の女達を見た。

狐耳の十代後半に見える茶髪の少女と、十代中頃に見える兎耳と猫耳の白い髪の少女。そして、十代前半に見える金髪の女の子だ。

「おはよう。食堂に皆を集めてくれ」

俺がそう言うと、四人は元気良く返事をして急ぎ足で皆を集めに向かった。

一足先に食堂に行くと、そこには食堂の床を拭く少女達と、椅子に腰掛けて皆を見回すエリエゼルの姿があった。

エリエゼルは俺に気が付くと、薄く微笑んで周りを指差した。

「皆、ご主人様に忠誠を誓い、お仕えしたいと申しております。大変良い心掛けでしたので、特別に私の掃除用具を貸しております」

エリエゼルはそう言ってご満悦といった嬉《うれ》しそうな顔を俺に見せた。どうやら、エリエゼル副社長にも部下が出来たようである。

俺は曖昧《あいまい》にエリエゼルに笑いながら頷いた。

「それは良かったな。さて、皆を食堂に呼んでくれるか？　自己紹介といこう」

俺がそう言うと、エリエゼルは頷いた。

食堂に居並ぶ少女達を眺め、俺は口を開く。

「さて、昨日よりは落ち着いたと思うし、自己紹介といこうか。俺はアクメオウマ。こっちはエリエゼルだ」

俺がそう名乗り、エリエゼルを紹介すると、少女達は視線を交わし合い口を開いた。

「わ、私はエミリーです。ヒト族の十四歳です」

最初に口を開いたのは、今朝キッチンで掃除をしていた金髪の女の子だった。ヒト族ってのは普通の人間って意味か？

疑問は生まれたが、とりあえず俺が頷いていると、その女の子を切っ掛けにして次々に少女達は口を開く。

一番歳上なのが十八歳、アリシア。茶色の髪の狐獣人だ。十八歳は他に、淡い緑色の髪の犬獣人のシーマや、緑の髪のヒト族のソニアがいる。

十七歳は、黒い髪のヒト族のナナ、オレンジ色の髪のヒト族のドロシー、金髪金眼のヒト族のピッパ。

十六歳は、白い髪の兎獣人のティナ、白い髪の猫獣人のミア、青い髪の狼獣人のタバサ。

十五歳はおらず、残りは傷を負ったまとめ売りの子供達である。

一番歳上なのが十三歳で、俺が奴隷屋で話をした背の高い黒髪黒目の少女、シェリルだ。シェリルは片方の眼が無い。同じく十三歳は、水色の髪のヒト族のブレンダと、白髪の鼠獣人のオーレリア。ブレンダは左手が無く、オーレリアは大きな耳の片方が無い。

十二歳は、最初に自室を手に入れたケイティだ。ケイティは黒髪と深い銀色の目をしたヒト族で、手と足の指が一部無かった。十二歳は他には暗い茶色の髪のヒト族のクーへがいる。クーへは両目が無く、ケイティに手を引かれて歩いていた。

十一歳は灰色の髪の熊獣人のプリシラ、紫色の髪に赤い眼のヒト族のリタである。プリシラは顔に大きな火傷《やけど》の痕《あと》があり、リタは身体に無数の傷があるらしい。

十歳は見事な銀色の髪の狼か何かの獣人であるターナ、金髪碧眼《へきがん》のヒト族のシャルロット、明るい黄緑色の髪のヒト族のベラ。ターナは耳と尻尾《しっぽ》が千切れて無くなっていて、シャルロットは足の指が無い。ベラは大きな傷が腹から背中にかけてあるようだ。

そして、最年少の九歳。黄色っぽい髪の虎獣人のドーラは右手の指が親指以外根元から無かった。

合計二十人を超える元奴隷の少女達である。

と、俺は人数が足りないことに気が付いてエリエゼルを見た。

「ん、レミーアは?」

俺がそう尋ねると、エリエゼルは困ったように口を開いた。

「それが……他の子達に起きないと言われて様子を見に行ったのですが、フルベルドと同じベッドで深い眠りについておりまして……」

え? そういう関係になったのか?

俺はエリエゼルの報告に目を丸くしてそんなことを思ったが、エリエゼルは溜《た》め息《いき》混じりに自らの頬に手を添え、俺の想像とは違う説明を口にした。

「どうやら、フルベルドがレミーアを眷属《けんぞく》にしてしまったらしく、二人とも最低でも夕方までは起きて来ないかもしれません」

「は? 眷属?」

エリエゼルの説明に俺は呆然として眉根《まゆね》を寄せた。すると、エリエゼルが苦笑してみせる。

「はい、眷属です。ヴァンパイアは真祖が始まりであり、その子供が第二世代と呼ばれます。そして、血を吸われてヴァンパイアになった者は、俗にいう眷属のヴァンパイアとなり、血を吸った本来のヴァンパイアが死ねば、共に死んでしまう半端な存在となります。ただ、血を吸ったヴァンパイアの力次第では第二世代とも戦える程の能力を得ます」

エリエゼルがそう口にすると、食堂に並んでいた女達が顔を見合わせて口を開いた。

「……ヴァンパイア？」

「ヴァンパイアって……あの？」

「え？　誰の話ですか？　フルベルド様？」

小さな小さな声で少女達がそんなやり取りをしているのを聞き流し、俺は腕を組んで唸《うな》った。

「困ったな。つまり、昼間は外じゃ無くてこの中でもフルベルドは動けないのか」

俺がそう言うと、エリエゼルは何処《どこ》か申し訳無さそうに眉尻《まゆじり》を下げて頷いた。

「ヴァンパイアは夜の王と呼ばれ、昼間動けない代わりに夜、その力は絶大なものとなります」

そう口にして、エリエゼルは俺に軽く頭を下げて微笑む。

「先に伝えておくべき事項でしたね、うふふ」

エリエゼルは笑って誤魔化して俺を見た。いや、可愛いけどさ。

「まぁ良いんだけどさ……そうだよな、ヴァンパイアだもんな。そりゃ昼間は動けないか」

俺がそう言って笑うと、少女達の中の、歳が上の子らが俺を見上げて恐る恐るといった具合に質問をしてきた。

「あ、あの……フルベルド様は、ヒトでは無いのでしょうか？」

声を発したのは緑色の髪のヒト族であるソニアであった。ソニアが怯《おび》えた表情を浮かべながらそう呟《つぶや》くと、黒い髪の隻眼のヒト族、シェリルが険しい顔をソニアに向け、ジッと睨《にら》んでいた。

俺はそんな二人を眺め、頷く。

「ああ、そうだな。どうする？　命を賭《か》けてフルベルドとレミーアの存在を外で叫ぶか？　俺は止めないから、やりたかったら安心して行きなさい」

俺がそう言って笑うと、ソニアはビクリと身体を震わせた。そして、食堂の出入り口であり、ダンジョンの出入り口に顔を向ける。

それを見て、椅子に座っていたエリエゼルが音も無く立ち上がった。張り詰める空気の中、シェリルが奥歯を噛《か》み締《し》めて顔を上げ、口を開いた。

「……私は、フルベルド様に助けて頂きました。そして、ご主人様にこの世のものとは思えない、美味しいお食事を頂きました。私達にとって、たとえヒトでは無かったとしても、ヒトとして扱ってくれたのはフルベルド様とご主人様達だけです……！　私達は、ご主人様方が何者であろうとも、絶対に裏切りません」

シェリルがそう宣言すると、まとめ売りだった、傷物扱いされていた元奴隷の少女達は皆大きく頷いた。最年少の虎獣人のドーラですらしっかりと俺を見上げて頷いている。

俺はその様子に微笑み、他の者の顔を順番に見た。

「どうした？　此処を出て行くか、それとも残るか。好きな方を選んで良いんだぞ？　まあ、此処に残る場合は店員として俺が作った料理を客に届けたり、後は外に買い出しをしに行ってもらったりと扱き使われるだろうがな」

俺がそう言って笑うと、僅《わず》かに室内の空気は柔らかくなった気がした。皆を見回し、食堂の奥に目を向けた俺は思い出したように口を開く。

「ああ、そうだ。何人かにはあの楽器の演奏を覚えてもらう。奏者がエリエゼルしかいないからな」

俺がそう言うと、一番にソニアが反応した。眉根を寄せて、食堂の奥にあるグランドピアノを見つめる。

「あれが……楽器、ですか？　私も見たことの無い楽器……？」

ソニアはそう言って不思議そうに首を傾げた。その物言いから考えるとどうやら、ソニアは楽器に詳しいようだ。

俺は口の端を上げて、エリエゼルに顔を向けた。

「弾いてみてやってくれ」

俺がそう言うと、エリエゼルは驚いた様に俺を見返したが、息を吐く様に笑い、頷いた。

「畏《かしこ》まりました」

エリエゼルは困ったような笑みを浮かべたまま、グランドピアノの前まで行き、椅子に座った。

こういった形の楽器を誰も知らないのだろう。少女達は一様に興味深そうな顔を浮かべてグランドピアノと、ピアノの前に座るエリエゼルを見ていた。

そんな中、エリエゼルはゆったりとした動作で鍵盤《けんばん》の上に指を置き、演奏を始めた。

同じようなテンポ、音の繰り返しを行い、一拍の間を空けた後から水が流れるように溢《あふ》れ出る美しい旋律。これは俺でも分かる、有名な曲だ。

ラ・カンパネラ。フランツ・リストの名作であり代表曲の一つである。

この曲を目の前で演奏してもらったのは初めてだが、一つ思うことがあった。

指、めっちゃ忙しそう。緩急をつけて右手と左手が別々の生き物のように動く様は、ピアノを弾けない人からすれば最早何をしているのかも分からないほど複雑だ。

僅か四分～五分ほどだろうか。

エリエゼルはしっかりとしたエンディングをつけて演奏を終えた。

「おお、やっぱり上手いなぁ」

俺がそう言って拍手をすると、弾かれたようにソニアが両手の手の平を痛そうなほど叩《たた》きつけて拍手をした。その頬には涙すら伝い流れている。そして、他の少女達も徐々に拍手に加わってきたが、その顔は呆然《ぼうぜん》とした表情を浮かべている者が殆《ほとん》どに見えた。

純粋に輝くような表情で喜んでいるのは十歳以下の子供達だけだ。

「こんな、こんな音楽があるなんて……！」

ソニアが感極まったように涙声でそう口にするのを聞き、俺は笑顔で少女達を振り返った。

「さて、こんな風に楽器の演奏までしてもらうこともある訳だが、此処で働くのが嫌な者は出て行って構わない。どうするね？」

俺がそう尋ねると、ソニアが縋《すが》るような目で俺を見上げ頭を下げた。

「此処で働かせてください！　たとえフルベルド様やアクマ様が魔王だったとしても私は誠心誠意仕えさせていただきます！」

ソニアがそう言うと、少女達も頭を下げた。

いや、魔王じゃなくてダンジョンマスターですけど。名前もアクマになってるし。

「とりあえず、朝飯だな」

俺は改めてそう言うと、皆を見回した。俺が朝飯という言葉を発すると、皆の背筋が少し伸びた気がした。

だが、ふと傷のある少女達の姿が目にとまり、俺はエリエゼルに顔を向ける。

「傷とか治せるか？」

俺がそう聞くと、エリエゼルはあっさりと頷《うなず》く。

「出来ますよ。しかし、それにはご主人様が彼女達の本当の主人にならねばなりません」

エリエゼルにそう言われ、俺は首を傾げた。

「どういう意味だ？　あいつらの主人はまだ貴族の次男坊になってるってことか？」

奴隷契約の魔法とかあるのかね。

俺がそう思って聞き返すと、エリエゼルは首を左右に振った。

「この世界に奴隷を縛る魔術はありません。あるのは、声に反応して何かしらの罰を与える魔術具とかでしょうか」

「電気が流れる首輪とかか？」

俺がそう口にすると、エリエゼルは頷いた。

「その通りです。そこはご主人様の知る歴史の方ともあまり差異は無いでしょう。罰による服従の強制と教育ですね。勿論《もちろん》、借金か何かで奴隷になったばかりの者は教育を受けておりませんが、反抗的な奴隷を躾《しつ》けることを楽しみにする者も多いようなので、基本的に罰を与える方が主になりますが」

エリエゼルの解説を聞く内に、少女達の中には表情を変える者も現れた。

震える者や、中には目に涙を溜める者もいる。その少女達を横目に見て、エリエゼルはそっと口元を緩めた。

「まあ、彼女達にはそのような罰は必要無いでしょう。その代わり、きちんとルールを決めた契約が必要になります」

そう言って、エリエゼルは少女達に顔を向けた。

「ルールは簡単です。ご主人様、アクメオウマを裏切らないこと。ご主人様に忠誠を誓うこと。後は、ご主人様に危害を加えないこと……たった三つだけです。簡単でしょう？」

エリエゼルがそう言うと、殆どの者達がホッとしたように頷き、笑い合った。

しかし、背中まである流れるような黒い髪を揺らした黒い瞳《ひとみ》の美少女が顔を上げてエリエゼルを見た。確か、ナナという名だったたか。

「エリエゼル様……もしも、それらのルールを破った場合、私達はどうなるのでしょうか」

ナナがそう言うと、周りの少女達がざわめく。

ふむ。きちんと契約内容を確認する慎重さは好ましい。この子がもしも部下になったら経理を任せよう。

ぼんやりと俺がそんなことを考えているとエリエゼルは表情を無くし、ナナを見返した。

「裏切りの程度によります。ただ、もしもご主人様を殺害しようとするなどの重大な裏切りならば、死をもって償っていただきます」

エリエゼルがそう告げると、一部の少女は息を呑《の》んだ。ナナはエリエゼルの目を暫く見つめていたが、やがて口を開いた。

「……分かりました」

そう呟き、ナナはその場で片膝《かたひざ》をついて頭を下げる。

「私は、アクマ様を主とし、忠誠を誓います」

「誰が悪魔や」

俺が思わずナナの宣誓に突っ込んでしまったが、エリエゼルは気にせずに他の少女達の顔を見た。

「あなた達は、どうしますか？」

エリエゼルがそう尋ねると、ナナの行動に吃驚《びっくり》していた少女達も慌てて頭を下げた。

「忠誠を誓います！」

少女達がそう口にした瞬間、エリエゼルは素早く口を片手で隠し、小さく何かを呟く。

すると、少女達の足元に黒い魔法陣が浮かび上がった。円の中に無数の四角が重なり、隙間に見たことの無い文字が浮かぶ不思議な魔法陣だ。まるで墨汁を紙に染み込ませるように滲《にじ》みながら広がる黒い魔法陣は、少女達の足元にあった少女達の影の中に収まっていった。

不思議なことに、誰も自分の足元に魔法陣が現れたことに気が付いていないようだった。俺がその光景に唖然《あぜん》としていると、エリエゼルが普段のような苦笑を浮かべ、俺の足元を指差していた。見れば、俺の足元にも似たような魔法陣が浮かんでいた。ただ、こちらは白い魔法陣だったが。

「ご主人様。それでは、彼女達をご主人様の配下と認めますか？」

「あ、はい」

魔法陣に目を奪われていた俺はエリエゼルの問い掛けに思わず生返事をした。すると、俺の足元で薄っすらと光っていた魔法陣が明滅し、俺の足の中に溶け込むように消えた。

俺の方の魔法陣は影にはならないのか。

「これで、従属の契約は成りました。さあ、後は傷の治療といきましょう」

エリエゼルはご機嫌な様子でそう言うと、顔を上げた少女達の方を見て口を動かした。何を言っているのか分からなかったが、何かしらの呪文らしき文言をブツブツと言っているようだった。

それを見て、金髪金眼の美少女、ピッパが首を傾げる。

「……魔術の詠唱じゃない？」

ピッパが口の中で呟くような小さな声に、何人かの少女が反応していた。

と、エリエゼルは謎の呪文を終えたのか。俺の方に視線を向けて口を開く。

「さあ、ご主人様。今ならどんなパーツでも付けられますよ？　ブレンダにロケットパンチを……」

「付けねぇよ！」

恍惚《こうこつ》とした表情でとんでも無いことを口走るエリエゼルにそう突っ込むと、俺は身体の一部を失ってしまった少女達の方に歩み寄った。

「それにしても、皆本当なら死んでてもおかしくないほどの大怪我だよな。何でそんな目にあったんだ？　やっぱり戦争か？」

俺が皆を眺めながらそう尋ねると、何人かが沈痛な面持ちで俯《うつむ》いてしまった。うむ。全く配慮が出来ていなかったな。

自身の台詞を省みてそう反省していると、シェリルが片方しか無い目で俺を見上げて口を開いた。

「……私は、悪い冒険者に村を襲われ、そのまま奴隷商人に売られました。私の村は人数も少なく、殆ど抵抗も出来ず……」

シェリルがそう言って悲しそうに瞼《まぶた》を震わせると、隻腕のブレンダが首を左右に振った。

「……ヒト族も獣人族も、小さな村なら襲撃されて家族もろとも奴隷にされることがあるよ。そういう時は、別の国に売られたりとか……」

ブレンダがそう言って細い息を吐くと、それを聞いていた少女達が押し黙ってしまった。

「……嫌なことを思い出させたな。よし。ブレンダ、こっちに来い」

俺はそう言ってブレンダを呼ぶ。

「ドリルアームも……」

何故かエリエゼルが反応して変なことを口走っているが、俺は何も聞こえないフリをして、こちらに向かって来るブレンダを見る。

パーツを付けるということは、つまり魔素を使って創造しろということか。まあ、エリエゼルが大丈夫と言うなら大丈夫なんだろう。

……シェリルに邪眼を付けようかな。

俺はそんなことを思いながら、目の前に来たブレンダの前で目を瞑《つぶ》った。ざわめく少女達の声を耳にしながら、俺はブレンダの腕を想像する。

宇宙合金で作られたブレンダの腕はマッハ五で射出され、あらゆるモノを……いや、違う違う。危なく変なものを生み出し掛けたが、俺は何とかブレンダの腕のイメージを固めた。

そして、念じる。

「……え？」

そんな声が聞こえて目を開けると、ブレンダの喪われていた腕がそこにあった。

いや、取り付けて無いのにブレンダに生えてますやん。

俺はそう思ってエリエゼルを振り返るが、何故か不満そうなエリエゼルに逆に睨《にら》まれた。マジで言ってたのか、ロケットパンチ。

俺がそんなことを思っていると、少女達の方から歓声が響き渡った。

皆から声を掛けられる中、ブレンダは水色の髪を揺らして項垂《うなだ》れ、両手を見て泣き出した。声を上げて泣くブレンダを眺めた俺は、指が無い虎獣人のドーラの前に立った。

要領は覚えたからな。後は、さっさと治療していくだけだ。

俺はそう思い、皆の失われた身体の代わりを作った。

ただ、火傷《やけど》や顔、背中の傷に関しては肉盛り補修後に表面をコーティングという工業的な流れとなってしまったが。

最後に、両目が無いクーへである。暗い茶色の髪の隙間から見える閉じられた瞼の中に、俺はきちんとクーへに似合う目を想像する。

茶色の透き通った瞳だ。

イメージを固め、念じる。

すると、クーへが驚き声を上げた。

「……あ、明るい。光だ……」

クーへがそう呟《つぶや》くと、周囲の少女達から割れんばかりの歓声が上がった。

「良かった……目が見えるようになったんだね……」

すでに両目で見えるようになったシェリルが涙を流しながらクーへの手を持ち、そう言った。

しかし、クーヘは曖昧《あいまい》に笑うと、周囲を見るように首を回す。その目は確かに開かれているが、何も捉《とら》えること無く皆の顔を通り過ぎていった。

「……クーヘ？」

シェリルがクーヘの名を呼ぶと、クーヘは困ったように笑い、首を傾げた。

「……明るいだけみたい。上にある灯りは分かるよ。でも皆の顔は見えないな」

クーヘがそう呟くと、皆は絶句して俺を見た。

俺は腕を組んで唸《うな》り、シェリルを見る。

「俺はちゃんと作ったぞ？　シェリルの目と同じように」

俺がそう答えると、後ろからエリエゼルが声を発した。

「……クーヘ。あなたは昔は目が見えていましたか？」

エリエゼルがそう尋ねると、クーヘは目を閉じて首を左右に振った。

「いいえ。私は生まれた時から目が見えず、小さい頃に奴隷商人に売られました。その時に私の目が見えない事は内緒にして売られたので、後から騙《だま》されたことを知った奴隷商人に眼を抉《えぐ》られて……」

クーヘはそう言って困ったように笑った。クーヘの壮絶な過去に、他の少女達が短く悲鳴のような悲しみの声を発する。

エリエゼルはクーヘの言葉を聞き、浅い息を吐いて首を左右に振った。

「クーヘ。申し訳有りませんが、あなたの眼は治らないかもしれません。光が見えるのならば、いずれ見えるようになるかもしれませんが……」

そう口にして、エリエゼルは言葉を切った。聞かずとも、誰もがその先の言葉を予想しただろう。可能性は低いのだ。

皆が暗い気分になり落ち込む中で、何故かクーヘが明るい笑い声を上げた。

「大丈夫です。私は最初から見えなかったんだから、今まで通りです。殺されると思っていたのに、美味しい御飯を食べられて、皆で一緒に寝ることも出来るこんな良い場所に置いて頂けるだけで、私は十分幸せですから」

クーヘはそう言って、自分の手を握るシェリルの手を握り返した。

「何とか、私でも出来る仕事を覚えてみせるから、協力してくれる？」

クーヘがそう言って優しい微笑みを浮かべると、シェリルは涙と鼻水を流しながら何度も頷いた。

二人のやり取りを聞いて、他の少女達も目に涙を浮かべている。

声を出さないと目が見えないクーへは分からないだろうに。

俺はシェリルの嗚咽《おえつ》に苦笑するクーへを眺めながら、一つ思い付いたことを提案する。

「クーヘ。そこにある楽器は目が見えない者でも一流になれる楽器だ。やってみるか？」

俺がそう言うと、クーへは驚いて顔を上げた。

「目が見えなくても？」

「ああ。そういう奏者が実際にいる。さっきのエリエゼルみたいに弾けるようになるぞ」

俺がそう言うと、クーヘは輝くような笑顔を見せて頷いた。

「やります！　やらせてください！」

そう叫び、クーへは飛び上がって喜んだ。

初めて誰かの役に立てる。

そうクーへが両手を上げて口にすると、シェリルは滝のような涙を流しながらクーへに体当たりし、二人で地面を転がりながら笑い、泣いた。

うむ。我ながら素晴らしい案だった。

天から舞い降りたような名案に俺は一人満足して頷《うなず》く。

これで、奏者候補はソニアとクーへの二人になった。

「よし。そろそろ飯だ。本当に腹が減った」

俺がそう言うと、食堂に笑い声が響いた。

◇

◆

◇

朝食。

朝起きて最初に摂る食事のことを朝食と呼ぶ。

朝は胃や腸が活動的では無い為、消化に悪いものは食べない方が良いだろう。

朝ステーキ、朝カツ丼、朝ラーメン炒飯《チャーハン》餃子《ぎょうざ》セットなどなど枚挙に暇《いとま》がない。

まあ、そんなもん朝から食えるなら食ってみよという話だが、会社の同僚に朝から豚カツ定食を食べて出勤した猛者《もさ》がいるので人によるのだろう。

話が逸れたが、お手軽かつ朝食べるのに丁度良い食事の代表例といえば、そう、シリアル食品である。グラノーラやコーンフレークなどのことだが、ミルクを入れてズバババッと食べて出勤したり登校したり出国したりするのである。

早い、安い、美味い。そんな分かりやすい朝食であろう。

と、いうことで、少女達にはポピュラーなタイプのシリアルとミルクを配った。

言われるまま、皆は不思議そうにシリアルの入った皿にミルクを入れ、スプーンを使って食す。

「甘い！」

最初に食べたであろう誰かがそんな声をあげ、皆が眼の色を変えてシリアルを貪《むさぼ》り食べる。歓声や笑い声を耳にしながら、俺もミルクに浸されたシリアルをスプーンで掬《すく》い、口に運んだ。

まだ歯応えが残るシリアルを噛《か》み砕《くだ》き、ミルクと一緒に咀嚼《そしゃく》して流し込むように飲み込む。

食べ易く、甘く、食感も楽しい。

俺としてはたまに食べたくなる味程度の話だが、少女達には随分な御馳走《ごちそう》になったようだ。我先にとシリアルを食べる皆を眺め、食べ終わった者にはお代わりを用意しておく。

ミルクに浸ったシリアルを食べ過ぎてお腹がゴロゴロ鳴るかもしれない。コーンスープでも用意してやるか。

「スープもあるぞ」

俺がそう言って温かいコーンスープの入ったマグカップを配ると、皆はそれにも夢中になった。

美味しい美味しいと感動する少女達も、暫くして満腹になったのか、落ち着きを取り戻していった。

全員が完食したのを確認し、俺は椅子から立ち上がる。

「それでは、皆の部屋割りを行う」

俺がそう口にすると、皆はキョトンとした顔つきで俺を見上げていた。

部屋割りと言われても理解出来なかったようだが、唯一人、ケイティは悪戯《いたずら》をする子供のように目を輝かせて笑みを浮かべた。

「こっちだ。付いて来い」

俺がそう言って居住スペースに戻ると、皆は慌てて付いてきた。最初の廊下を少し進み、右側にある戸を開く。目の前にはリビングの景色が広がり、左側にはキッチンが見える。

そのリビングを真っ直ぐ横切り、俺はさも最初からありましたよと言わんばかりの木製の扉を開放した。

すると、後ろに付いてきていた少女達が長い廊下を見て感嘆の声を上げる。

「凄《すご》い……こんな広い部屋が私達の……？」

誰かがそんな言葉を口にした。

いや、それはもうケイティがやったネタだ。

俺はそんなことを思いながら廊下に足を踏み入れ、最初の横開きのドアを指差した。

「これがケイティの部屋だ」

俺がそう口にすると、皆の視線がケイティに集中する。ケイティは照れ笑いを浮かべ、恥ずかしそうに口を開いた。

「あ、朝……ご主人様と……えへへ……」

おい。誤解を招く言い方をするな。

ケイティの意味深なセリフに皆が今度は俺を振り返るが、俺は口を一文字に結び、不満を顔で表現して首を左右に振った。

「朝一番に起きてきたから一緒に作っただけだ。ほれ、お前達も部屋を選んで良いぞ。決まったら教えてくれ」

俺がそう言うと、少女達は驚愕《きょうがく》して俺を見上げた。そして、最年少のドーラが期待の籠った目で俺を見ながら口を開いた。

「……ドーラのへやもあるの？」

ドーラがそう呟き、俺が頷く。

すると、ドーラは満面の笑みを浮かべて走り出した。すぐにケイティの部屋の対面にあるドアを開くと、部屋に飛び込んで歓声を上げる。

「うわぁ！　ここがドーラのへや！　ここがいい！」

部屋の中で叫び回るドーラの声に、他の少女達は慌ててドーラの部屋となった個室を見に動いた。狭いながらも綺麗《きれい》で格好の良い高級カプセルホテルの内装に、皆は茫然《ぼうぜん》と佇《たたず》んだ。

「あ、あの……これがまさか一人一人に？」

「ああ。決まったらケイティみたいに誰の部屋か分かるようにするからな。こんな感じで」

シェリルの疑問に俺がそう答え、ドーラの部屋のドアの隣の壁に手を置いて目を瞑り念じると、皆が驚愕する気配が伝わってきた。

目を開けると、壁には四角い枠の中にドーラという名前の文字が出来ていた。

虎獣人なので、黄色の下地に名前の部分は黒くして見たが、良い出来だ。とある球団のファンみたいで。

俺が満足していると、皆がざわつく声がする。

「凄い……！　私の部屋も貰《もら》えるの⁉」

「夢みたい……」

皆が口々に呟く言葉のその中で、ピッパだけが目を見開いて他の者とは違う感想を口にしていた。

「……ど、どうやって……」

他の者は驚き感動するばかりだったが、ピッパは何が不思議な所なのか、しっかりと理解しているようだった。

俺がピッパの様子を窺《うかが》っていると、シェリルが恐る恐る口を開く。

「あ、あの……私の部屋は、クーへと同じ部屋にして頂けませんか？」

シェリルがそう言うと、クーへが嬉《うれ》しそうにシェリルの方向に顔を向けて笑顔を浮かべた。

「ふむ……なら部屋をどうするか」

俺は頷くと、ケイティの隣の部屋に向かい、壁に手を触れた。

目を閉じ、念じる。

出来た。

ドアを開けると、そこには隣の部屋とくっ付いた部屋が出来ていた。間の壁が無くなり、ベッドが左右の壁に分かれて置かれている。

まあ、ビジネスホテルのツインルームみたいになったが良いだろう。

「これでいいな」

俺がそう言うと、シェリルが胸の前で手を合わせて俺を見上げた。

「ありがとうございます！」

シェリルの感謝の言葉に合わせてクーへも深々と頭を下げた。

「あいよ」

俺はそう返事をして壁にシェリルとクーへの名を記した。

クーへが分かりやすいように二人の部屋の壁にだけ手摺《てすり》も設置している。

「よし、こんな感じだ。さあ、好きな部屋をとらないと無くなるぞ」

俺が皆を振り返ってそう言うと、まだ部屋が決まっていない皆は一斉に廊下の奥へ向かった。僅《わず》か一分か二分程度で部屋割りは決まったのか、各ドアの前に一人一人が立ってこちらを見ている。

年齢が高い者は奥の部屋を選ぶ傾向があるようだ。

俺は壁に皆の名前を表示していきながらそんなことを考えた。

と、俺は喜びながら自分や他の者の部屋を行ったり来たりしている皆のワンピース姿を見て、服装のことを思い出した。交代で何人かには店にも出てもらおうかと思っていたが、流石にただのワンピースではおかしいか。

俺は皆の背格好を眺めて目を瞑《つぶ》り、両手を前に出してイメージを固めた。

どのようなものが良いか。やはり、細部までしっかりと作り込まれた上で大人しい、清楚《せいそ》な雰囲気のものが良いか。

イメージを固めた俺は、念じた。

強く念じた。

多分、今日一番本気で念じた。

目を開くと、そこには大量のメイド服が山のように廊下の一部を占拠していた。首元には皆の名前の刺繍《ししゆう》が施されている。

俺はその出来にご満悦で頷いた。

ドン引きしている一部の視線など怖くも何ともない。

「言っておくが、お前らの服だからな？　俺が着るわけじゃないぞ」

俺は一応それだけは言っておいた。

少女達の部屋割りを終えた俺は一度食堂に戻り、エリエゼルに声を掛けた。

「皆が戻って来たら掃除や食堂について教えておいてくれ。俺はダンジョンを作って来る」

俺がそう言うと、エリエゼルは頷いて微笑んだ。

「お任せ下さい。しっかりと教育しておきます」

頼もしいエリエゼルの言葉に頷くと、俺はまた居住スペースに戻った。廊下を進み、奥にある俺の部屋へと向かう。

部屋に入った俺は部屋の中を見渡し、良さそうな壁を見つけた。

隠し扉と通路を作ろう。そうすれば、厨房《ちゆうぼう》からと居住スペースの両方からダンジョンへ避難出来る為、不意を突かれて攻めて来られても問題無い。

入り口は忍者屋敷などの掛け軸の裏に通路も憧《あこが》れるが、やはりきちんと蓋《ふた》が出来る方が良い気がする。最初に作ったダンジョンへの入り口は床下だったが、あちらは開けるのが面倒臭い。床を開いて迫《せ》り上がるエレベーターとかにするか。

俺はそんなことを考えながら、本棚に手を置く。漫画やら小説やら旅行雑誌やらが雑多に並んだ本棚に触れて、俺は目を瞑った。

イメージを固め、念じる。

出来た。

目を開いて見ても、一見本棚に変化は無い。だがこの本棚、実は真ん中の仕切り板を手前に引くと、観音開きに開くのだ。本棚が重いため、片手で引っ張っても開かず、両手で引っ張る時は左右に分かれることを意識しなければ開かない。仕切り板が半分に分かれるからな。俺は開いて左右に分かれた本棚と、その奥に続く通路を見て一人頷いた。

石畳にレンガの壁、アーチ状の天井といった通路である。

照明は点々と壁についているランプ風のものだ。色合いは赤みの強いオレンジ色にしてある為、この通路が一番ダンジョンらしいのかもしれない。

通路の中に入り、裏から本棚を模した扉を閉める。

踵《きびす》を返した俺はその通路を歩いていき、角を曲がった。何となく五十メートル程度の直線と直角に曲がる角、そこからまた五十メートルという形で通路を作ったのだが、意外に五十メートルというのは距離がある。

そして、最奥の突き当たりには、九つのボタンがある。携帯電話の一から九までのボタンと同じように縦三列と横三列だ。ボタンといってもレンガ造りの壁の組違いのレンガがボタンになっているので、触ってみるまで分からないようになっている。

そのボタンになっているレンガを三箇所、壁の奥へと押し込むと、地底湖までの隠しエレベーターが現れる仕掛けだ。押し込むレンガは携帯電話のダイヤルボタンで言うと、四、五、九……地獄である。押し間違えたり四つ目のボタンを押したりすると、床に穴が空いて地底湖よりも深く落ちることになる。

これで、もしも俺達が避難した後に冒険者にこの通路を見つかっても簡単には追って来られないだろう。時間稼ぎの一つである。

俺はしっかり、間違えないようにレンガを押し込んだ。結構重い。

レンガを押し込むと、硬い石の上に岩が倒れるような重々しい音が鳴り、行き止まりだった壁は頭上まで持ち上がっていった。

壁が無くなった先は、黒い金属っぽい箱のような部屋だった。

人数は二十人程入れそうな大きなものだ。窓は顔の高さほどに四方向全て備え付けられている。秘密基地みたいで大変楽しい。

俺はウキウキしながら黒い箱のような大きな部屋へ入った。部屋の一番奥まで行き、壁にある窪《くぼ》みに手を触れる。

すると、部屋は音も無く僅かな揺れのみを俺に感じさせ、降下を始めた。速度はかなり速い筈《はず》なのだが、全く速度を感じさせない。

と、そんなことを考えていると、もう窓の外の視界が開け、明るく発光する天井の岩肌を通り過ぎて大空洞が見えた。

広い大空洞の中に、陸地と石畳の道、そして青く澄んだ地底湖が広がる。石畳の道の先は湖の上を橋が通り、作りかけの塔へと繋《つな》がっていた。

地下三階に辿《たど》り着《つ》いた俺は、エレベーターを降りる。エレベーターは俺が降りると暫くして岩肌に模した扉で塞《ふさ》がれて見えなくなった。ここを開けるのも同じく、岩肌に模したボタンを押し込んで、数字で地獄と打つ。読み方を間違えると四国なのだが、その覚え方は間違いである。

さて、そんなこんなで地下三階についたのだが、今日の魔素を全て塔に使っても良いのだろうか。毎日少しずつ魔素の消費を抑え、魔素貯蓄をした方が良いのかもしれない。

いざという時の為だ。

俺はいつもより少しだけ賢くなったような良い気持ちになり、作りかけの塔の前に移動した。

さあ、塔造りの時間だ。天井まで、高さ約五十メートル。この高さをほぼ埋めることの出来る塔を作らなければならない。

俺は目を瞑り、イメージを固めた。

罠《わな》はまた次回作れば良い。とりあえず塔本体の形や材質である。各階層は天井までの高さ五メートルで、十階建ての塔だ。材質は石造りに見えて中は鉄筋コンクリートで作る。

外が見える場所は少なめで、外が見える場合は漏れ無く転落の危険性があるような手摺無しのバルコニーだ。まあ、落ちても大概は湖の中なのだが。

……よし、イメージは出来た。

俺は強く念じ、目を開いた。

すると、目の前にはイメージ通りの塔が建っていた。石造りに見える、四角い塔だ。ただ、大空洞の天井まで伸びている為、どちらかというと巨大な柱に見えなくも無い。

デザインはパリのサン・ジャックの塔。

ゴシックデザインの豪華で装飾過多な塔である。上層部へ行くに従い段々に細くなっていき、塔の角には彫刻もある。実際のその塔は一階の一部が縦に長いトンネル状に空洞となっているが、こちらはしっかりと壁面で覆われている。

ちなみに塔の中は先程作った隠し通路の雰囲気が気に入った為、石造りの床や壁にランプ風の照明が延々と続く。

そして、最上階と最下層はそれぞれ広間となっており、ボスを配置する予定だ。

まだ暫く予定のままだが。

後は湖にも巨大生物を放し飼いにしたい。

ロマンの為に。

そんなことを思いながら、俺は湖を眺めた。

立体的なあみだくじといった形で塔の迷路を設置する。ある程度の間隔は置くとしても、この広い湖の中に巨大な塔が二十から三十は建てられるだろう。今、俺が塔の上部を作った感覚から計算すると、一日に一つの塔を建てることが出来そうだ。

だが、罠があるとはいえ、迷路ばかりでは防衛にならないのではないか。

「もう一人か二人、戦える仲間がいるか」

俺はそう呟《つぶや》き、湖に聳《そび》え立《た》つ塔に背を向けた。

聞いたところによると、フルベルドは真祖のヴァンパイアということでかなり強いらしい。戦闘力が数値化出来れば良いのだが、それが出来ないからやはり不安が残る。まずは時間稼ぎの塔を作りつつ、魔素貯金が貯まったらモンスター召喚。

これでいくか。

俺はそんな曖昧《あいまい》な方針を固めると、食堂へと戻ったのだった。

第六章　その後の王都は

夜がきた。

既に多くの人が入り、初めての接客業に緊張していた元奴隷の少女達も、今では忙しさに緊張感など吹き飛んでいた。

今回の接客担当は六人。アリシアなどの年齢の高いメンバーだ。厨房《ちゆうぼう》担当は中間の年齢層の五人。

ちなみに、今日からピアノの演奏をするということで客の注文などが少し落ち着くまで待っている。

ピアノの前の椅子にはエリエゼルが座っており、その隣にはピアノを間近で見聞きして勉強する為にソニアとクーへが立っていた。食堂と厨房に居ない少女達は居住スペースの掃除などをしている。フルベルドとレミーアのヴァンパイアコンビはまさかの留守番である。

俺は厨房から食堂の様子を眺めながら料理と酒が行き届いたことを確認し、エリエゼルに向かって片手を挙げた。

演奏の開始を告げる合図である。

まあ、料理を食べながら泣いたり、酒を呑《の》みながら興奮して叫ぶ輩もいるが、問題無いだろう。

俺がそう思ってエリエゼルを見ると、エリエゼルは軽く頷《うなず》いてピアノに向き直った。

エリエゼルは近くに立つソニアとクーへに何かを言うと、ゆっくりと鍵盤《けんばん》の上に指を置いた。

食堂で食事を満喫していた客の何人かもエリエゼル達の雰囲気に気付き、食事の手を止めて見入る者も現れだした。

そんな中、エリエゼルは透き通るような、シンプルな和音から音を紡ぎ出した。

ピアノから美しい音が鳴り響いただけで、食堂の喧騒《けんそう》が失われていく。代わりに、ピアノから響く見事な旋律に誰もがエリエゼルの背中から視線を外せなくなっていった。

エリエゼルの手が僅《わず》かに数回動くだけで、俺は何の曲か分かった。

パッヘルベルのカノンである。

そして、中学校の時の合唱曲で歌った歌でもあった。懐かしい、優しい旋律だ。

ゆっくりと進んでいたリズムが、少しずつ音を増やして賑《にぎ》やかになっていく。

誰もが聴き惚《ほ》れるエリエゼルの演奏に、近くで聴いていたソニアとクーへに至っては涙まで流している。

中々感受性が豊かで素晴らしい。と思っていたら、食堂で食事をしている客の何人かも泣いていた。そして、誰もが咳《せき》一つせずにその演奏の終わりを見守った。

曲が終わり、余韻まで全てを楽しみ終えた客達は割れんばかりの拍手喝采《かっさい》をエリエゼルに贈った。

エリエゼルは椅子から腰を上げると、客に向けて頭を下げる。

「次の演奏は、少々時間を置いてまたさせていただきます」

エリエゼルがそう言うと、歓声が上がった。

どうやら、皆またピアノを聴けると思って喜んでいるようである。

客が口々に興奮した様子でピアノや料理について語り合う中、俺は店員として働いている少女達にも、薬物野菜とハムやチーズを挟んだサンドイッチを提供した。

ピアノも好評だが、従業員として働き出した少女達も大好評である。

「この店、急に店員が増えたと思ったら皆可愛い女の子で良いよな」

「そうそう！　しかも皆優しいし丁寧だしな！　可愛い女の子の笑顔が見れて、めちゃくちゃ旨い飯食えて、ここでしか聴けない音楽まで聴けるなんて信じられないぜ」

そんな感想がちらほらと聞こえ、元々楽しそうに働いていた少女達も更に前向きに接客を楽しんでいた。

「奴隷になった時は絶望感でいっぱいだったのにね」

「うん……奴隷になる前よりもずっとずっと良い生活になっちゃったね」

そんな会話をしながら笑い、今度はサンドイッチを食べて感動し、和気藹々《わきあいあい》と働きに戻る少女達。

それを眺めて改めて従業員を雇って良かったと満足していると、ふと、ソニアとクーへが帰って来ないことに気が付いた。

エリエゼルのいる方を見ると、ソニアとクーへがピアノの前に座って鍵盤を指で押して音を出して見ている。エリエゼルは二人に何か言いながら、二人の後ろからピアノの鍵盤をドレミの順番に押していた。

どうやら今この場で二人にピアノを教えるらしい。

客の一部も興味深そうにその様子を見ているから問題は無いか。

俺がそんなことを考えながら自分用に出した生ビールを片手に呑んでいると、厨房から一番近いテーブル席に座る二人の男から気になる話が聞こえてきた。

「そういえば聞いたか？　伯爵の話」

「タムズ伯爵か？　殺されたとか何とか」

「馬鹿、お前。そんな話はもう古いんだよ」

「いや、今日の昼に聞いたんだが……」

「知るか。とにかく、最新の噂はタムズ伯爵は殺されていないって噂だ」

「は？」

は？

二人の会話に聞き耳を立てていた俺は、思わず聞き役の男と同じように疑問の声を上げるところだった。

フルベルドからある程度の話は聞いているが、変態貴族はヴァンパイアになってしまったレミーアによって殺害された筈《はず》である。

俺が不思議に思っていると、噂好きな男は得意げな笑みを浮かべて聞き役の男を見た。

「いや、死んでるのは間違い無いらしいぞ？　ただ、自殺でも外部の者に殺された訳でも無いって噂だ」

「なんだそりゃ？　病気で死んだのか？」

「いいや……お前、邪神信仰を知ってるか？」

「ああ。あの怪しい宗教か。不死を求めていろんな奴らが裏で何かやってるっていう……」

「そう、それだ。どうやら、タムズ伯爵はその邪神信仰で不死を手に入れようとしたらしい」

「……で、失敗したってか？」

「それは分からん。失敗して死んだのか、何かを本当に召喚して生贄《いけにえ》として殺されたのか」

「殺されたら不死も何も無いじゃないか」

「元々、邪神を召喚出来たら不死にしてもらえるってのは眉唾《まゆつば》らしいからな。ただ、問題は……召喚された邪神は、いったい何処《どこ》に行ったんだろうな？」

「おいおい……何だよ、怖がらせるつもりか」

二人はそんな噂話に花を咲かせ、酒を呑んで今度は酒の話に脱線していった。

「ふむ……邪神ね。俺が召喚されたなんて話……ではないよな？」

俺はそう呟《つぶや》き、生ビールを口に流し込んだ。

タムズ伯爵ではない別の邪神信仰者が俺を召喚したとかだったら慰謝料を請求してやる。まぁ、慰謝料を貰《もら》ってもこの世界から元の世界に帰れるわけでは無いから何とも言えないが。

どっちにしろ、良く分からないこの世界に来てしまったんだ。前向きに考えるとしよう。

問題は、さっきの噂が本当だとしたら、伯爵が召喚した怪物を探す兵や冒険者なんてのが現れるかもしれないということだ。

つまり、こんな怪しい店が公に知られたら、真っ先に調べに来るに違いない。

兵が攻めて来たとしても、俺達がダンジョンの深部に逃げ込む為の道は現在二箇所ある。

兵が突入してきたら真っ先に来るのは食堂だ。

そういう形で攻められたら、厨房《ちゆうぼう》か居住スペースからダンジョンに逃げ込むしかない。

元奴隷の少女達は最悪捕まったとしてもダンジョンマスターに囚われていたとされるかもしれないが、俺とエリエゼルはどう言い訳しても無理だ。ダンジョンから出たら死ぬんだからな。

フルベルドとレミーアは戦闘力もあるし捕まるか微妙なところだが、朝に攻められたら負けそうだな。

一度避難訓練をしておこうかな。

塔の攻略方法は俺とエリエゼル、フルベルドだけが知っていれば問題は無いが、脱出経路を教えておかないと少女達を此処《ここ》に置き去りにしてしまいそうだ。

まあ、今日来ている客の顔を見るとその心配はまだ先になりそうだが。

今日来ているのは、以前もこの店に来た兵士の集団である。

後は最初の客として来た二人の冒険者だ。他に客は来ていない。つまり、新規の客がいないのだ。

密かに広まっているという状態が続いてくれれば、俺がダンジョンを深くする時間が生まれるだろう。

全ての客が店からいなくなり、俺がそんなことを思っていると、ようやく居住スペースの方からフルベルドとレミーアが揃《そろ》って出て来た。

二人は俺たちの食事風景を見て何処か物欲しそうな顔をこちらに向ける。

「おはようございます、我が主よ」

「お、おはようございます」

二人に挨拶《あいさつ》をされ、俺は苦笑しながら口を開いた。

「ああ、おはよう……っていう時間じゃないけどな。二人はこれくらいの時間にしか起きられないのか？」

俺がそう尋ねると、フルベルドはあっさり首を左右に振った。

「いいえ、かなり前に起きていましたとも。ただ、どうやら外部の者が多くこちらへ来ていたようなので顔を出さずにおりました」

「ああ、そうか。その方が良いだろうな。レミーアもタムズ伯爵と一緒に歩いている所を見られているかもしれないし」

フルベルドの言葉に俺がそう同意すると、レミーアが難しい顔で頷いた。

「はい……私はボルフライの館からタムズ伯爵の館まで無理矢理連れて行かれています。馬車を使って移動したとはいえ、何人かには見られているかと……」

「なるほど。そういえば、客の話題の中でも特段奴隷については話されていなかったが……もしかしたら陰ではそういう線で調査も行っているかもしれないな」

俺はそこまで口にして、ふと、あるアイディアを閃《ひらめ》いた。

この店以上に怪しい場所を作ってしまえば良いのだ。

むしろ、もろにダンジョンという入り口を作れれば、そこに人は集まるだろう。

ダンジョンをどう繋《つな》げるか。

いや、まず入り口を何箇所も作れるのか。その辺りはしっかり考えてみないといけないが。

俺がそんなことを考えていると、レミーアが悲しそうな顔で少女達の食事風景を眺めていた。

「ああ、お前達も同じ食事で良いな?」

俺はそう言って二人の料理を用意すると、フルベルドとレミーアは破顔して席に座った。その様子を近くで見ていた金髪金眼の少女、ピッパが不思議そうに俺を見た。

「何度見ても、私の知る魔術とは根本から違うように思えます。いったいどういう原理の魔術なのでしょうか」

と、ピッパは俺を見上げてそう言った。

前回、物を創り出した際にピッパから向けられた視線はかなり猜疑心《さいぎしん》というか、様々な感情の入り混じったものだったが、今は純粋に疑問を感じて俺に尋ねているといった雰囲気だった。

こういった所にもエリエゼルの施した契約の影響が出ているのだろうか。

俺は首を捻《ひね》りながらピッパを見返した。

「俺だけの特別な技だな。ピッパは魔術が使えるのか？」

俺がそう聞くと、ピッパは残念そうに息を吐いた。

「そうですか……確かに、一子相伝の魔術なんてものもあるそうですからね。私はまだ見習いですので、大した魔術も使えませんが……」

「へぇ、そうなのか」

俺はピッパにそう返事をして他の少女を見回す。

「他にも魔術が使える者はいるのか？」

俺がそう尋ねると、三分の一程度の少女達が手を挙げていた。何故かフルベルドが一番自信有り気に挙手していたが。

手を挙げた少女達を一人一人眺めて、最後にエリエゼルを見る。

エリエゼルも自信有り気に挙手していた。

「意外と魔術を使える者は多いんだな」

俺がそう言うと、エリエゼルは手を降ろして頷《うなず》いた。

「この世界では大体四人に一人が魔術の素養を持っています。その中で魔術士として戦えるようになるのは十人に一人。一流と呼ばれる魔術士になれるのは千人に一人ほどでしょうか」

「ふぅん。一流の魔術士とかが仲間にいると助かるけどな」

俺がそう言うと、先程まで挙手していた少女達の何人かが反応を示した。

ピッパもその中の一人だ。

俺は口の端を上げてそれだけ確認すると、皆を眺めて口を開く。

「さて、今日は疲れただろうから、とりあえず皆は風呂《ふろ》に入って寝なさい。明日も頼むぞ」

俺がそう言うと皆は良い返事をしてまた食事を再開し始めた。

「エリエゼル。ちょっと話がある」

「私ですか？」

俺が名を呼ぶと、エリエゼルは首を傾げながらも立ち上がった。

「食器類は洗っておいてくれ」

俺は少女達にそう言い残し、エリエゼルを連れて居住スペースに移動した。

俺はエリエゼルと寝室まで移動すると、エリエゼルは何を勘違いしたのか訳知り顔で深く頷いていた。

「ご主人様ったら、もう……ちょっとお待ちくださいね？」

謎の微笑を湛えながら意味深な言葉を吐くエリエゼルを放置し、俺はさっさとダンジョン内に入る裏口を開く。本棚が両開き扉になった瞬間エリエゼルが目を剥《む》いたが、俺は気にせずに隠し通路に足を踏み入れた。

「な、何ですかコレ⁉」

「緊急避難用隠し通路だ」

混乱するエリエゼルに俺がそう告げると、エリエゼルは唖然《あぜん》とした顔で俺の後を付いてきた。

「あ、扉は閉めておいてくれ」

「は、はい……あ、閉めやすい」

エリエゼルのそんな声を聞き、俺は笑って先を進む。そして、エレベーターに辿《たど》り着《つ》いた時、エレベーターの中に乗り込んだ俺を見てエリエゼルは引き攣《つ》った笑みを浮かべた。

「……エレベーターですか。信じられませんね、本当に」

そんなことを言いつつエレベーターに乗り込んでくるエリエゼルを眺めつつ、俺は地下三階のボタンを押した。

まあ、今の所そこまでしか無いのだが。

地下大空洞に着いた俺達は湖の前に立ち、湖の底から聳《そび》え立《た》つ塔を眺めた。俺は塔の入り口と湖の水面を眺めながら、エリエゼルに対して口を開く。

「ダンジョンへの入り口は増やせるか？」

「え？　入り口ですか？　きちんと全ての場所に辿り着けるのなら作成可能ですが……」

「危険が増すか？」

俺がエリエゼルの台詞の先を読んでそう聞き返すと、エリエゼルは神妙な顔で頷いた。

「はい……入り口を増やすということはそれだけ多くの冒険者の侵入を許すことになります。ダンジョンマスターの中には複数の入り口を持ったダンジョンを作った方もいますが、大体そう言った方は冒険者に殺されてしまいましたね。複数の入り口があるダンジョンはやはり大型のダンジョンが多いので、冒険者側もかなり本腰を入れて攻略に乗り出してしまいますから」

「ああ、いや、今の所ダンジョンの入り口は俺達が営業している食堂だけだろう？　だから、分かりやすいダンジョンの入り口を作れば皆がそっちに目を向けるんじゃないかとな」

俺がそう言うと、エリエゼルは顎《あご》を引いて唸《うな》った。

「……そうですね。しかし、何処に入り口を作るのですか？」

俺が頭の中でダンジョンの繋げ方を考えていると、不思議そうな顔でエリエゼルが俺を見る。

俺はエリエゼルに笑みを向けて口を開いた。

「気付かないか？　今、王都で注目を集めるにはちょうど良い場所があるだろう？」

俺がそう言うと、エリエゼルは目を瞬かせて動きを止めた。

王都で流れる噂

ここ二日、とある事件が王都中を騒然とさせている。

王都内に居を構えるタムズ伯爵が自らの邸宅内で殺害された事件だ。

亡くなる前日、タムズ伯爵は夕食を食べる際に使用人と常駐する警備の兵にその姿を目撃されており、その後深夜まで自室にて休んでいた。だが、その深夜、タムズ伯爵の自室がある三階に階下の警備の兵が上がった時、既に事件は起きた後だった。

事件の目撃者である兵が三階に上がる前に、三階の窓の一枚が割れて一人の兵が地上に転落していたのだ。その音で異変に気が付いたもう一人の兵は慌てて地上まで向かい、途中の兵には同僚が転落したと伝えている。

兵が地上に降りて同僚の死体を確認している頃、三階の警備をしている者が二人不在となった事に気が付いた二階の兵が一人で三階へ上がったのだが、奥にあるタムズ伯爵の自室の扉が破損していたとのことである。

タムズ伯爵の自室に入ると、そこには悍《おぞ》ましい儀式を行った痕跡《こんせき》と、大量の血液や肉片があり、奥では頭部の無いタムズ伯爵らしき人物の死体が転がっていた。

これを目撃した兵は慌てて部屋を出ると、すぐに邸宅内の兵達へこの事を伝えている。

更に、隣に住むタムズ伯爵の息子であるボルフライ氏の邸宅がある敷地内でも警備の任に就いていた兵が一人死んでいる。

ボルフライ氏の邸宅では、何者かが侵入した痕跡も多く残されていたらしい。

果たして、この二つの事件の関連性はあるのだろうか。

ボルフライ氏の邸宅での事件はいつ起こったのか。正確な時間すら分からないが、どちらも同じ日の夜の間の出来事に間違いはない。その僅《わず》かな時間で隣接するとはいえ二つの貴族の館を襲撃し、誰にも見つからずにタムズ伯爵を含む数名を殺害した犯人が、まさか単独犯ではないだろう。

あの温厚で大人しいタムズ伯爵が何の儀式の犠牲となったのか。

この衝撃的な事件は文字通り王都中を駆け巡り、貴族や衛兵だけでなく一般民にまで広まった。

様々な憶測が飛び交っていく中、一人の少女が血相を変えて停車したばかりの馬車から飛び出す。

「ウィル！」

見事な赤い髪を揺らした十歳前後に見える少女は、周りの建物より一回り大きな商店の入り口でそう叫んだ。

すると、入り口付近にいた商人らしき若い青年が少女の姿を確認し慌てて商店の中へ戻って行く。

暫くして、腰に手を当てて苛立《いらだ》たしげに待つ少女の前に、栗色の髪の少年は姿を現した。

少年は、少女の黒いドレスを見て首を傾げる。

「やぁ、アルー。いつに無い御令嬢らしからぬ行動と、いつに無い御令嬢らしい見事なドレスが素敵だね？」

ウィルはそう言ってアルーのドレス姿を眺めた。すると、アルーは顔を赤くさせて顎《あご》を引く。

「へ、部屋着で来てしまっただけよ！」

アルーがそう怒鳴るとウィルは肩を竦《すく》めて笑った。

「そうだろうね。アルーらしくない服装だと思ったよ。ところで、今日はどうしたの？」

ウィルがアルーに一度頷《うなず》いてからそう尋ねると、アルーは自分の乗って来た馬車を指差した。

「乗って」

アルーの有無を言わさぬ目と態度に、ウィルは無言で頷いて商店を振り向き、商店の中からウィル達のやり取りを見ていた青年に片手を振ってから馬車へと向かった。全体的に黒い馬車で、壁の一部が焦げ茶色である。屋根には丸みがあり、金属で作られた装飾と紋章がある豪華な馬車だ。

ウィルが馬車に近付くと、馭者《ぎょしゃ》らしき男が馬車の戸を開けて片手を胸元に添えお辞儀をする。

「ありがとうございます」

ウィルはそう言って馭者に礼を言うと馬車に乗り込んだ。ウィルに続いてアルーが馬車に乗り込み、馭者が戸を閉めたのを確認して、アルーは仕切りを軽く叩《たた》く。すると、馬車は走り出し、何の動物か分からない柔らかく白い毛皮の座席の上で二人は顔を向き合わせた。

「それで？」

ウィルが一言そう尋ねると、アルーは眉間《みけん》に可愛らしい皺《しわ》を作ってウィルを睨《にら》むように見据える。

「タムズ伯爵の件……どこまで知ってる？」

アルーがそう聞くと、ウィルは僅かに表情を引き締めてアルーを見返した。

「どこまで？　アルーより多くの情報は無いと思うよ。むしろ、僕の方が詳しく教えて欲しいくらいだからね」

「いいから、知ってることを教えて」

ウィルの台詞の言葉尻《ことばじり》に噛《か》み付くように、アルーはウィルにそう言った。アルーのその態度を半ば予期していたのか、ウィルは肩を竦めて背凭《せもた》れに体重を預け、口を開いた。

「本当に大したことはないさ。事件の日の夜、伯爵様の自宅で伯爵様が殺された。目撃者は居ない。犯人らしき人物が伯爵様のお屋敷に入る時も、出る時も……そして、伯爵様の次男の……えっと、ボルフライ様か。ボルフライ様のお屋敷にも何者かが侵入した痕跡があった……くらいかな？」

ウィルがそう言うとアルーはしばらく考えるような素振りを見せ、視線を落として口を開いた。

「……ウィルは伯爵家内で起きた事件だと思ってる？」

アルーが呟《つぶや》くような小さな声でそう聞くと、ウィルは首を傾げて唸《うな》った。

「そう思ってたんだけど……その言い方だと違うみたいだね」

ウィルが確認するようにそう口にすると、アルーは浅く頷く。

「普通の人間には出来ないもの」

「普通の？　どういうこと？」

アルーの言葉にウィルは何処《どこ》か嬉《うれ》しそうに身を乗り出した。それを冷めた目で見たアルーは溜《た》め息《いき》混じりに口を開く。

「鋼鉄の扉が鍵ごと捻じ切られていたらしいわ。しかも、捻じ切れた扉には指のあとが残っていたって……素手で鋼鉄の扉を壊すなんて、最高ランクの冒険者でも無理よ」

アルーがそう言うと、ウィルは口の端を上げて視線を上に向けた。

「……と、いうことは……これは、もしかしたら、モンスターの仕業？」

ウィルがそんな推測を口にすると、アルーは舌打ちをしてウィルを睨む。

「安易にそんな予想を口にしないで。もしも王都に、それも貴族の館に突然モンスターが現れるなんて事態があったら、それがどういう意味か分かってるの？」

アルーがそう言うと、ウィルは眉根《まゆね》を寄せて怒りを表現した。

「分かってるよ。王都みたいな重要な都市は外からモンスターが侵入したら分かるように、たくさんの魔術士が結界を張ってるんだ。だから、その結界に触れることも無く外からモンスターが入るなんて出来ないとされている」

ウィルがそう言うと、アルーは呆《あき》れた顔を浮かべた。

「分かっていて良くそんなにお気楽に構えていられるわね。つまり……」

アルーがそう言いかけると、ウィルがアルーの台詞に被せるように口を開いた。

「つまり、モンスターは街中でヒトがモンスター化したか、召喚されたか……後は、街中にダンジョンが誕生してしまったのか」

ウィルの台詞に、アルーはグッと身体に力を込めて固まった。そして、俯《うつむ》きがちに口を開く。

「……じ、実は……事件の当日の昼間に、変な男の子に会ったのよ」

「男の子？」

唐突に告げられた、脈絡が無く思えるアルーの話の内容に、ウィルは首を傾げながらも相槌《あいづち》代わりの返事をした。

アルーはそれに頷くと、ウィルの顔を見て話の続きを口にする。

「……その男の子は、タムズ伯爵の館の場所を聞いてきたのよ」

「なっ⁉　それって……つまり……」

アルーの台詞にウィルは思わず走行中の馬車の中で立ち上がって声を荒げた。アルーはウィルの服の裾《すそ》を掴《つか》み、涙目でウィルの顔を見上げる。

「今思えば、人間離れした綺麗《きれい》な男の子だったのよ。まるで人形みたいに……！　どうしよう！　あの男の子は、私のことも知ってたのよ⁉」

喋《しゃべ》っている内に己の言葉に興奮状態になっていったのか、アルーは錯乱気味にウィルに恐怖を訴えた。その様子に、ウィルも椅子に座り直して唸る。

「アルーのことも知ってたって……そいつはいったい……」

「知らないわよ！　何にしても、タムズ伯爵を殺した犯人かもしれない子供が私の名前を知っていたってこと！　何で私の名前を知っているの？　何で人が沢山いる大通りの中で私に話しかけたの？　お、同じ伯爵家だから？　タムズ伯爵と同じように、私のことも殺すつもりなの？」

アルーはそう言って肩を震わせた。

完全に取り乱してしまったアルーの肩を軽く叩き、ウィルは安心させるようにアルーに優しく微笑みかける。

「大丈夫。王都を拠点にしている一流の冒険者に依頼を出そう。モンスター退治の専門家なんだから、すぐに見つけて殺してくれるさ」

ウィルがそう言うと、アルーは奥歯を噛み締《し》めて俯いた。

静かに、声を殺して泣くアルーの背中を片手で擦《さす》りながら、ウィルはもう片方の手で自分の顎を摘むように撫《な》でた。

◇　◆　◇

「……それで、そいつらは大丈夫なの？」

ウィルがそう尋ねると、暗い茶色のローブを着た小柄な男が何度も頷《うなず》く。

「へい。Ｂランクの冒険者達ではありますが、Ａランク相当の実力だそうで。ただ、普段の素行の悪さからＡランクに上がれない類の冒険者なので、直接は会わないほうが良いかと……」

小柄な男が恐る恐るそう告げると、ウィルが難しい顔をして頷いた。

「そうだね……とりあえず、犯人が見つかれば良いから、腕が良いならその人達に頼もう」

ウィルがそう言うと、小柄な男が小刻みに頷きながら声を出して笑う。

「へ、へっへっへ……そうですね、それがいいや。それじゃあ、あっしはその冒険者達に依頼を出してきますんで……」

小柄な男がそう言いながらウィルに会釈をし、その場から離れていく様を、ウィルは無表情に眺めていた。

第七章　アクメのダンジョン作り

「さぁ、囮《おとり》のダンジョン作りといくか」

そう呟《つぶや》き、俺は肩を回しながら歩く。偽のダンジョンの入り口作成という、我ながら素晴らしいアイディアが思いついたということもあり、俺はやる気満々である。

どうせなら、最終的に地底湖に落ちるイジメのような入り口を作ろう。

俺はそう決めてからさっさと通路を作った。ただ地下を掘り進め、フルベルドから聞いていた場所にダンジョンへの入り口を作る。本当はアリの巣のようにダンジョンを広げたかったのだが、その辺りは諦《あきら》めて罠《わな》だらけのアスレチック通路を作った。

古そうな石造りの通路。罠に関してははっきり言って攻略させる気がないような極悪っぷりだ。落とし穴、吊《つ》り天井《てんじょう》、壁から矢、床から槍《やり》などなど。

だが、エリエゼルからは不満が爆発した。

「普通です。これでは面白くありません。ご主人様のダンジョンならば、やはり、他には無い個性が欲しいですね」

「面白くないか……確かにな。なら、やはり毒ガスか何か……」

俺はそこまで呟いて、ふと一つのアイディアが思い浮かんだ。

「水槽とかどうだ？」

「はい？」

俺の抽象的な問い掛けに、エリエゼルは不思議そうに首を傾げた。

「鎧《よろい》を着ていようが、魔術士だろうが、皆がそこに入らないと先に進めない水槽だ。広くて長い水槽の中を進んで、出口を見つけられたら出られる」

「そうですねぇ……ただ水槽があるだけというのも……」

「時間が経つと水槽内の水温が上がるとか？」

「お笑い芸人が喜びそうですね」

「強アルカリ性の水は？」

「だんだん水槽が大変なことになりそうです……」

「エグい水棲《すいせい》生物を放つか？」

「それが無難でしょうね」

「水槽だからな。大きなサメみたいな生物は厳しいよな、多分……あ、小さい生物なら良いんじゃないか？」

「小さい？」

俺が最後に言った案に、エリエゼルはそう聞き返してきた。

俺はエリエゼルを振り返り、首肯する。

「テレビで殺人アメーバとか体内に侵入してくるヒルとか見たことがある気がするけど、あんなモンスターは用意出来るか？」

俺がそう言うと、エリエゼルは顔を輝かせて両手を合わせた。

「殺人アメーバ！　素敵ですね！　体内に侵入して身体の中から内臓を溶かすスライムとか、身体中の穴という穴から侵入するワームとか……！　素晴らしいアイディアです！」

エリエゼルは陶酔したようにそう叫ぶと、ほんのり頬を染めて遠くを見つめる。思った以上にエグい罠になりそうだが、これなら生半可なことでは突破出来ない筈《はず》だ。

俺はそう考えて実際に水槽を創り出した。

水槽と言っても、深さがかなりある五十メートルプール程度の大きさである。高低差をつけて通路を水没させるように作った為、誰もが一度水槽内に入らないと先には進めない。空を飛ぶという選択肢を潰《つぶ》す為だ。中に入っているスライムは放っておいたら増殖するコスト高めのものにした。召喚の際に使う魔素はそこまででも無かったが、スライムの割には高い方らしい。

体内侵入型殺人スライム水槽と名付けよう。

このスライム水槽を越えると、数メートル先にまた水槽があり、こちらの水槽には上から見るだけではっきりと分かる程の大き目のミミズサイズのワームが泳いでいる。

ミミズプールと名付けよう。

正確にはスパルガヌムワームというらしいが。こちらも魔素はあまり使わなかった。はっきり言って、俺はこの通路に関しては様子を見に来ることも無いと思う。

大いに気持ちが悪いからだ。

こんなダンジョン誰が攻略するものか、と俺は思うのだが、そうはいかないのだろう。王都の中にダンジョンが出来たとすると、恐らく国が多少力を入れて攻略に乗り出す筈である。

つまり、兵士や冒険者などがダンジョン攻略を申しつけられるに違いない。

可哀想に……殆《ほとん》ど攻略不可能だろう。

それに、通路を抜け切った後で地下大空洞に辿《たど》り着《つ》くのだが、地下一階分の浅い層から一気に地底湖の中心へと落ちることになる。

「あ、そうだ。地底湖にも水棲のモンスターを放さないとな」

俺がそう言ってエリエゼルを振り向くと、エリエゼルは満足げに頷《うなず》いた。

そうと決まればと通路を戻り、地底湖の真上で立ち止まった。この先には落とし穴があり、落ちれば地底湖だ。

普通ならば落ちるしか無いのだが、俺にはダンジョンマスターの力がある。

一時的な階段など簡単に作れるのだ。気分は雪の女王である。

そのまま地底湖の前まで降りた俺達は、二人で向かい合わせになる形で座った。

例のモンスター図鑑を広げ、エリエゼルは目的のページを開く。開かれたページには、頭が沢山ある凶悪な顔つきの龍の姿があった。

「ヒュドラ。神話にも登場する九つの頭を持つ水龍です。ヘラクレスに退治された後は海蛇座になっているので、実際にはウミヘビ系のモンスターかもしれませんね。毒のブレスも吐けます」

そう説明して、エリエゼルは更に別のページを開く。毒のブレスの扱いが雑過ぎる気がしたが気のせいだろうか。

エリエゼルのページを捲《めく》る手が止まると、今度は足が沢山あるイカの化け物の絵が現れた。

「クラーケン。表面には吸盤以外にも硬い鱗《うろこ》や爪などもある巨大なイカのようなモンスターですね。足先まで入れると、なんと全長は二千五百メートル！　この地底湖だったら問題無く飼える大きさですよね？」

そう言って、エリエゼルは輝くような目を俺に向けた。

犬猫を飼うみたいに言うな。だいたい、これからまだ地底湖には塔を増やしたかったのに、クラーケンなんか飼ってしまったら塔を建てる度に気を遣わないといけないじゃないか。

「他には？」

俺がそう尋ねると、エリエゼルは頬を膨らませてページを捲り始めた。

「赤鱏は……同じ理由でダメですね。ニーズヘッグは論外として……ケートスもバハムートもダメ……ラミア、ケルピーとかは小さいし。シーサーペントか、サンダーイールとかなら大丈夫でしょうか？」

「サンダーイールってなんだ？」

俺はエリエゼルの独り言の中から気になる単語を拾って復唱した。

すると、エリエゼルがページを捲り、青い蛇みたいな生物の絵が載っているページを俺に見せた。

竜と蛇の合いの子のような姿だが、魚に似たヒレもある。

「サンダーイール。鱗やヒレがあるウミヘビ型のモンスターですね。ただ、名前の由来である電気ウナギと同じく、自ら電気を発することが出来ます。電気を発する方法は二種類。身体の周りに帯電する方法と、水面から顔を出して雷のブレスを吐く方法です。大きさは色々ですが、通常は五メートルほどでしょうか。大きさに比例して強くなります」

「お、良いじゃないか。これなら上から繁殖し過ぎたスライムやワームが落ちてきたとしても大丈夫かな？」

「……落とし穴が作動するほど繁殖するのは恐ろしいですが、サンダーイールならば確かに撃退出来るかもしれませんね」

「よし、決定」

エリエゼルの説明を聞いた俺はモンスター図鑑の絵をしっかり確認し、地底湖に向かって目を瞑《つぶ》った。

ウミヘビ型ということを考慮して、骨からイメージを固める。鱗は硬く触り心地は滑らかだ。ヒレは鋭く、巨大な剣のように触れたものを切り裂く。

電気は確か、筋肉細胞によって発生していた筈だ。つまり大きければその分威力が増していく。

直列回路みたいだな。

俺のイメージがあっているかは分からないが、強靭《きょうじん》で強大なモンスターの姿はイメージ出来た。

魔素をその形に出来るだけ凝縮して形作っていく。

目を開けてみると、既にエリエゼルは魔法陣を描いていたらしく青い炎と共に、地底湖の中から青白い霧が立ち昇っていた。

形は徐々に細部まで明確になっていき、その大きさも明らかになっていく。

「ふわっ⁉」

エリエゼルの驚く声が地底湖に響き渡る。

目の前には、地底湖の方を見て固まるエリエゼルと、水面から顔を出して大人しくこちらを見るサンダーイールの姿があった。

水面から出ているのは顔だけなのだが、それでも驚く程巨大である。召喚した俺の方が怖くなるほどの迫力だが、果たしてどれほどの強さなのか。

俺がそんなことを思っていると、エリエゼルがこちらを見た。

「あ、あの……これはサンダーイールですか？　水龍の一種？」

「いや、大きめのサンダーイールだ。体長は五十メートル。塔の周囲に隠れることも出来るお手頃サイズだ。ちなみに、全部で十体いるぞ」

俺がそう口にすると、水面にはサンダーイールの顔が次々に現れた。十体のサンダーイールから見つめられ、エリエゼルは唖然《あぜん》とした顔でまた固まった。

やはりこの迫力に声も出ないか。俺としてもこれ以上は近付きたくないからな。

俺がそんなことを思っていると、エリエゼルは頬を赤く染めて吐息を漏らした。

「か……可愛い……」

エリエゼルは一言呟《つぶや》くとウットリと首を傾げるサンダーイール達を眺めていた。

……エリエゼルさん、今、何と言いました？

◇◆◇

変死したタムズ伯爵の邸宅がある敷地内にダンジョンらしき地下への入り口が発見された。

この事件は、昼間の見回りをしていた伯爵家に仕える警備の者から漏れた噂で発覚したという。

タムズ伯爵の変死は、謎の儀式の跡や、行方どころか犯人の姿形さえ定かでは無いということも含め、王都では大変な騒ぎになっていた。

同じ貴族が事件に巻き込まれたとして、タムズ伯爵家縁の者達以外でも警戒心を強める貴族が現れる中、一般市民や他の地から流れてきた行商人、冒険者達の間では一種のお祭り騒ぎといった様子で噂が拡がっていった。

温厚で知られるタムズ伯爵の謎の死。

恨みを買っていたのか。謎の儀式によって殺されたのか。それとも、裏ではタムズ伯爵自ら謎の儀式を行っていたのか。

そして、犯人は誰で、いったい何処《どこ》へ消えたのか。

夜間の僅《わず》かな時間。警備の厳重な貴族の邸宅内での凶行。どんな凄腕《すごうで》の魔術士ならばそんなことが可能か？

いや、誰であっても目撃者一人現れないのはおかしい。

Sランクの冒険者ならば可能か？

何故、富と名声を得た筈のSランク冒険者がそんなことをするというのか。

それに、現在王都にいるSランク冒険者は依頼で全員が街の外へ出ているではないか。

様々な噂が巻き起こる中、降って湧いた新たなる情報。

それがタムズ伯爵の敷地内に突然現れたダンジョンの話だ。これほど衝撃的な話は中々無いだろう。世間では、タムズ伯爵が謎の儀式を用いてダンジョンを生み出したとさえ言われている始末である。

国王陛下も、それまで犯人探しの為に王都内を隈《くま》なく調べ回っていた衛兵の半数をタムズ伯爵の敷地内に向けて動かした。

調査の結果は黒。

タムズ伯爵の敷地内にある木々が生い茂る庭の中には、まるで洞穴のような入り口が忽然《こつぜん》と姿を現していたのだ。

これは、大半のダンジョンに見られる形と一致する。

ただ、人一人か二人分程度しか同時に入れない程の入り口の狭さからすると、ダンジョンの深度は浅いものと推測される。

伯爵家の兵に聞けど、ダンジョンがいつ現れたのかは不明。

その為、ダンジョン内部を知る者も居ない。

現在はまだモンスターの姿は無く、もしもタムズ伯爵の変死に関わる犯人がモンスターなのだとしたら、今はこのダンジョンの奥深くに逃げ込んでいるものと思われる。

Bランク冒険者パーティー『烏の群れ』

「ふん。どう見ても大したダンジョンじゃねぇな」

そんなことを言いながら、黒いボサボサの髪の大男が皺《しわ》のついた羊皮紙を片手に顔を顰《しか》めた。その隣では緑色の髪の細い男が口元を歪《ゆが》めて笑う。

「いいじゃないか。まだ誰も入っていないダンジョンだろ？　もしかしたらお宝も手に入るぜ？」

「そりゃそうだな」

笑いながら、二人がそんな話をしていると、二人の後ろから咳払《せきばら》いが聞こえてきた。

「どうでも良いけど、さっさと入んな」

「そうそう。こんなクソみたいな仕事はさっさと終わらせるよ」

二人の後ろでは、目の落《お》ち窪《くぼ》んだ金髪の女と、短い青髪の若い男が苛立《いらだ》たしげに立っていた。

ややもすれば骸骨《がいこつ》にも見えそうなほど不健康に痩《や》せた金髪の女は、灰色の革の服を指で撫《な》でながら溜《た》め息《いき》を吐《つ》いた。

「何処《どこ》の貴族様か知らないけど、結局ジジィが死んで怖くなっただけだろ？　適当にモンスター何体か殺して持って帰れば良いんだよ。そうすりゃ仕事は終わりだ」

「そうそう。早く終われば、場合によってはそれで貴族と顔を繋《つな》げれるかもしれないしね」

女の台詞に青髪の男が同意するようにそう言うと、ダンジョンの入り口に立つ男達は面倒くさそうに肩を竦《すく》めた。

「せいぜい奴隷商人とくらいしか繋がりなんざ無いからなぁ。また獣人の村でも襲えたら良い金になるんだがな」

「そんな簡単に丁度良い集落なんざあるかよ。あの時は運が良かっただけだ」

「手やら目玉やら取れちまったから値が下がったのが惜しかったな」

「煩いね。さっさと行くよ」

「分かったっての……まぁ、今は兵士達がいないが、またすぐに兵士が帰って来るだろうしな。さっさとやっちまうか」

黒い髪の男はそう言うと、ダンジョンの入り口に向き直って深い溜め息を吐いた。

「……それにしても、この立て札ぁ、どんな意図で置いたんだろうな」

「知るかよ。悪戯《いたずら》じゃねぇの？」

「誰がダンジョンの入り口に悪戯すんだよ。まぁ、考えても仕方ねぇか」

男達はそんなやり取りをして、ダンジョンへと足を踏み入れていった。

ダンジョンの入り口には、四角い板に角材を付けたような簡易的な看板が立っており、その看板には、『このダンジョンは無害であり、放って置けば何も起きない。ただし、侵入する者には死が訪れるだろう』と、書かれていた。


今日も一日の店の営業を終えた。

最近は料理を出して客の反応を見るのが楽しくて中々充実した毎日を送れている気がする。

ダンジョンマスターとしてはおかしなことになっている気がするが……。

仕上げの掃除をしている少女達がまだ数人残っている食堂に戻り、俺とエリエゼルはコーヒーを片手に一休憩していた。

「さて、そろそろもう一つのお仕事に行くか」

「本業ですね。それでは、彼女達は私が見ておきましょう」

エリエゼルはそう言って少女達を眺め、椅子から立ち上がった。

エリエゼルが少女達を集める中、俺は居住スペースへと足を向ける。要望があったので、少女達の高級カプセルホテル風個室の奥にトイレを設置した。洋式トイレが十も並ぶ高速道路のサービスエリアのような大型のものだ。ダンジョンもそうだが、居住スペースもかなり広くなってきたな。

俺がそんなことを思いながら自室に向かうと、寝惚《ねぼ》け眼を擦る半裸の美女、レミーアが歩いてきた。なんだ、あのエロい格好は。

「あ、アクマ様」

「誰がや」

寝惚けた様子のレミーアにシンプルに名前を間違えられ、俺は眉根《まゆね》を寄せてレミーアを見る。白い大きめのシャツを着て、下には黒いパンツだけを穿《は》いたレミーアは完全に痴女である。

けしからんのでしっかりと見ておこう。

俺がそんなことを真剣に考えていると、その後方からゆったりとした足取りでフルベルドが姿を現した。

「おはようございます、我が主……どちらへ向かわれるのですかな？」

「ああ、おはよう……いや、こんばんはが正解か。下に行って来るぞ」

俺がフルベルドにそう言うと、フルベルドは大きく頷《うなず》いてレミーアの肩を叩《たた》いた。

「それでしたら、我々二人もお連れいただけると有難い。我々も闇に生きる身の上です。地の底には詳しくありたいと思います」

「え？　地の底？」

フルベルドの言葉に、レミーアはようやく目を覚ましたらしく、フルベルドの口にした不穏な言葉に眉《まゆ》を寄せた。まあ、確かにヴァンパイアになったならレミーアもこちら側か。

少女達にはもう少ししてから知らせるとしよう。

俺はフルベルドの台詞にそう納得すると、レミーアを見て口を開いた。

「よし、付いて来い」

俺がそう言うと、フルベルドは頷き、レミーアは慌てて口を開いた。

「は、はい！　で、何処に行くんですか？」

レミーアの不思議そうな顔に俺は笑みを返し、答えた。

「ダンジョンだ」

俺がそう言うと、レミーアは眼球が飛び出しそうなほど目を丸くしていた。

俺自ら二人を案内してエレベーターを使い地下大空洞に降り立ち、レミーアは唯々《ただただ》唖然《あぜん》とした表情を浮かべて突っ立っていた。

「こっちだぞ」

「へぁ⁉　は、はい！」

俺は立ち尽くすレミーアに声を掛けて地底湖の前まで向かう。すると、まるで鯉が餌を求めるように水面にサンダーイールが集まってきた。何度見ても恐ろしいほどの迫力である。透明度の高い水のお陰で、深い湖の底の方まで身体が伸びており、余計に巨大さが目立つのが更に恐怖心を煽《あお》る。

「な、なな、ななななな……⁉」

レミーアもサンダーイールの迫力に目を剥《む》いて驚いている。フルベルドは俺の隣に歩いてくると、顎《あご》を指で撫でながらサンダーイール達を眺めた。

「ほう。ペットですかな？　中々素晴らしい趣味をお持ちで……」

サンダーイールをそう評価し、フルベルドは口の端を上げる。

「おお。流石はフルベルド。フルベルドクラスになると怖くないんだな。こいつらの餌はどうしたら良いと思う？」

「そうですな……このくらいのサイズならオークなどが丁度良い餌になるでしょうが、毎回オークを餌の為に捨てるのも……おや？」

俺とフルベルドがそんな心温まる会話をしていると、地下大空洞の天井部分から何かが降ってくるのが見えた。

足や半分に切れた胴体、肩と頭だけの部分など、バラバラになったモンスターである。

バラバラになったオークらしきモンスターが湖面に近付くと、いつの間に移動したのか、サンダーイール達がこぞって顔を水面から出し、落ちてきた肉片に食らいついた。

サンダーイールの図体から見ると俺がチョコボールを食べるようなものだろうが、とりあえず食事にはありつけているようである。何にしろ、美しい地底湖との対比もあり、大変エグい光景だ。

「自動餌撒《ま》き装置、ですか？　どのような仕組みなのでしょうか」

フルベルドにそう聞かれ、俺は鷹揚《おうよう》に頷いて薄っすら光る地下大空洞の天井部分を見上げた。

「あの向こうにはもう一つの出入り口に通じる通路がある。その通路にある落とし穴は行きは作動しないが、帰ろうとすると作動する。穴の中には鋭い刃が幾つか生えていて、穴に落ちた段階で必ず死亡、もしくは重傷を負うように出来ていてな。最後は滑り台のように地底湖の中心に撒かれるように造ったんだよ」

俺がそう説明すると、フルベルドは感嘆の声を上げて楽しそうに笑った。

いや、自動餌撒き装置はエリエゼルのアイディアであり、俺としてはドン引きの罠《わな》なのだが。

「ちなみに今のは試しにオークを出して見たんだ。ダンジョンの出入り口には侵入禁止の看板を置いてるから、まだ誰も来ないだろうしな」

「ほう。頑丈なオークでもあれだけ見事に切断出来るなら人間など細切れでしょうな」

そして、俺たちの会話を後ろで聞いていたレミーアは顔色を悪くしたまま、地下大空洞の天井部分を見上げて口を開いた。

「……こ、これがダンジョン……？　ま、待ってください。なら、アクマ様は、だ、ダンジョンマスター、ということでしょうか？」

レミーアは恐る恐る、視線を天井から俺に移し、そう尋ねた。

俺は肩を竦めて鼻を鳴らし、レミーアを見返す。

「不服だがな。仕事の説明もされずダンジョンマスターにされたよ」

俺がそう告げると、レミーアは眉根を寄せて唇を震わせた。

「……ど、どういうことですか。ダンジョンマスターは、誕生したその日からダンジョンマスターなのでは……」

レミーアは怯《おび》えの色を顔に残したまま、されどしっかりと俺を見上げてそう呟《つぶや》いた。俺はそんなレミーアの言葉に首を軽く左右に振ると、溜め息混じりに口を開く。

「俺は違うな。此処《ここ》で言うと、商人みたいな仕事をしていたぞ。そして、変な契約を結んだせいでダンジョンマスターになった……本当、契約はしっかり考えてしないとな」

俺が染み染みとそう口にして苦笑すると、レミーアは俺の言葉に愕然《がくぜん》とした顔となっていた。

「だ、ダンジョンマスターは……元は普通の人間……？」

レミーアの洩《も》らした言葉に、俺は首を傾げてレミーアを見た。

「ダンジョンマスターはどういう存在だと思っていたんだ？」

俺がそう聞くと、レミーアはびくりと肩を跳ねさせて固まった。そして、上目遣いに俺の機嫌を窺《うかが》いながら答える。

「……わ、私は常識的なことしか知りませんが……ダンジョンマスターは今まで全て魔族であったことから、魔族の中で魔王の候補となる存在がダンジョンマスターとなっていると思われています」

「魔王の候補？」

俺はレミーアに身体の正面を向けて腕を組み、そう聞き返した。

レミーアは顔を強張らせ、頷く。

「はい……昔、ダンジョンからモンスターを氾濫《はんらん》させて近隣の街を壊滅に追い込んだダンジョンマスターが魔王と称されました。そのダンジョンマスターのダンジョンは攻略に十年もの年月が掛かったそうです……」

「……それでも十年程度で？　じゃあ、普通のダンジョンは何年で攻略されるんだ？」

俺が嫌な予感と共にそう質問すると、レミーアは言いづらそうに視線を下げ、口を開いた。

「……に、二、三年程で攻略は……」

「ダンジョンマスターは？」

「そ、その場で殺されて死体が王城へ運び込まれます……」

問答無用かよ。

俺は頭を抱えたくなるような気持ちになりながらレミーアの話を聞き、更にこれまでのダンジョンマスターについて尋ねる。

結果、分かったことは絶望的ということだった。

ダンジョンは魔王になるかもしれない魔族が作り、時には外にまでモンスターを溢《あふ》れさせたりする。しかし、ダンジョンマスターが居なくなったダンジョンは、罠はそのままだがモンスターも現れず無害に出来る。

そして、ダンジョンには様々なモンスターが現れるが、外のモンスターと違い稀少《きしょう》なアイテムを持つものもいるというメリットもある。

更に、ダンジョンマスターは殆《ほとん》どの場合、国宝級の武器や防具などを持ち、その装備を売れば一生金に困る事は無いと言われる程の宝物を得ることが出来る。

つまり、ダンジョンが近隣に出現した場合、危険は伴うが攻略さえ出来るならばむしろ良い事尽くめということだ。

何しろ、そこには稀少なアイテムや国宝が眠るのだから。

「……これまでで攻略されていないダンジョンはあるのか？」

俺が最後にそう尋ねると、レミーアは静かに首を左右に振った。

「……近年発見されたダンジョン以外は、全て攻略済みという話です」

レミーアにそう言われて俺が肩を落とすと、フルベルドが肩を揺すって笑いだした。

「ならば、我が主が最初の攻略出来ないダンジョンのマスターとなるわけですか……面白い！　この地底湖は私には不利な階層となりますが、それもまた面白い。無謀にも我が主に挑む輩は全て私が打ち砕いてみせましょう！」

そう言って、フルベルドは豪快に笑った。

まあ、そうだな。攻略されない最初のダンジョンを作れば良いのだ。

ただ、素直で純朴な俺にそんなダンジョンを作れるのかが微妙な所だが……。

む……今誰かに驚かれた気がする。気のせいだろうか。

「まあ、いいや。とりあえずダンジョン作ろ」

俺はそう呟くと、目を瞑《つぶ》って地底湖の縁に手をついた。

バシャバシャとサンダーイール達が顔を出す気配を感じるが、あんまりサンダーイール達が水の中ではしゃいでいるとダンジョンを構築し辛い。

ええい、お前ら動くんじゃない。間違えたら出来立ての塔に打ち上げられるぞ。

俺はそんなことを思いながら、既に出来ている塔の奥に新たなる塔を作った。前回の塔に対して二個目の塔は外観は同じだが、中身は別物である。一個目の塔の最下層と最上階から二個目の塔に行けるように通路を作っているが、まだ二個目の塔の上半分がない為最上階からの通路は無い。

ちなみに、今回も余った魔素はそのまま貯蓄している。

感覚的には四日も貯めれば丸々一日分の余剰魔素となるだろう。

つまり、四日毎に新しい部下を召喚出来るのだ。

次の部下召喚は明日の予定である。

俺が社長。エリエゼルが副社長。フルベルドが部長。平社員に元奴隷の少女達。

「……アクメ株式会社。いや、アクメコーポレーション……」

俺がそんなことをブツブツと呟いていると、レミーアが俺を見て首を傾げる気配を感じた。

「……そういえば、レミーアはどうなるんだ？　フルベルドの部下だから……いや、秘書？」

社長の俺に秘書がいないのに部長のフルベルドには秘書がいる。それは許されることではない。

しかも、半裸でぶらぶら付いてくる痴女い秘書だ。痴書という役職を与えても良い。

「ふむ……レミーアは私の眷属《けんぞく》ではありますが、我が主の部下でもあります。どうぞ、お好きなように……」

「ほう？」

フルベルドにそう言われ、俺はレミーアを見た。すると、レミーアはびくりと身体を硬直させて俺を見上げる。

どうでも良いが、びくりとするだけで揺れる胸はけしからんと思う。

これが地下町《ダンジョン》ロケットか。

「しかし、秘書は別に必要ないからな……課長か？　いや、流石《さすが》にそれは……よし、係長にするか」

「え、えっと……な、何の話を……？」

俺がレミーアを眺めながら独り言を呟いていると、レミーアは強張った顔で小首を傾げた。

「うん。これからはレミーアの役職は係長だ。担当はサンダーイールの世話役」

「……え？　さ、サンダーイールって……あの、そこの湖にいるドラゴンみたいな……」

俺が早速仕事を割り振ると、引き攣《つ》った顔で俺に確認をとってくるレミーア。

うむ。報告・連絡・相談だな。まだまだ責任をとれる立場では無いのだから上司にどんどん相談した方が良い。

俺は笑顔でレミーアに頷いてみせた。

「うん、そうだよ」

「む、むむ、無理です！　私が食べられちゃいますよ⁉」

なんと、レミーア係長は与えられた最初の仕事を放棄した！

恐ろしい。このアクメ社長直々の指令を一蹴《いっしゅう》するとは。

まあ、俺が新入社員で入った時も最近の若い者は……と散々嘆かれたし、歳がだいぶ上の連中は毎年新人が入る度に苦言を呈するのだ。多分、いつの時代も最近の若い者はと言ってきたのだろう。

むしろ、俺は若い者から老害と言われないように気をつけよう。

俺はそう思いなおすと、サンダーイールに怯えるレミーアを見た。

あんなに大迫力で格好良いのに、なんで怖いのだろうか。いや、俺は勿論《もちろん》常識人だから怖いが、レミーアはヴァンパイアである。フルベルドも良い趣味と言っていたし、要は慣れの問題だろう。

俺はそう思い、レミーアを見て口を開いた。

「大丈夫。優秀な君なら出来る。ほら、良く見てごらん。あの可愛いサンダーイールちゃん達を……あんなに可愛いサンダーイールちゃん達が、君に危害を加えると思うかい？」

「……さっき、バラバラになった死体を貪《むさぼ》り食ってましたが……」

俺が優しく諭してみたものの、レミーアは泣きそうな顔のまま否定的な意見を出してきた。むぅ。可愛いから大丈夫というのは通じないのか。

俺はフルベルドを見て口を開いた。

「とりあえず、サンダーイールには餌を用意するから、二人で餌を与えて仲良くなってみてくれ」

「分かりました」

俺の曖昧《あいまい》な指示にもフルベルドは即答で了承した。まさに部下の鑑《かがみ》。そして曖昧な指示しか出せない俺はダメ上司……いや、違う。恐らく敢えて曖昧な指示だけをして部下のスキルアップを目論んでいるに違いない。なんて恐ろしいまでの遠謀深慮か。流石はアクメ社長。

俺が自画自賛していると、フルベルドがふと、思い出したように俺を見て口を開いた。

「そういえば、新たなるダンジョンの入り口をお作りになったとか……どちらにお作りに？」

フルベルドにそう尋ねられ、俺は口の端を上げて頷《うなず》く。

「王都で最も注目されていながら、ダンジョンの入り口が発見されても違和感が生まれない場所……タムズ伯爵家の敷地の中だ」

俺がそう答えると、フルベルドとレミーアは目を瞬かせて動きを止めた。

少しして、フルベルドが息を漏らすように声を出して笑い出す。

「……ふ、ふふ……なるほど。それならば、ダンジョンが出来たせいでタムズ伯爵が死んだという噂が流れるでしょうし、ダンジョン自体もタムズ伯爵の謎の儀式によるものという推測が立つかもしれませんね」

「だろ？　濡《ぬ》れ衣《ぎぬ》だけでなく、全ての責任もタムズ伯爵家にとってもらうとしようか」

俺がそう言って笑うと、フルベルドも喉《のど》を鳴らすように笑い出した。

そんな俺とフルベルドを見て、レミーアが頬を引き攣らせて口を開く。

「……や、やっぱりダンジョンマスターは魔王だったのね……恐ろしい……」

第八章　ダンジョンの噂

「聞いたか、ダンジョンの話」

「ああ、亡くなったタムズ伯爵家の敷地内で発見されたやつか？」

そんな会話が聞こえ、俺は厨房《ちゅうぼう》から耳を澄ませた。

夕方、食堂には先日調査で来た二人の衛兵と、四人の冒険者が食事をしていた。

正確にはまだ食事は冒険者達にしか提供していないので、衛兵達は現在注文した料理が来るのを待っている状態だが。

「これ持って行ってくれ」

「はい」

俺が注文されていた生ビールをシェリルに手渡し、シェリルはすぐに衛兵達の下へそれを運んだ。

さあ、酒を飲め。

酒精が身体を巡れば口も滑らかに動くに違いない。

俺はそんなことを思いながら二人の様子を眺める。二人は運ばれて来た生ビールの入ったジョッキを軽く掲げ、同時に口に運んだ。

「……ぁあっ！　美味い！」

「これを呑《の》むとエールが水みたいに感じるな……」

二人は口の周りに白い泡を付けてそんなことを言い合う中、声を出して笑った。

「他の酒も気になるな」

と、酒を飲ませたせいで、そこから二人の会話は酒一色になってしまった。俺は予定外の事態に眉間《みけん》に皺《しわ》を寄せて注文された料理を創る。

結局、二人が噂話を再開したのは料理を食べ終わってからだった。

どうやら、王都内の兵達の間ではタムズ伯爵の敷地に出来たダンジョンがかなりの噂になっているらしく、内容も事細かに口にされていた。

ダンジョンは洞穴のような形だが、内部はどうやら違うらしい。若いダンジョンならばと王国の兵士を派遣して攻略しようとしてみたが、あまりの罠《わな》の多さに断念し、腕の良い冒険者を招集する見通しとのことだ。

ちなみに、今は兵士が交代でダンジョンの入り口を監視し、モンスターの氾濫《はんらん》に備えているとのことである。

腕の良い冒険者のくだりを聞いた時はゾッとしたが、他の冒険者の噂によるとトップクラスの冒険者とやらは大概が依頼の為に街から離れているという話だ。

何たる好都合。

心配していた魔術士だが、生活を豊かにする程度の魔術を使える者は多いが、モンスターを倒せるような殺傷力を持った魔術を使える者は案外少ないという。つまり、一流の冒険者か、国や貴族お抱えの魔術士などでようやく戦える魔術士と言えるレベルである。ちなみに、エルフは弓使いか魔術士が多いらしく、他の種族に比べると魔術士の割合が多いとのこと。

今の内にダンジョンを更に深くして置かないとな。

と、そんなノリで塔を作り続けて四日。

気が付けば地底湖には巨大な塔が三つ。

塔と塔の間には連絡通路が最上階か最下層、そして水面の上の三箇所に作ってみた。

この中のどれか一つのルートが正解である。

このまま塔を増やしていけば、一ヶ月もするとこの地下大空洞は一応の完成となるだろう。

ダンジョンマスターとしては中々の構築ペースではないだろうか。

食堂でも今のところ平穏な生活が送れており、今日も夜遅くまで多くの客で賑《にぎ》わっていた。

俺がそう考えて一人頷《うなず》いていると、軽やかな鈴の音が鳴った。誰かが外からやってきたのだ。

俺は一時思考を中断して食堂の入り口に目を向けた。

そこには、随分と物々しい格好の兵士らしき者が数人立っていた。既に食事をしている兵士の面々との違いは唯一つ、武装しているかしていないかである。

夜も遅くなっていた為、食堂にはまだ客は残っているが、まばらである。

そんな多少静かな店内に、物々しい音を立てながら兵士達が踏み込んでくる。

俺は盾を手にした兵士達を眺め、背中に冷たい汗が流れるのを感じた。

武装した兵士達が店内を見回す中、食堂で食事を堪能していた客達は怪訝《けげん》な顔つきを浮かべて場違いな来訪者達を眺める。

◇　◆　◇

皆から視線を受ける中、兵士の一人は近くの男の顔を見て目を丸くした。

「……タイジ、何してんだ。お前」

「いや、こっちの台詞だ。モンド、お前こそ何だその格好は」

どうやら顔見知りらしい二人がそんな会話をしていると、武装した兵士の一人が二人の下へ歩み寄る。

「おい、モンド。知り合いか？」

そう聞かれ、モンドと呼ばれた兵士は首を傾げた。

「あ、はい。村から一緒に王都に来た幼馴染《おさななじみ》です。こいつが居るなら、ここは別に……」

「馬鹿、それはお前が決めることじゃないぞ」

モンドの言葉に、上官らしいわし鼻の兵士は目を吊《つ》り上《あ》げて怒った。モンドはそれに身を竦《すく》めると、背筋を伸ばして返事をする。

俺はそんなやり取りを眺めて、慌ててエリエゼルの方向に顔を向けた。エリエゼルも三人の兵の様子を注意深く見ているようだったが、俺の視線に気が付き、頷いた。

俺が合図を送るまでも無く、エリエゼルはピアノの鍵盤《けんばん》に指を乗せる。

その気配を敏感に察したらしい周囲の客も、物々しい兵士から演奏前の緊張感を持ったエリエゼルに視線を戻していった。

「おい！　何をしている！」

一人の兵士が食堂の雰囲気の変化に慌てて声を荒げる。

その大声に、客として来ていた何人かが苛立《いらだ》ちも露わにその兵士へ顔を向けた。

「黙ってろ、バカ！」

先程タイジと呼ばれていた男が険しい表情でそう怒鳴ると、大声を出した兵士は一瞬文句を言い返そうとしたが、タイジ以外の客達からも恐ろしい形相を向けられていることに気が付いて、たじろいだ。

「な、なんなんだ一体……」

その異様な空気に上官らしき兵士も戸惑いを見せてそう呟《つぶや》く。

一瞬の間が空いた。皆が口を開くタイミングを逃したような静かな時間だ。

そして、エリエゼルの指が鍵盤を押す。流れるような、それでいて弾むような旋律。美しいが何《ど》処《こ》か可愛らしいその曲は、誰もが聞いたことのあるだろう、ショパンの名曲、子犬のワルツだ。

その曲が流れた途端、食堂はピアノの音しか響かない不思議な空間となった。

まるで、誰もいない部屋にエリエゼルが一人だけでピアノを弾いているような、そんな世界が構築されていく。

皆が息を呑んでピアノの旋律に意識を傾ける中、俺はそっと良く冷えた日本酒を出した。

素晴らしい生演奏を聴きながら、酒を呑む。

至福の時だ。

なにせ、何かを調べに来た筈《はず》の兵士達ですら茫然自失《ぼうぜんじしつ》の姿を晒《さら》しているのだ。

俺は日本酒の入ったお猪口《ちょこ》をそっと口に運び、唇を湿らせるように少しだけ口に含むと、一度お猪口を口から離した。

個人的には、酒の香りも味わいも最初の一杯が一番旨いと思っている。

故に、舌で思い切り味わう前に香りを楽しみ、ほんのりと口の中で広がる日本酒の華やかな味わいを楽しむ。そして、次からは普通に呑む。

うん、美味しい。

今呑んでいる日本酒は、常温で呑むと少し甘過ぎるタイプのものだが、冷やして呑むとかなり味が締まって良くなるものだ。

俺が冷えた日本酒を楽しんでいると、エリエゼルの演奏はもう終わりを告げていた。

演奏が終わった余韻に浸っていると、食堂内のあちこちから拍手が巻き起こり始め、最後には割れんばかりの大歓声にまで至った。

武装していた筈の兵士達も、自ら持っていた盾を床に降ろして両手を打ち鳴らすように拍手をしている。

俺はそれを眺め、口の端を上げて近くにいたシェリルを呼んだ。

「はい、なんでしょうか」

近くに立って俺にそう聞いてくるシェリルを見下ろし、俺は口を開く。

「あいつらに見覚えはあるか？」

俺がそう尋ねると、シェリルは穴が開くようにじっと兵士達の顔を見て、アッと口を開いた。

「……あれは、王国の兵では無く、貴族が雇った私兵の方々です」

そう答えるシェリルに、俺は頷いてもう一つ質問をする。

「あいつらはお前達を買った伯爵家に関係あるか？」

「……龍と蛇の紋章がついた鎧《よろい》を着てます。あれはタムズ伯爵家のものです。ただ、ボルフライ様は私達のことはあまり公にしたくなかったようで……直接私達が兵士の方々と会う機会はありませんでしたから……」

ふむ。確かに、一回一回人が死ぬような儀式に使われているようなら、あまり公にはしないだろうな。なにせ、人がどんどん行方不明になるのだ。奴隷といえども、もしも兵士達が顔を覚えていたら噂になるか。

つまり、あいつらは王国に疑いを掛けられた伯爵家の手の者達か。名誉挽回《ばんかい》の為に、伯爵を殺した者を見つけ出すつもりだろう。

そして、ダンジョンは今回のことに関係が無いと釈明するつもりか。

いや、しかし、現在はもうタムズ伯爵が死んだという事実よりも、ダンジョンが伯爵のせいで出現したという噂の方に焦点は向いている。

ならば、タムズ伯爵家の私兵が王都内を調査する理由は何だ。

俺はそこまで考えて一時思考を中断すると、いまだにピアノの音色について語り合っている兵士達を見て頷《うなず》いた。

静かに、キッチンから生ビールを兵士達の人数分用意し、シェリルの方を向く。

「これをあの兵士達に渡してきてくれ。お代は二杯目から貰《もら》うと言ってな」

俺がそう言うと、シェリルは不思議そうに首を傾げていたが、すぐに頷いて生ビールの入ったジョッキを二つ手にした。

そして、シェリルが生ビールを兵士達の下へ持っていくと、兵士達は顔を見合わせて何か話し合っていた。

が、それを見ていたタイジと呼ばれていた兵が、意地の悪そうな笑みを浮かべて口を開いた。

「この味をまだ知らないんだろ？　知ってたら悩むわけがない。この世で一番旨い酒だぞ」

タイジはそう言うと、自身のテーブルに置かれたジョッキを手に持ち、実に旨そうにジョッキの中の黄金の液体を喉《のど》に流し込んだ。

タイジの喉が動き、音を立てる様を見て、勤務中らしき兵士達も喉を鳴らす。

「お、俺は貰うぞ。この店が変なものを出してないか調査しないとな！」

「あ、狡《ずる》い！　なら俺も調査に協力させてもらう！」

タイジの行動に、兵士の二人が我慢出来ずにそんなことを言いながら、シェリルからジョッキを受け取り生ビールを口に含んだ。

「あ！　お前ら！」

喉を二度三度鳴らす勢いで生ビールを呑む二人を見て、一番年上らしいわし鼻の兵士が怒鳴ったが、二人はそんなことはどうでも良いとばかりに口から離したジョッキを見た。

「な、何だこれ⁉」

「うわ……滅茶苦茶旨いぞ……！」

二人は生ビールの旨さに衝撃を受けて感嘆の声を発した。

キンキンに冷えた生ビールだ。殺人級の旨さである。

「今回は一杯目はサービスしますが、二杯目からは一杯五百ディールですよ？」

シェリルがそう言うと、二人は眼の色を変えてシェリルを見た。

「五百⁉　安いな！　これだけ旨いんだから何千ディール取られるのかと思ったぞ⁉」

一人の兵士がそう叫ぶと、それまでなんとか我慢していた他の兵士達もシェリルに向き直り、生ビールを注文し始めた。

「お、俺もくれ！」

「俺もだ！」

シェリルはそんな声に笑顔で頷き、返事をした。

「はい！　生ビール二つですね！」

シェリルがそう言うと、わし鼻の兵士が唸《うな》り声を上げてシェリルを睨《にら》んだ。

「……わ、私もいただこう」

わし鼻の兵士がそう呟くと、周りの兵士達は咎《とが》めるような目でわし鼻の兵士を見つめる。

その様子に微笑み、シェリルは笑って頷いた。

「はい！　生ビール三つですね！」

俺はその光景を見て、勝利を確信したのだった。

「……勝った。流石《さすが》はエリエゼル。そして、流石は生ビール。おっさんの味方だ」

俺はそう言ってほくそ笑んだ。

「どうせなら旨い飯も食っていったらどうだ？」

「ど、どれが旨いんだ？」

「俺も全部は食べれてないけど、全部信じられないくらい旨いぞ」

タイジとモンドがそんな会話をし、俺が酒の肴《さかな》としてから揚げ専門店の塩から揚げと居酒屋の焼き鳥串《くし》盛り合わせを用意した。

「う、旨っ⁉」

「嘘だろ、何だこの味……」

料理に驚愕《きょうがく》する兵士の声が響き、更に生ビールの注文が入るのだった。

程ほどに美味しい酒と食事を楽しんだ頃、兵士達はお互いの情報交換を始める。

「そういえば、ダンジョンが出来たって話はどうなったんだ？」

タイジがそう尋ねると、同郷の仲間であるモンドが生ビールを呑《の》んで唸った。

「……ダンジョンの入り口に、何者かが妙な立て札を立てたのを知ってるか？」

モンドはわし鼻の兵士に聞かれないよう、そっとタイジにそう答えた。釣られてタイジも声を潜めて返事をする。

「ああ、聞いたぞ。あれは伯爵家の仕業って噂だが……」

「馬鹿言え。それは伯爵様がダンジョンを呼び出したから隠蔽《いんぺい》する為にって話だろう？　そんな話は嘘だ。伯爵家はむしろダンジョンを開放して攻略して貰いたいんだよ。王国へは全面的に協力する旨を伝えている」

「そうなのか？　じゃあ、その立て札を撤去した方が……」

「勿論《もちろん》、既に試したさ。でもな、どうあっても抜けないし、壊すことも出来ないんだ。地面を掘ってみたら、平たい床みたいな石にぶち当たってな。なんと、その石と一体化してたんだよ、その立て札……」

モンドがそう呟き、気味が悪いとでも言うように身体を震わせて酒を呷《あお》った。その様子に、タイジは眉《まゆ》を顰《ひそ》めて口を開く。

「……それじゃ、その立て札はダンジョンマスターが？」

「おい、迂闊《うかつ》なことを言うなよ……それに、その立て札のお陰で変な奴は減ったんだ。正直、こっちも助かってんだよ」

モンドの台詞にタイジは怪訝な顔付きで首を捻《ひね》る。

「助かる？　何でだ？　余計な黒い噂まで流れてるのにか？」

タイジがそう尋ねると、モンドは深く頷いた。

「その噂は嘘だと言っただろ？　既に騎士団が動いて検証し、立て札に関しては伯爵家は無関係であると証明されている。ダンジョン攻略にも協力するからな」

モンドはそう言葉を切ると、タイジの顔を下から見るように見つめ、話を続けた。

「助かってるって言ったのは、ダンジョン荒らしの奴らが減ったことだ」

モンドがそう言うと、タイジは目を丸くして顔を上げた。

「……ダンジョン荒らしって、本当にいるのか？　例の、ギルドを除籍された元Sランク冒険者のパーティーとか、盗賊ギルドの幹部が率いるパーティーだとか、国宝級のマジックアイテム持ちの盗賊団だとかいう……」

「その噂の奴らかは知らないが、もう怪しいパーティーが二組はダンジョンに忍び込んだまま帰ってきてないぞ。その中の一組は同僚によると、この王都で活動する黒い噂のある冒険者達らしい」

「黒い噂？」

モンドの台詞に、タイジが反応を示す。それに頷き、モンドは答えた。

「辺境で小さな村を襲ったり、家族連れの行商人を襲ったりしてるって噂の冒険者達だよ。ほら、この王都で奴隷として売《う》り捌《さば》いてるって話で、冒険者ギルド内でも近々除籍になるんじゃないかって……」

「ああ、『烏の群れ』の奴らか……でも、ダンジョン荒らしって話は知らなかったな」

「ダンジョン攻略専門の冒険者からは相当嫌われているらしいぞ。他の冒険者を妨害したり、奴隷を投げ込んで罠《わな》を確かめたり、やることがえげつないって話だ」

「本当に最悪だな……でも、それだけ実力があるってことか」

モンドの説明に顔を顰めながらタイジがそう呟き、モンドが首を左右に振った。

「いや、どうやら、他のダンジョンで手に入れたマジックアイテムで、罠の位置を事前に察知出来るらしいぞ」

「何だそりゃ⁉　そんなのがあればダンジョンなんて……っ！」

「ば、馬鹿！　声がでかい！」

驚きのあまり声が大きくなるタイジに、モンドは慌てて制止するように声を上げたが、わし鼻の兵士に怪しまれてしまい、もうダンジョンについての会話は出来なくなってしまった。

それからは通常の宴会といったノリで飲み食いを楽しむ兵士達。調査に来た筈なのだが、しっかりと食事を満喫し、他の客達と一緒に店を後にしていった。

結局、タムズ伯爵家が何をしようとしてこの店に来たのかは分からなかったが、とりあえず今回の調査でこの店が怪しまれることは無い筈だ。

今はもう店内に外部の者は居ない。

俺は食堂に集まったエリエゼルや少女達と豚肉の野菜炒《いた》め定食を食した。全国チェーンのファミリーレストランの一品だが、意外にもかなり美味しい。俺も仕事帰りによく食べていた。

まぁ、残業だらけで夜中に開いている店が無かったのも原因の一つだが。

「お、美味しいです！」

少女達からそんな感想を貰いつつ、俺が皆を見回していると、何人かの少女達が雑談というには深刻過ぎる表情で話し合っている事に気が付いた。

「やっぱり、あの話の……」

「うん、私も……」

そんな会話を聞き、俺は口を開く。

「何の話だ？」

俺がそう尋ねると、小さな声で話し合っていた少女達は沈痛な面持ちでこちらを振り返った。

その中の一人、ブレンダが恐る恐るといった様子で口を開く。

「い、いえ……さっきのお客様が、村を襲って村人を奴隷にして売る冒険者がいるって話をしていて……」

「ああ、俺も聞こえたぞ」

ブレンダの言葉に俺が頷いて同意すると、ブレンダは顔を俯《うつむ》かせて唇を震わせた。

「多分、私や、この中の何人かはその冒険者に襲われて、奴隷になったんだと思います」

「……何？」

ブレンダの告げた内容に、俺は思わず低い声を出してそう聞き返した。

途端、俺の正面に居た少女達は身体を固くして怯《おび》える。どうやら、無意識に顔つきが変わってしまったらしい。

少女達を怯えさせても意味は無い。俺はすぐに表情を改め、ブレンダに目を向けた。

「どんな奴らだ？」

俺がそう尋ねると、少女達は顔を見合わせて口を開いた。

「ボサボサした頭の……？」

「あ、うん。口が隠れるくらいの髭《ひげ》を生やした男の人とか、あと、眼がギョロギョロした……」

そんなやり取りを聴きながら、俺は首を傾げる。

「もっと分かりやすい特徴は無いのか？」

「い、いえ、そんな……ご主人様のお手を煩わせるわけには……」

俺の問いかけに、ブレンダが申し訳無さそうな顔を浮かべて首を左右に振っていたが、一人の少女が勢い良く顔を上げた。

「……あ、あの！　不思議な丸い鎌のような剣を使う人がいました！」

「ちょ、ちょっと……」

「だって……」

少女達が複雑な表情で言い合いを始めそうになったのを見て、俺は片手を挙げる。

「よし。そいつらを見つけたら俺がぶん殴ってやるからな。期待していろよ」

俺がそう言うと、ブレンダは一瞬目を丸くして止まったが、冗談と思ったのか、すぐに笑って頷いてくれた。

まぁ、実際は殴るどころの話では無いのだが。

「……罠の位置を事前に察知出来る、とか言っていたか」

俺は独りそう呟《つぶや》き、そっと口の端を上げた。

「うちの可愛い従業員を酷い目に遭わせた罰だ。上司に制裁に行ってもらうとしようか」

◇　◆　◇

タムズ伯爵家の敷地内に突如として現れたダンジョンの入り口。王国は王都の中にダンジョンがあるということもあり、警戒は最大限にまで高められているといった状況である。

そんな中、夜も更けた頃にダンジョンの入り口を囲う人影があった。交代でダンジョンの入り口を見張っていた兵士達では無く、装備の統一性も無い盗賊か山賊といった出で立ちの者達だった。

その者達はダンジョンを出てすぐにその場で座りこんでしまい、顔を上げて息を吐いた。

「な、何なんだよ、このダンジョンは……」

そう言った男の顔には疲労が濃く浮かんでいる。

「……行きも凄《すご》かったが、戻ろうと思った瞬間に罠が異常に増えたからな。帰ろうとしたら発動する落とし穴なんて初めて見たぞ」

「罠が事前に察知出来るから助かったな……全員が紐《ひも》で繋《つな》がっていたら一人が落ちても……」

男の一人が疲れたような笑みを浮かべて何か言おうとしたが、すぐに何かに気が付いて言葉を途中で切った。

「な、なんだ？　まだ交代の兵士は来ない筈《はず》だろ？」

男がそう言うと、皆の視線が男の顔の向く先に向けられる。

「へ、兵士じゃねぇぞ……っ⁉」

誰かが発したそんな台詞で、他の者も素早く立ち上がり武器を構えた。

緊張が伝播《でんぱ》するように冷え込んでいく空気の中、ダンジョンの正面にある木々の間から、黒い影が姿を現した。フリルの付いた高級そうなスーツに黒いコートを羽織った、長身の男である。落ち着いた見た目でありながら明らかに豪奢《ごうしゃ》な衣装を見て、一人の男が怪訝《けげん》な顔付きになり口を開く。

「……ま、まさか、伯爵家の者か？　いや、俺達は別に怪しい者じゃなくてだな……」

男が釈明を口にしようと両手を挙げてそう呟くと、その長身の男は顔を上げて首を傾げた。

「……ふ、ふふふ。貴族に違いは無いが、この地の者では無い。安心したまえ……」

「ど、どういうこった？　まさか、他の国の……」

警戒心を残しつつも困惑した様子の男に、長身の男は笑みを返す。口の端を大きく吊《つ》り上《あ》げた、異様な凄みのある笑みである。

その視線は、ざんばら髪の男の持つ鎌のような形状の剣に向けられていた。

そして、長身の男は視線を剣の持ち主の男へと移す。

「……何も心配はいらない。お前達に未来はもはや無関係なのだから……」

そう呟いた長身の男の眼が、赤く光った。その鮮血のように鮮やかな赤を見て、誰もが言葉を失ったのだった。

◇　◆　◇

後日、とある冒険者パーティーの面々が全身の血を失い、死亡しているのが見つかった。

ダンジョンの入り口で壁に寄り掛かるようにして腰を下ろし、並んで死んでいるその者達の表情は、何か恐ろしいものを見たかのように気味悪く引き攣《つ》っていたらしい。

その噂を聞いて、エリエゼルは邪悪な笑みを浮かべて独り頷《うなず》いていた。

「罠を回避出来たところでフルベルドの敵ではありませんでしたね。魂も戴《いただ》きましたから、奴らは死の世界にもいけずに無に帰ることでしょう」

と、エリエゼルは良く分からないことを言って笑っていた。その後、ダンジョンへ侵入する者の数は更に減り、殆《ほとん》どダンジョンの方は開店休業状態となっている。

一方、世を忍ぶ仮の姿と言えるレストラン経営は順調過ぎて笑いが止まらない有様だ。ダンジョンマスターとしては良いのか悪いのか分からないが、楽しいので問題は無いだろう。

それにしても、ダンジョン内ということもあり、少女達が暮らしていけるか心配だったが、案外何とかなるものである。仕事についても、今日の様子だと皆一ヶ月で一通りのことを出来るようになりそうだ。少女達は大変優秀と言える。

まあ、ピアノを覚える予定のソニアとクーへはまだ暫く客前で演奏することは出来ないだろうが。

そんなこんなで店は問題ないのだが、別のというか、本来の問題が今まさにのし掛かって来ている気がする。

そう、ダンジョンマスターは基本的に駆逐される存在なのだ。今はまだ此処《ここ》に住んでいる少女達にすら知られてはいないが、いずれバレる日が来るだろう。問題は、食堂を運営している時に冒険者や兵士が俺を殺しに来た場合である。確実に逃げられる自信が無い以上、食堂とダンジョンの両立、此処が問題だ。その問題点も含め、俺達は食堂にて掃除をする少女達を眺めながらその後の計画について話していた。

「とりあえず、タムズ伯爵家からの入り口の方は問題無さそうだな」

「ええ、今回は別にしても、そのお陰で噂はタムズ伯爵家にあるダンジョンの入り口だけになりましたからね。流石はご主人様ですね」

エリエゼルはそう言って微笑むと、ふと、表情を改めた。

「ご主人様。それで、これからこの食堂はどうされるのですか？」

「まぁ、もしかしたらもう食堂はしなくても良いのかもしれないが、意外と気に入ったからな。食堂は食堂でやっていこうか。ちゃんとバレても脱出出来るようにしてな」

俺がそんなことを言ったその時、食堂の戸をノックする音が店内に響いた。

外には営業終了を知らせる看板を出しており、夜十二時といった遅い時間である。

酔っ払った冒険者か兵士か。

俺はそんな予測をしつつ、こちらを見てくる少女の一人に戸を開けるように言った。少女の手によって開けられた戸の向こう側から、予想外の人影が五つ、姿を現した。

五人の男だ。一人だけ背が低い者がいる。黒い眼の中肉中背であまり特徴があるとは言えない雰囲気の男だ。四十代に見えるその男は緑のシャツに白いズボンの上から暗い茶色のコートを羽織っていて、頭には丸いつばのある帽子を被っている。

そして、その周りに立つ四人の男は鍛え込まれたといった言葉がしっくりくる屈強の身体つきの背の高い兵士達だった。鋼の鎧《よろい》を装着しており、腰には反りのある曲剣が吊ってある。かなり強そうである。それに、食事をしに来たといった雰囲気でも無い。

やばい。フルベルドを呼んでおけば良かったか。

俺が五人を眺めてそんなことを思っていると、真ん中の男がそっと口の端を上げた。

「夜分遅くにすみません」

そう言って、男は被っていた帽子を手に取り、頭の上から自分の胸の前に移動させた。髪は黒い短髪だった。髪にすら特徴が見られない。

「……初めまして。いや、何処かで見た気が……」

俺は一応挨拶《あいさつ》をしようと口を開き、ふと、その姿に見覚えのようなものを感じてそう呟く。

すると、男は柔和な笑みを浮かべて頷いた。

「素晴らしい。確かに二日前に、私はこの食堂へ来させていただきました。その時には全く違う格好で、冒険者に混じって来店しましたが……お客様のお顔を覚えることが出来るのは商売人の基本ですからね。お店をなさるなら良いことかと思いますよ」

男はそう言うと、息を漏らすように小さく笑った。

「商売人？　商人、ということか？」

俺がそう口にすると、男はわざとらしく驚いたような顔をして首を左右に振った。

「ああ、まだ名乗っておりませんでしたね。申し訳ありません……私、王都で様々な物を販売しております、商人のアエシュマと申します。以後お見知りおきを」

アエシュマと名乗った男はそう言って深くお辞儀をしてみせた。

「その商人の方がどうしてこんな店に？」

俺がそう尋ねると、アエシュマは顔を上げて俺の目をじっと見た。

「……私、この食堂の上にある建物を所有しておりまして」

アエシュマがそう話を切り出した時、俺はドキリと自らの心臓が鼓動するのを感じた。

これは悪い話だ。とてつもなく悪い話に違いない。

ある日、自分の持つ建物の地下に急に広い地下施設が出来たのだ。そんなことは、普通ならば考えられないだろう。どんな人物がそんな奇怪なことをやってのけるというのか。

どう考えても怪しい。

俺は喉《のど》が急速に渇いていく感覚を味わいながら、男の目を真っ直ぐに見返した。すると、アエシュマは俺の反応をどう受け取ったのか、薄い笑みを浮かべながら肩を竦《すく》める。

「……別に権利の主張をしているわけではありません。自慢ではありませんが、私は少々忙しく商いをさせていただいております。この上の建物を含めた十五の建物を所有し、様々な商売をしているのです」

アエシュマはそう言うと、俺から視線を外して食堂の中をゆったりと見渡した。

「あまり動かない商品の在庫を保管していた建物の下に、まさかこんな地下店舗が作られているということには驚きましたが、不良魔術士がそんなことをしたという話も聞いたことはあります」

そんな話があるんかい。

俺はアエシュマの台詞に思わず突っ込みを入れそうになったが、かろうじて堪えた。そんな俺の葛藤《かっとう》も知らずに、アエシュマは溜《た》め息《いき》を吐《つ》いて眉尻《まゆじり》を下げて顎《あご》を引き、視線を下方に落とす。

「当初は、そんな話を思い出して文句を言ってやろう。どうせならばその出来た空間を使って地下倉庫にでもしようか……そんなことを思いました」

アエシュマはそう言うと、また俺に顔を向け、晴れやかな笑みを浮かべて両手を広げた。

「ですが、実際に様子見に来て、その判断は撤回しました。いつの間に出来たのかは知りませんでしたが、素晴らしい店、素晴らしい料理です！　更には驚嘆すべき音楽！　完璧《かんぺき》な空間です！　王族ですら味わえない究極の贅沢《ぜいたく》が此処で味わえる！」

アエシュマは芝居がかった大げさな動きでそう言うと、満面の笑みを俺に向けた。

「私はこの素晴らしい店を更に大きくしたい。どうでしょう。私と協力して店を大きくしませんか？　二号店、三号店の為の土地や建物を私がご用意いたしましょう。料理に使う材料や道具も私が格安で揃えさせていただきます。ただ、売り上げの一部は私もいただきますが……」

そう言って、アエシュマは俺の反応を待つように言葉を切った。

俺はそのアエシュマの提案に、唸《うな》りながら腕を組む。

まさかの話である。確かに商人ならば金の生《な》る木に見えるだろうが、怪しいとは思わなかったのだろうか。まぁ、先程のアエシュマの話が本当ならば前例のある話なのだろうが。

「……二号店か」

俺は口の中で小さくそう呟き、椅子の背もたれに体重を預けた。

地下で繋げてしまえば、出来ないことではない。リスクはダンジョンの入り口が増えることだ。

リターンははっきり言ってあまり無い。なにせ、金を稼ぐ必要は無いのだから。

だが断るとアエシュマからの印象が悪くなり、場合によっては嫌がらせに店の権利を主張してきたり、衛兵に報告されたりするかもしれない。

いや、フルベルドがいるから今すぐ消してしまえば……。

駄目か。いきなりそんな建物をいくつも持つ商人が行方不明になったら、その足跡を追って衛兵がこの店に辿《たど》り着《つ》く可能性がある。一人二人にバレても対処出来るが、国や冒険者ギルド等に知られればもうどうしようも無いのだ。

俺が悩みに悩んでいると、俺の様子を見ていたアエシュマが何かを察したように目を細めた。

「不安も多いでしょうが、きちんと契約書を交わしますのでご安心ください。損をすることは無いはずですよ」

アエシュマは余裕のある表情でそんなことを言ってきたが、俺の悩みが晴れるわけではない。

そんなことを思っていると、エリエゼルが俺の方を見て優しい微笑を浮かべた。

「ご主人様、このお話は中々良いお話かと思いますが」

そんなエリエゼルの台詞に、俺は驚いて振り返った。エリエゼルの心情的には、ダンジョンの入り口を増やすことには反対の筈だ。俺は真意を探ろうと目を見つめるが、エリエゼルは微笑を顔に貼り付けたまま微動だにしなかった。

「おお、そうでしょうとも。商人としても、伝手や販路が広がることは基本的に良いことです。きちんと契約書を交わすならば誰でもこの話に乗るでしょう」

エリエゼルの言葉を耳にしたアエシュマは喜んでそんなことを言ってくるが、エリエゼルはマイペースにアエシュマに顔を向けて口を開いた。

「疑っているわけではありませんが、初めてのことですので契約書はこちらで用意しても大丈夫でしょうか」

エリエゼルがそう尋ねると、アエシュマは一瞬表情を変えたが、すぐに笑顔に戻った。

「……そうですね。初めてだと不安も多いでしょう。契約書はそちらで用意していただき、不備が無いかこちらが確認するといった形にしましょうか。ただ、利益の配分などについては先に話をさせていただけたらと思いますが」

アエシュマがそう言って笑うと、エリエゼルの笑みは深みを増した。

「それでしたら、問題ありません……ねぇ、ご主人様？」

「あ、はい」

エリエゼルの声のトーンが怖かったので、俺は即座に頷いて了承してしまった。アエシュマは何も感じなかったのか、嬉《うれ》しそうに礼を言っている。

その後多少のすり合わせをして、アエシュマ達は颯爽《さっそう》と帰っていった。

アエシュマ達が食堂を出て行ったのを確認し、俺はフルベルドを呼んだ。

「フルベルド……尾行してきてくれ」

「ふむ、住処の特定と監視ですな。時間の都合上三時間ほどで帰って参ります」

「ああ、頼む」

俺が指示を出すと、フルベルドは音も無く食堂を後にした。その様子を少女達は不思議そうに見ていたが、俺は気にせずにエリエゼルに顔を向ける。

「それで、大丈夫なのか？」

俺が端的にそう尋ねると、エリエゼルは愉悦を噛《か》み殺《ころ》すように俯《うつむ》いて口元を片手で隠した。

「……問題ありません。ご主人様の能力ならば地下通路で全ての入り口を直線で繋《つな》ぎ、中心地点に近い場所に拠点を構えるという手段がとれます。そうするとどの入り口から攻められても一定の距離がある為、迎撃も避難も自由自在……逆にダンジョンの防衛力が向上するという算段です」

エリエゼルはそう言って含みのある笑みを浮かべた。そう聞くと確かにそう思えてくるが、何か忘れているような気がしてならない。

俺は何処か釈然としないものを感じながらも、頷いて返事をする。

「なるほどな。確かに、入り口からの距離は稼げる」

俺がそう言うと、エリエゼルは楽しそうに笑った。

楽しそうに、愉しそうに。

エリエゼルの笑い声が食堂の中に響いていく。

まぁ、楽しそうだから良いか。

俺はそんなことを思いながら、先程の話を思い出す。

「……二号店か。確かに、面白いな」

俺は小さくそう呟《つぶや》くと、一人口の端を上げて笑った。

俺とエリエゼルが笑っていると、レミーアが苦笑いを浮かべて俺達を見ていた。

番外編　黒い契約

柔らかいベッドで横になり、ケイティはホッと息を吐いた。

美味しい食事を食べ、お風呂《ふろ》でさっぱりして、清潔なベッドで横になる。

ケイティが想像していたお姫様の暮らしよりも何倍も素晴らしい暮らしに、ケイティは寝る前にいつも神様に祈りを捧《ささ》げていた。

「……これが、夢じゃありませんように。寝ても、またここで目が覚めますように……」

小さな小さな声でそう祈りの言葉を口にするケイティに、今日はケイティと寝たいと言い出して部屋に来ていたクーへが息を漏らすように笑う。

「……寝そうになったら、起こしてあげようか？」

クーへがそう言うと、ケイティが照れたように眉根《まゆね》を寄せて唇を尖《とが》らせた。

「だ、駄目だよ。しっかり寝て明日も頑張らないと……ご主人様に嫌われないように……」

ケイティがそう呟《つぶや》くと、クーへは不思議そうに首を傾げる。

「大丈夫と思うけど……アクマ様はやっぱり凄《すご》く良い人なんじゃないかな？　私は、こんなに優しくされたこと無かったけど」

クーへがそう言うと、ケイティは慌てて上半身を起こした。

「ご、ご主人様を疑ってるわけじゃないよ！　ただ、やっぱり不安で……別に地面で寝る生活に戻っても良いの。ご主人様の下で働けたらそれで……」

ケイティが消え入りそうな声でそう言うと、クーへは口元を緩めて含みのある笑みを浮かべた。

「……ご主人様って、凄く格好良いのかな。目が見えないのが残念だなぁ」

「ど、どういう意味⁉　ち、違うよ、クーへ！」

「え？　私何も言って無いのに～」

「言ってるじゃない！」

「むふふふ～」

夜も更ける中、年頃の二人はそんな話で盛り上がり、寝不足で朝を迎えることとなった。

そして、朝の掃除をしている少女達に、いつになくご機嫌な様子の渥目《あくめ》が声を掛ける。

「お、仕事頑張ってるな。今日から皆には賃金が出るぞ」

「え？」

渥目の一言に、ケイティは思わず生返事をして顔を上げた。

すると、渥目は通貨を三枚取り出し、ケイティの手をとって握らせた。

「安くて悪いが、一日三千ディールだ。店に客がもっと増えたら給料も上がるぞー？」

渥目がそう言ってケイティの頭を軽く撫《な》でて他の少女の下へ向かおうとすると、ケイティは慌てて口を開いた。

「い、いりません！　ご主人様！」

ケイティが怒鳴るような大声でそう言って渥目を呼び止めると、渥目は吃驚《びっくり》してケイティを振り返った。

「な、なんだ？　足りなかったか？」

渥目が戸惑いながらそう言うと、ケイティは自らが口にした言葉にハッとした表情を浮かべ、その場で立ち尽くしてしまった。

自然と、目からは大粒の涙が零《こぼ》れ、しゃっくりのように喉《のど》が鳴った。

そんなケイティを見て、周りの少女達も何事かと集まり出し、渥目はオロオロと慌てふためき出した。

すると、ケイティが泣きながら自らの主人を見上げて口を開く。

「……わ、私は、ご主人、様の、奴隷、です。お、お金、なんて、いらないから、ず、ずっと、そ、傍に置いてくだ、さい……」

しゃくり上げながら言われたそんな台詞に、渥目は目を丸くしてケイティを見下ろした。

そして、周囲の少女達からはざわめきと歓声のような黄色い声が上がる。

「な、なんだ？　お金が嫌いか？　確かに俺も何かと金に煩《うるさ》い奴は嫌いだが……」

渥目が戸惑いながらそう尋ねると、周囲にいた少女の一人が口を開いた。

「あ、あの、ケイティは多分、奴隷じゃなくなると思って悲しくなったんだと思います」

「奴隷じゃなくなるから悲しい？」

少女の台詞に渥目が首を傾げると、他の少女が苦笑しながら首肯した。

「奴隷じゃなければ、ここにずっと居ることが出来ないと思ったのではないでしょうか。一般的に奴隷に給料はありません。だから、奴隷から解放されると勘違いしたのでしょう」

少女のその説明を聞いても、俺にはいまいち理解が出来なかった。奴隷から解放されるならそれが一番だと思うのだが。

まぁ、ケイティが俺と一緒にいたいと思ってくれているということは分かったので、正直大変嬉しいことではあるが。

皆が注目する中、渥目はケイティの頭を軽く撫でて、微笑んだ。

「……大丈夫だ。お前が居たいならずっと傍にいてくれて良い。ずっと楽しくやっていこう」

渥目がそう言うと、ケイティは感極まったように泣き出し、渥目に抱き付いた。

周りの少女達の中にももらい泣きする子が現れる中、食堂の奥に立つエリエゼルは一人薄い笑みを貼り付けて少女達の足元を見ていた。

番外編　映画館を作ろう

ある日の朝、俺は思いついた。

そうだ、映画館を作ろう。

「映画館を作ろう」

「はい？」

朝一番、隣で寝ていたエリエゼルの肩に手を置いて揺らし、安眠妨害の末にエリエゼルを起こして言った俺の台詞に、エリエゼルは眠そうな目を擦りながらそんな生返事をした。

なんと、おっぱ……いや、違う。ちょっと話を聞いて欲しいんだ、エリエゼルさん。ほら、裸なのに両手を広げて身体を伸ばしたりしないで。

なんと、ぷるんぷる……うん、違う。朝から落ち着け、俺。いや、朝だから落ち着けないのは確かだが、そんな若さゆえの過ちなどどうでも良いのだ。

「エリエゼル。俺は映画館が作りたい」

俺が改めてそう言うと、エリエゼルは可愛らしい目をしょぼしょぼとさせながら頷《うなず》いた。

「はぁ……ご主人様の思うように……え？　映画館？」

そして、可愛らしく首を傾げて目を丸く開いた。

チューするぞ、こやつめ。

◇　◆　◇

ダンジョンマスターと秘密の部屋。

そんな頭のおかしな冗談から、俺は何故か誰にも気付かれないようにエリエゼルと二人で秘密の映画館を作り始めた。

場所はやっぱり廊下の途中だろう。だって、秘密の部屋だもん。

と、いうことで、入り口はケイティ達の部屋が並ぶ廊下の壁である。誰にも気付かれないようにそっと廊下で目を瞑《つぶ》り、壁に手を当てて念じる。

むーん。

よし、出来た。

「エリエゼル、開けたまえ」

俺が偉そうにそう言うと、エリエゼルは苦笑交じりに頷いて口を開く。

「ははぁー」

エリエゼルはそんな気の無い返事をして壁に手を付け、押したり横に動かしたりして見る。

だが、壁が動く様子は無い。

すると、エリエゼルは俺を振り返って不敵な笑みを浮かべた。

「ふふふ、ご主人様？　私はもう以前の私では無いのですよ」

エリエゼルはそんな良く分からない決め台詞を口にすると、壁を両手で押し上げようと動いた。

そして、変なポーズで唸《うな》るエリエゼルが誕生した。貴重な光景である。

「……あ、開かない？　も、もしかして、下に……？」

エリエゼルはそう言うと、今度は両手を上に伸ばし、壁の側面をなぞるように手を下に下ろす。

そんな何かの神への祈り的な動きを、エリエゼルは一頻りやってこちらを振り向いた。

「ご主人様、この壁……何故笑っているのですか？」

「い、いや、笑ってないよ？」

俺は即座に否定し、口元を引き締めた。エリエゼルの半眼が怖い。

まぁ、壁にへばり付いて珍妙な踊りを踊るエリエゼルが面白可愛いから笑ってしまったとは言えまい。

俺がそう思っていると、エリエゼルが目を更に細めて俺をジッと見てくる。

「……ご主人様、私は実は読心術が使えるのです」

「え⁉　嘘！」

「あ、やっぱり何か悪いことを考えていましたね？」

カマを掛けられた。悔しい。

俺はなおも何か言いたそうにこちらを見てくるエリエゼルから顔を逸《そ》らし、壁に向かって片手を伸ばした。

そして、壁の真ん中上の辺りを指で押す。

ピッ。

そんな音がして、壁の一部が上へとせり上がっていった。

それを眺めてから、俺はエリエゼルに微笑を向ける。

「惜しかったな」

俺がそう言うと、エリエゼルは無言で俺の背中にパンチを放ってきた。ふははは、痛くも痒《かゆ》くも無いわ！

廊下に出来た入り口からは、更に地下へと続く階段が延びていた。それも螺旋《らせん》階段だ。大理石風の石階段と、左右の壁も暗い色合いの石壁風にしてある。

「……映画館ですよね？　お化け屋敷じゃないですよね？」

「当たり前だろう。今時の映画館は皆石造りの洋館風なのだ」

「……ご主人様が嘘を吐《つ》きました」

俺の小粋なジョークにエリエゼルが口を尖《とが》らせる。エリエゼルをからかうのも意外と面白いのだが、さっさと中に入らないと廊下に誰か来てしまうだろう。

「ほれ、中に入るぞ」

俺はそう言ってエリエゼルの手をとって階段を降り始めた。

石造りなだけに、階段は硬く、冷たい。

更に、俺とエリエゼルが廊下から出ると、上にせり上がっていた壁がじわじわと音も無く下がってきた。

完全に壁が床まで着くと、景色は真っ暗闇へと変化する。

すると、ボッ、ボッ、ボッ、という音と共に螺旋階段の外側の壁に小さな火が灯り始めた。

階段の上の方に付けられた蝋燭《ろうそく》の火である。螺旋階段の形状に合わせて一定間隔で灯る蝋燭の火はユラユラと揺れ、中々雰囲気のある演出となった。

「……お化け屋敷ですね?」

「映画館だっつーのに」

いまだに疑いの眼差しを俺に向けてくるエリエゼルに、俺は苦笑しつつそう言った。

螺旋階段を降りていくと、また細い通路へと辿《たど》り着《つ》く。通路は螺旋階段と同じく全面石造りで、奥には黒と赤の重々しい扉が存在していた。

壁にはまたも蝋燭の火が揺れている。

まさにお化け屋敷への入り口なのだが、エリエゼルはもう何も言わなかった。ただ、責めるような目で俺を見ているだけである。

奥の扉は手動の片開き扉だ。俺は縦に取り付けられた棒を持って、扉を奥へ押し込むようにして開けた。

扉の向こうには、巨大なスクリーンと無数の椅子が並ぶ映画館の室内が広がっていた。

暗い色合いの壁、黒い天井、灰色の床。そして、座面が折りたたみになっている備え付けの椅子が列を成す、あの映画館である。

「……本当に映画館だったんですね」

エリエゼルは何処《どこ》か呆《あき》れたような、ホッとしたような口調でそう言った。

まさか、あれだけのモンスター好きを披露しておいて、お化けが怖いなどと言うつもりか。

俺はそんな疑惑を持ちつつ、映画館の紹介を行う。

「古いけど、比較的新しい。そんな映画館だな。段差のある床には足元を照らす照明があり、椅子には中途半端な肘《ひじ》掛とドリンクホルダーがある。椅子は勿論《もちろん》リクライニングなんてしない。スピーカーは縦長の茶色いやつ。ＪＢ……ど忘れしたな」

俺は壁に取り付けられたスピーカーを眺めながら首を傾げた。だが、思い出せないのだから仕方が無い。確か坊主では無かったはずだし、海外のメーカーなのは確かだ。

「そして、スクリーンは高さ六メートルに横幅十五メートル。大きめだな。全くの無駄だが、座席の数も少しゆとりがあるのにそれでも三百人分を確保している。本当に無駄だ」

俺はそんなことを言いながら映画館の中を歩いていき、室内を見回した。

「……自分の映画館か。子供の頃の夢だったな」

俺がそう呟《つぶや》くと、エリエゼルが不思議そうに首を傾げた。

「夢、ですか。映画館の経営をしてみたかった、と？」

エリエゼルにそう言われ、俺は小さく笑いながら首を左右に振る。

「いやいやいや、子供の夢だって。映画が好きで、たまに連れていって貰《もら》える映画館で大興奮してな。映画館が欲しい、みたいなことを言うだろ？　その程度だよ」

俺はそう言って、まだ明るい映画館の真ん中の通路を歩き、ど真ん中の椅子に腰を下ろした。

「いいね。誰もいない映画館……子供の頃に戻ったような気分だ。ワクワクする」

俺がそう言うと、エリエゼルは通路を挟んで反対の席に座り、何も映していないスクリーンを眺めた。

「……なるほど。確かに、ここで映画を見るというのは迫力がありそうですね」

エリエゼルは感慨深そうにそう言って微笑んだ。

俺はそんなエリエゼルに目を向けて、疑問を持つ。

「ん？　映画館に来たこと無いのか？」

俺がそう尋ねると、エリエゼルは頷いた。

「はい。確かに地球の知識もありますから、どんなものか知識として知っています。ただ、体験はしておりません」

エリエゼルのそんな回答に、俺は思わず口を開く。

「勿体《もったい》無い」

勿体無い。そう、本当に勿体無い。部屋で、ＤＶＤやブルーレイを借りてきて見るのは確かに良い。落ち着いて集中して観れるし、何よりくつろげる。

だが、映画館で味わう臨場感も良いものだ。

笑えるシーンでは、声を出さないように肩を揺する他の客がいる。

泣けるシーンでも、涙を堪えて細く長い息を吐いている女性がいる。

派手なアクションシーンでは、皆が瞬きも忘れて映像と音に引き込まれる。

これらは、大きなスクリーンと良い音響の力もあるが、他の客の反応が見えるのも大きい。

映画館好きな俺としてはそんな気持ちもあって映画館へ良く通っていたものだ。そして、一人で小さな映画館へ行くのも良いリフレッシュになるが、仲の良い人と一緒に行く映画館も良い。

映画館に一緒に行って、ポップコーンやらフランクフルトやらを食べ、炭酸飲料を飲み、大画面で映画を観る。

そして、映画を観終わった後は一緒に観た映画の話で盛り上がるのだ。面白い時は普通に盛り上がり、面白くなかった時は文句を言いあいながら笑う。

まぁ、一人で観に行って面白くなかった時は悲しい気持ちになるが。

俺はキョトンとしているエリエゼルを見て、口を開いた。

「一緒に観ようか」

俺がそう言うと、エリエゼルは何度か瞬きし、笑う。

「はい、そうですね」

◇◆◇

セルフ上映で一本の映画を観た。

観たのは俺の子供の頃に上映された映画だ。

子供の頃の夢が叶《かな》ったのだ。ならば、映画が大好きだった子供の頃に観た映画を、自分の映画館でまた観たいというのは自然な流れだろう。

内容は、映画館が大好きな子供が映画の中に入ってしまうという物語だ。

映画の中で映画の登場人物達と会い、事件に巻き込まれ、そして一緒に解決する。

映画が大好きな子供だった俺は、この物語に異常なほど感動したのを覚えている。

なんて夢のある話だろう。自分もそんなことが出来たら良いのに。

そんなことを思って、後で家でもその映画を観たりした。

そんな子供の頃の記憶が甦《よみがえ》ったりしたせいで、泣ける映画というわけでも無いのに何となくしんみりとしてしまった。

「……どうだった、エリエゼル」

子供向け映画で泣いていては何となく恥ずかしい。そんなおっさんの自尊心を誤魔化す為に、俺は静かに映画を鑑賞していたエリエゼルにそう尋ねた。

するとそこには、もうエンドロールも終盤に差し掛かっているスクリーンを凝視するエリエゼルの姿があった。

魂を抜かれたようにぼうっとスクリーンを観ていたエリエゼルの肩に手を置いてみると、エリエゼルは肩が跳ねるほど驚いてしまった。

「あ、ご、ご主人様」

珍しく慌てた様子で俺を見るエリエゼルに、俺は首を傾げる。

「どうした？　何かあったのか？」

俺がそう聞くと、エリエゼルは目を伏せて顔を左右に振った。

「……いいえ、ご主人様。映画というものを実際に初めて観て、感動してしまっただけです」

エリエゼルのそんな言葉に、俺はホッと胸を撫《な》で下《お》ろした。俺は子供の頃に好きだった懐かしい映画という補正があるが、初見のエリエゼルにはそんなフィルターは存在しない。

好みに合わない映画だったらどうしよう、などという、まるで初デートの少年のようなことを思ってしまっていたようだ。

「面白かったか。それなら良かった」

俺がそう言うと、エリエゼルは柔らかく微笑んで、深く頷《うなず》いた。

「ええ、とても面白かったです。それに、ご主人様が映画の中の少年とそっくりな表情で映画を観ていましたから、思わず私まで嬉《うれ》しくなってしまいました」

エリエゼルはそう言って、息を漏らすように笑った。

「お、俺の顔？　映画を観ろよ、映画を」

恥ずかしい。

童心に返っていたことを振り返られて、俺は思わず照れ隠しに文句のようなことを言ってしまった。だが、エリエゼルには俺の本心がバレているのか、悪戯《いたずら》を思いついた子供のような顔で笑い、俺を見つめる。

「もっと映画を観たいです。出来ることなら、ご主人様の好きな映画を教えてください」

「……今度は映画を観ろよ？　俺を観るのは禁止だ」

「ダメです。私にとってはそれも込みで映画鑑賞ですから」

俺とエリエゼルはそんな会話をして、また新しい映画を観ることにした。

食堂は開店の時間を遅らせよう。

今は少し、エリエゼルと懐かしい映画を観て色んな話をしたい。

俺はそう思った。

いつか、俺の正体を明かせる日が来たなら、あの少女達とも一緒にこの映画館で映画を観たいものである。

その時は、思い切り泣ける映画でも観て泣かしてやろうか。

俺はそんなことを考えて、一人で笑ってしまった。

裏番外編　エリエゼルの奮闘

暗く誰もいない食堂に、厨房《ちゅうぼう》から灯りが漏れていた。

猫が歩く音にも気を遣いそうな静寂の中、厨房では静かに人影が揺れている。

緩いウェーブのかかった、長く艶やかな紫がかった髪の美少女である。凝った作りのメイド服を着たその美少女は、透き通るような赤い眼をしていた。

「……次に、しょうゆ」

黒髪赤眼の美少女、エリエゼルは、丸く大きな鍋《なべ》を睨《にら》みながら小さく何事かを呟《つぶや》いている。

エリエゼルの手元には艶のある綺麗《きれい》な本が置かれていた。料理や清楚《せいそ》な女性が載ったその本に目を向けて、唸《うな》る。

「……この黄金比って誰が考えたんでしょう。そこまで料理に打ち込めるって……変態？」

エリエゼルはまた何か呟くと、醤油《しょうゆ》をコップになみなみ注ぎ、鍋へと注いだ。

鍋の中には薄っすらと色の付いたお湯と、そのお湯にグツグツ茹《ゆ》でられている昆布の姿があった。

昆布は既に力を失い、ぐったりと鍋の縁に身体を預けている。

更にその中に大量の醤油が加えられたことにより、昆布の身体は黒く濁った湯の中に消えた。

「これだけ黒くなると不安になりますね。出汁の味は残るのでしょうか……」

エリエゼルはそう言うと、また本に目を向ける。本の開かれたページには、煮物特集の文字が躍っていた。

「……出汁、醤油、みりん……次はみりんですね。みりんというのは……」

そんなことを呟きながら、エリエゼルはみりんの入った瓶を手に取り、またコップ一杯分を鍋に注ぎ込んだ。そして黒いおたまで鍋の中の液体を掻《か》き混ぜる。ぐったりとした昆布がぐるぐると回され、身体を鍋とおたまに打ち付けながら黒い液体の中に沈んでいった。

「……これで煮汁は出来ましたね。後は、牛肉と、ジャガイモ、にんじん、インゲン豆……」

そう言いながら、エリエゼルはテーブルの上にあった材料を手前に並べていく。

「……乱切り？　乱れ切り？　誤字でしょうか？　まぁ、煮れば同じでしょう」

エリエゼルは本を見ながらそう結論付けると、にんじんを大小様々な形に切り分けた。

そして、自分の指を切る。

「あ……」

消え入るような小さな声を出し、切創を作った手を上に上げる。人差し指の先から流れる真っ赤な鮮血を見つめ、エリエゼルは目を細くしてにんじんを見つめた。

「……この赤い根っこ風情が……」

エリエゼルは低い声でそう口にすると、血の流れる指を口に含んだ。

不機嫌そうな顔で包丁を離し、空いた手で切ったにんじんを鍋の中に次々と投げ込んでいく。本も見ずに、インゲン豆もそのまま鍋へと放り込んだ。最後に残った牛肉にエリエゼルは目を向ける。

指二本分ほどの厚さがあるサーロインステーキだ。霜降りである。

「ワギュウならば間違い無い。これはもはや世界の常識でしょう」

エリエゼルは誰にともなくそう言うと、生のサーロインステーキを鍋に五枚入れた。鍋の中の黒い液体には具と一緒に灰汁《あく》が浮いてきているが、エリエゼルは特に気にせず本に目を向けた。

「……さて、後は完成を待つだけ……おや？」

ホッとした様子で本を眺めていたエリエゼルだったが、開いたページの片隅に載っている黄色の四角い枠を見て首を傾げた。

「煮物をより美味しく、アナタらしくする裏技？」

エリエゼルは本に載っている文章を復唱すると顔を近づけて黄色の四角い枠を凝視して口を開く。

「……隠し味。これは、料理をやる者として避けては通れぬ道でしょう」

何故か強い決意を胸に、エリエゼルは食材の方に目を向ける。何が必要とあっても良いように準備したのだろうか。テーブルの上には無数の材料達が怯《おび》えながら身を寄せ合っていた。

肉も牛や豚、鶏に魚もあった。そして野菜もピーマンにかぼちゃ、ホウレン草、果てにはロマネスコまで並んでいる。そして、何処《どこ》で使うのかドラゴンフルーツ等の果物も同じ場所にある。

「えっと……ありました、ありました。日本酒、砂糖、塩、蜂蜜《はちみつ》……中双糖？　なんですか、チュウソウトウって。中華の調味料？　これも誤字でしょうか。漢方か何かのような気がしますが……」

エリエゼルはブツブツと何か呟きながらテーブルの上を見て回り、目当てのものを見つけ出した。

「ああ、これですね。薄汚れた小石のような結晶ですが、糖と付くのなら甘いのでしょう」

エリエゼルはそう言って一人で納得すると、中双糖と書いてある透明のビニール袋を切って中身を鍋の中にザラザラと入れた。そして、更に他の隠し味も手元へ持ってくる。

「蜂蜜、塩、日本酒を入れて……」

そう言いながら順番に隠し味を鍋に入れていくエリエゼル。エリエゼルの前で煮立っている鍋は地獄の釜《かま》のような様相を呈していた。

「よし、完成ですね。さて、意外と料理が出来ることが分かったので、他にも作ってみましょう」

エリエゼルはそう口にすると、今度はテーブルの上に置いていた本を手に取った。

「煮物とくれば汁物」

エリエゼルはそう言ってまた新たに片手鍋を用意する。その中に水を入れ、出汁《だし》をとる為に昆布と鰹節《かつおぶし》の本体を水中へそっと沈めた。

「もう出汁の取り方は完璧《かんぺき》ですね」

にまにまと笑みを浮かべながら水中に沈む昆布と鰹節の塊を眺め、エリエゼルは箸《はし》を鍋の中に突っ込んでグルグルと鰹節を回し出した。

「まわるーまわるーよーかつおーはまわるー。ふふーんふーんふふふーふふーんふふふーん」

いつに無く上機嫌なエリエゼルがそんな歌を歌いながら鍋の中を箸で掻き混ぜ、鍋の中の水が良く沸き立ったのを見て箸を鍋から離した。

「具は……うん。そろそろ私もオリジナルの味に挑戦するべきでしょうか」

初めての料理二品目にして、エリエゼルはそんな台詞をのたまった。選んだのは、豚肉、たまねぎ、大根、アボカドである。それらを適当な大きさに切り分け、鍋に放り込む。

「あ、お味噌《みそ》を忘れていましたね」

エリエゼルはそう呟《つぶや》くとテーブルの上から白味噌《しろみそ》を選び出し、スプーンで掬《すく》って鍋に入れた。一度混ぜて見てもう一度スプーンで味噌を掬い、再度鍋に投入する。

「うん。美味しそうな色が付きました」

エリエゼルはそう言って頷き、何処かへ歩き出した。暫くして、戻ってきたエリエゼルは両手に土鍋《どなべ》を持っていた。テーブルの上に置いて土鍋の蓋《ふた》を開けると、白い湯気がふわっと上がる。

「ふふふ。米が立っていますね。ツヤッツヤです」

エリエゼルはそう言うと、周りに食器をいくつか用意し始めた。

その様子を見た俺は、静かに踵《きびす》を返す。居住スペースへの出入り口から顔だけ出して盗み見ていたのだが、明らかに壊滅的な料理が誕生した気がする。時々、エリエゼルの呟きが小さくて聞こえなかったが、概《おおむ》ね間違った料理への認識を持って食材を冒涜《ぼうとく》したのだろう。早く逃げなければ……。

と、そんな事を思いながら避難しようとした俺の耳に、エリエゼルの弾むような声が聞こえた。

「ご主人様は喜んでくれるでしょうか。私の初めての料理」

…………ぐはっ！

思春期の女子中学生がバレンタインデーに、手作りチョコレートを手にした時のような甘酸っぱい台詞を聞き、俺は血を吐きそうなほどの良心の呵責《かしやく》に苛《さいな》まれた。

そして、結局足を止めてしまった。

くそ。なんて意気地が無いんだ。俺は亭主関白になれないタイプか。そう諦《あきら》めて顔を上げたその時、目の前にケイティとクーへの姿があった。そして、その奥には他にも少女達の姿がある。

「あ、ご主人様の足音が聞こえて……」

クーへがそう言い、ケイティが何度か頷いた。

「甘くて香ばしい匂いが……」

そう言って、獣耳の少女達が俺を見上げた。どうやら、好奇心は猫を殺すという言葉は正しかったらしい。俺は満面の笑顔で頷き、厨房を指差した。

「よし。皆でいこうか。エリエゼルが料理をしたらしいぞ」

俺がそう言うと、ケイティ達は大喜びで厨房へと走っていった。その歓声とドタバタという足音に、エリエゼルが驚きの声を上げている。

「あ、あなた達、いつから……あ！　ご主人様まで⁉」

エリエゼルのそんな台詞に俺は片手を挙げて歩み寄る。もう逃げるタイミングは逸してしまった。

「うん。何か料理を作ってるようだね？」

俺がそう尋ねると、エリエゼルは照れ笑いを浮かべて身を捩《よじ》る。

「え、あ、そうなんです。それで、ぜひご主人様にと思いまして……フルベルド達にもお裾《すそ》分《わ》けしようかと思っていたのですが、これでは料理が余りませんね」

エリエゼルはそう言って苦笑すると、新たに食器を取り出して並べていく。

少女達もいそいそと自分達の椅子を並べていき、厨房という場所も相まって賄い料理を振舞っているような図になった。この笑顔溢《あふ》れる和やかな空間が地獄絵図になると思うと感慨深い。

「あ、どうぞご主人様。こちらへ」

ケイティが俺の椅子を用意してくれたようだ。俺はエリエゼルの隣に用意された椅子に座り、そっと鍋の中に目を向ける。黒く濁った鍋の中から、討ち死にした昆布と丸々とした芋、そして肉片のように散ったニンジンとインゲン豆の姿があった。その鍋の中にエリエゼルが箸を突っ込み、黒い液体の中から分厚いサーロインステーキを引き上げる。

分厚い。恐らく、俺の革靴ほどの大きさで、爪先の丸い部分ほどの厚さはあるだろう。

エリエゼルはその肉を丸々一枚、どんぶり茶碗《ちゃわん》に入れ、更に他の具と汁を注いだ。ツンと醤油の香ばしい香りが俺の鼻に突き刺さる。間違いなく、塩分過多だ。身体に良いとは言えないだろう。

俺はその様子を眺めながら、出来るだけ笑顔でエリエゼルに問いかける。

「凄《すご》いな。それはなんて名前の料理なんだ？」

「え？　もう、ご主人様ったら……肉じゃがですよ？」

え？　肉じゃがなの？

俺はエリエゼルの言葉に我が目と耳を疑った。頭の中でこれは個性的な肉じゃがなのだと思い込み、もう一度どんぶり茶碗に目を移した。いや、やはりどう見ても肉じゃがでは無い。

しかし、切り分けられた分厚い肉の入った皿を見て喜ぶ少女達や、何処か嬉《うれ》しそうに更に肉じゃがな何かを盛り付けていくエリエゼルを見て、俺は何も言うことは出来なかった。

ダメだ。このダンジョンでは、これが肉じゃがなのだ。本当の肉じゃがは別の名前にして、後日少女達に食べさせてあげよう。俺はそう決意し、箸を手にとった。米は普通に見える。後は汁か。

「エリエゼル、こっちは味噌汁《みそしる》か？」

「はい。そうですよ」

やはり、味噌汁だったたか。だが、味噌の海を泳ぐ緑色の物体を見ていると、俺にはこれが既知の汁物とは思えない。少し錯乱した俺は味噌汁らしき汁を見て暫く動けなくなってしまったが、深呼吸を一度して米が盛られた茶碗を手にした。湯気が上がる白い米を、箸で挟んで口に運ぶ。

熱い。だが、お米だ。きちんと白米として生きている。

「うん、美味いぞ」

「もう、ご主人様？　メインの肉じゃがを食べて無いじゃないですか」

「あ、うん……いただこうか……」

エリエゼルの言葉に背を押され、俺はほんのりと赤みの残るサーロインステーキに箸を伸ばした。

そして、黒い液体に浸された肉を箸で持ち上げて、口に運ぶ。

もにゅ。そんな噛《か》みごたえだった。ほんのり血の味がするが、肉汁がそれを上回るほど溢れる。

あれ？　意外と食べられる味じゃないか？

俺の舌が壊れたのかと思ったが、奇跡的にも配合が肉じゃがからすき焼き風にシフトしているようだった。

「……おお、凄いなエリエゼル」

俺がそう言うと、エリエゼルは気を良くして笑った。

「そうでしょう？　自画自賛ですが、私も中々上手くいったと思いましたからね」

エリエゼルはそう言うと、皆に熱い緑茶を用意し始める。緑茶に関してはしっかりとティーバッグで作る方法を教えたので、問題無く用意が出来ているようだ。俺は安心しながらその様子を眺めつつ、味噌汁に手を伸ばした。片手でお椀《わん》を持ち、中の液体を啜《すす》る。

「ぶふ」

むせた。味噌の香りが微かにするから安心していたのに、まさかの野菜汁である。

というか、不味《まず》い。なんだ、コレは。味噌の味はどこに消えた。出汁は何故仕事をしていないのだ。洗っていないどころか、皮すら剥《む》いていない野菜達の土臭い風味が織り成すハーモニー。

想像してみよう。野菜を洗う為に出した水を、そのまま煮て、味噌の風味が僅《わず》かに香るその汁を。

想像出来ただろうか。

そんな想像など甘いと言わざるを得ない。

俺がこの汁をどう処分しようか悩んでいると、他の少女達も困惑した様子でその汁物に目を落としていた。俺が様子を見ていると、ケイティがそっと口を開いた。

「あの、これ……」

ケイティが口火を切ると、他の少女達もお互いの顔を見合わせながら何事かを話し合い始める。

「う、うん」

そんな声が聞こえ、俺は頷《うなず》く。良いのだ。嫌なものは嫌と言って良いのだ。こんなことで命を懸けるべきではない。俺がそんなことを思い、一人頷いていると、ケイティが一言漏らした。

「……奴隷のお店で食べてたスープと同じ味……」

「うん、そっくりだね」

ケイティの言葉に、クーへが頷いて答える。その会話を聞いて俺は、頬に一筋の涙が流れるのを感じた。無意識に涙が流れてしまう。奴隷とはそれほどまでに辛い生活を強いられてしまうのか。

こんな人の食べ物とは思えない泥水が食事として出されるというのか。俺が愕然《がくぜん》としながら汁を見下ろしていると、エリエゼルが不思議そうな表情で味噌汁を余った器によそった。

そして、口に含む。

「ぶっ」

噴出した。エリエゼルは自分の持つ器を手にしたまま、難しい顔で唸《うな》る。

「これは、味噌が腐っている？」

違うよ？

思わず、エリエゼルの超前向きな発言に突っ込みをいれそうになってしまった。だが、俺はそれを我慢して、エリエゼルに目を向けながら口を開く。

「味噌汁はこれが楽だし美味しいぞ」

俺はそう言って、チューブに入ったインスタント味噌汁を取り出した。生の味噌が入っており、案外普通に美味しい。シジミの味噌汁がオススメである。

「あぁ、こういった物もあるんでしたね。私では味噌が腐っているかどうか判別出来ませんし、次からこちらを使わせてもらいましょうか」

腐ってなかったよ？

思わず俺はエリエゼルの発言に突っ込みを入れそうになったが、何とか耐えることが出来た。

何はともあれこれで手料理を全て乗り切った。生き残ったのだ。冒険者などよりも遥《はる》かに危険な相手に勝利したのだ。満足感と共に緑茶を飲んでいると、エリエゼルが含みのある笑みを浮かべた。

「ご主人様、何か物足りないと思っていませんか？」

「思ってないよ？」

エリエゼルの質問に、俺は脊髄《せきずい》反射でそう答えた。

嫌な予感がする。何だ、このエリエゼルから感じるプレッシャーは……。

俺が戦々恐々としていると、エリエゼルは息を漏らすように笑い、頷いた。

「ご主人様は本当にお優しいですね。ですが、気になさらずに私に仰ってください……デザートが欲しい、と」

「そんな、デザートまで……？」

俺が恐怖に慄《おのの》いていると、エリエゼルは照れたように笑った。

「ご主人様を驚かそうと思って、実はちょっと頑張ってみたんです。うふふ、パンナコッタですよ」

ナンテコッタ……ッ！

くそ、思わず親父ギャグまで浮かんでしまった。パンナコッタってどんなんだっけ。白い奴だよな。プルプルしてて、ヨーグルトでは無くて、でも甘酸っぱい感じの……。

そんなことを思いながら、俺はエリエゼルが冷蔵庫から取り出したガラスの器に入る物体を見て、目を剥《む》いた。ガチガチに固まった白い台形の塊の中に、黒い粒々が斑点《はんてん》模様のように広がっている。

なんだ、あれは……アレを食べたら、俺はどうなるんだ。

俺は目の前に置かれたナンテコッタを見て、絶望の海に落とされた。


朝が来た。

柔らかで肌触りの良いシーツと、柔らかで瑞々《みずみず》しい肌の感触に挟まれて目が覚める。隣を見ると、エリエゼルが目を瞑《つぶ》って寝息を立てていた。

ベッドに入った記憶が無い。いや、それどころか風呂《ふろ》に入った記憶も欠如している。

何か、大変なことがあった気がするのに、脳はまるで悪しき記憶を思い出さないように、俺のアクセスを拒絶しているかの如く白いもやを脳内に展開していた。

俺がその何かを思い出そうと頭を捻《ひね》っていると、エリエゼルが薄っすらと目を開けた。

そして、俺の顔を見て柔らかく微笑む。心が浄化されるような天使の笑顔である。

「おはようございます、ご主人様」

「おはよう、エリエゼル」

「昨日はだいぶお疲れだったのですね」

「ん？」

「いえ、食後すぐにお眠りになられていたので……お呼びしても全く起きられませんでしたし」

「あ、そうなのか……覚えてないな」

「ふふふ。ゆっくり休まれたので、もう今日は大丈夫でしょうね」

「うん、そうだな」

「では、今日はまた私がお食事を作りましょう」

「…………え？」

あとがき

この本を手にとって頂き、誠にありがとうございます。井上《いのうえ》みつるです。幸運にも二作目を出させていただきましたが、まだまだあとがきが上手く書けそうになくて打ち震えております。現在、このあとがきを書いているのは一月の下旬です。雪が降る程の寒さも手伝ってガタガタ震えております。なので、一度落ち着く為に少々自分語りをさせていただきたいと思います。

趣味が広く浅い自分ですが、映画鑑賞と読書、そして小説を書くことは長く続いています。物語が好きで映画や小説、漫画は勿論《もちろん》、歴史や神話も大好きです。その為《ため》か、妄想力には自信があったりなかったりです。面白そうな話のネタが思い浮かんだらメモをし続けて、気が付いたら書きたい話が二十を超えてしまいました。

どうせ書くなら、読んだ人が笑ってくれるような、のめり込むような魅力的な物語を書いてみたい。そう思い、小説も思い切り悩みながら書いております。勿論、書くのが大好きなので苦に思うようなことも無く、楽しくも充実した日々を送らせていただいております。

そうして生まれた本作『社畜ダンジョンマスターの食堂経営』は、サラリーマンの主人公『渥目《あくめ》』がひょんなことからダンジョンマスターに転職してしまい、異世界で自分の敵である冒険者達から身を隠す為にレストランを経営するという物語です。

そして、自分が住みたかったマンションの間取り通りに家を作り、映画を観たり出来る趣味の部屋がある……作者の趣味が全開の内容となっていますね。お恥ずかしい限りです。

このように大好きなことを詰め込んだ本作ですが、読んでくださる方が後悔したりしないように、話が面白くなるようにと全力を尽くしました。

更なる幸運が続き二巻以降が出版されたなら、次は更に倍の面白さになるように頑張りたいと思います。徐々に主人公のダンジョンが人々に知られていき、主人公に危機が迫る。そんな中、主人公は今までの理想の生活を無事続けていけるのか。

笑いあり、涙あり、ハラハラドキドキありつつのやはり笑いあり。

そんな楽しい作品を目指して書きました。買うかどうか悩んであとがきを読んでくださっている方がいるなら、是非買って読んでみてください。

そして、この作品を買ってあとがきを読んでくださった貴方《あなた》。本当にありがとうございます。泣くほど嬉しいです。ちなみに書籍化第一作である『最強ギルドマスターの一週間建国記』（オーバーラップノベルス）も読んで頂けたら狂喜乱舞致します。


最後に、真面目に感謝の言葉を。

この作品を書籍にする決断をしてくださったKADOKAWA様、担当編集のK様、印刷流通製本に関わってくださった皆様、そして素敵なイラストを描いてくださった片桐《かたぎり》様、格好良い渥目やとても可愛いエリエゼルをデザインしていただき本当にありがとうございます！

なにより、この本を手に取ってくれた貴方に最大級の感謝を！

皆様、本当に、本当にありがとうございます！

井上みつる

カドカワBOOKS

社畜《しゃちく》ダンジョンマスターの食堂経営《しょくどうけいえい》
断《だん》じて史上最悪《しじょうさいあく》の魔王《まおう》などでは無《な》い!!

2018年3月10日　初版発行

著者／井上《いのうえ》みつる

発行者／三坂泰二

発行／株式会社KADOKAWA

〒102-8177
東京都千代田区富士見2-13-3
電話／0570-002-301（ナビダイヤル）

編集／カドカワBOOKS編集部

印刷所／大日本印刷

製本所／大日本印刷

KADOKAWA　カスタマーサポート
［電話］0570-002-301（土日祝日を除く11時～17時）
［WEB］https://www.kadokawa.co.jp/（「お問い合わせ」へお進みください）
※製造不良品につきましては上記窓口にて承ります。
※記述・収録内容を超えるご質問にはお答えできない場合があります。
※サポートは日本国内に限らせていただきます。

Printed in Japan
ISBN 978-4-04-072638-0 C0093